LA NUIT DU FAUNE

Ancien élève de l'École normale supérieure de la rue d'Ulm, agrégé de philosophie, Romain Lucazeau a enseigné à l'université avant de devenir consultant auprès d'institutions publiques françaises et internationales. Son premier roman, *Latium*, a reçu en 2017 le prix Futuriales et le Grand Prix de l'imaginaire, et a été traduit en plusieurs langues.

ROMAIN LUCAZEAU

La Nuit du faune

ROMAN

ALBIN MICHEL

ISBN : 978-2-253-93707-4 – 1re publication LGF

Aux étoiles et aux divinités.

La grâce immobile,
Sensiblement écrasante,
Qui découle du passage des civilisations
N'a pas la mort pour corollaire.

Michel HOUELLEBECQ

1

Quand elle aperçut le faune, la fillette lisait. Bien assise sur son siège préféré, un vieux tronc couché, patiné par les ans, lustré et verdi par la mousse opiniâtre, elle ne l'avait pas vu s'approcher, puis s'installer à côté.

Elle ne se rendit compte de sa présence qu'après un certain temps, et du coin de l'œil. Aussi continua-t-elle son activité sans lui manifester la moindre attention. Voilà qui apprendrait à l'importun qu'on ne se mettait pas n'importe où sans demander la permission.

Lui se trouva embarrassé, et n'osa bouger la moindre griffe, le moindre poil, le moindre croc qu'il avait plein sa gueule de bête féroce. D'autant qu'elle l'avait, du coup, surpris dans une position gauche, plus qu'à moitié accroupi, les genoux trop hauts par rapport au reste du corps. La faute à leur assise, un peu basse pour lui, au contraire de sa voisine, dont les sandalettes balançaient au ras de l'herbe douce.

Astrée, ainsi se nommait-elle, vivait ici.

En ce début d'après-midi, entre la promenade et l'heure du goûter, elle jouait d'habitude à la balançoire. Mais parfois, comme aujourd'hui, elle s'asseyait sous l'antique saule pleureur, au feuillage si dense qu'il retenait, par cette magie climatique propre aux arbres, et même aux heures les plus chaudes, la fraîcheur de la mare.

Elle ne se lassait pas de la même histoire : un garçonnet, en costume de loup, traversait une mer, jusqu'au tracé sinueux d'une forêt primaire emplie de peurs infantiles, et puis s'en retournait, plein d'usage et raison, vers sa chambre, un dîner, une présence maternelle. Ses couettes sages oscillaient sur ses oreilles, au rythme du balancement de sa tête, gauche, droite, rien n'existant de par le monde que la linéarité du récit, que le bourdonnement des insectes aquatiques, que la brise légère, qui parfois contrariait le passage des pages.

Aucune raison, donc, de se laisser distraire par une apparition incongrue. Des monstres, on en voyait dans les livres et les rêves, et à présent au bord de l'étang, lieu idoine pour une telle rencontre. Son couvert changeait le jour en clair-obscur, faisait un mystère des branchages qui traînaient, touffus, entre l'eau et la boue, dans l'entrecroisement des plantes roselières, et créait, dans les racines torturées du vieux saule, de profondes cachettes.

Le surgissement d'un faune venait donc confirmer la satisfaisante continuité du monde et du récit : pourquoi l'interrompre en cessant la lecture ?

Lui, de son côté, n'avait depuis tout à l'heure osé tourner le regard vers elle. Resté tête baissée, attentif et gêné à force d'immobilité tendue, il paraissait à bout de patience : ses oreilles s'agitaient, sans qu'il s'en rende compte, son pelage vert-de-gris parcouru, par moments, de tremblements légers, de crispations nerveuses, qui faisaient jouer sous sa fourrure une puissance animale, et gâtaient d'une note de musc et de sauvagerie le parfum tranquille des fleurs, de l'herbe foulée et du bois pourrissant.

Lorsqu'elle eut fini de lire, il prit son courage à deux mains, tenta de lui faire signe, maladroit et timide, d'un raclement de gorge. Elle l'ignora, posa son livre sur ses genoux, se concentra sur le vol hasardeux des papillons, et laissa son esprit vagabonder loin, très loin, à la surface de l'eau stagnante, que le vif soleil du jour irisait entre les nénuphars. Elle patienta, attentive aux bruissements des feuilles, effet du brassage constant appliqué à l'air de son petit monde artificiel, puis se leva et reprit sa marche.

Le faune l'observa partir sans esquisser un geste. Son regard d'animal intelligent, aux yeux humides et doux, prit quand même une expression interloquée.

Astrée ne se retourna pas, et, quelques instants plus tard, oublia jusqu'à l'existence de cette apparition surgie à la périphérie de son champ de vision, et jusqu'ici maintenue à la lisière de la réalité.

Cela lui fut facile. Elle demeurait seule depuis si longtemps, n'avait vu d'autre être animé pendant tant et tant d'années, que sa capacité ne serait-ce qu'à considérer l'idée d'autrui s'était émoussée jusqu'à ne devenir qu'une vague théorie, un possible non vérifié, une vue de l'esprit. Son absence de réaction ne procédait pas du contrôle ou du refoulement, de la maîtrise d'un mouvement de surprise, d'un saisissement face à l'étrangeté du personnage : depuis des lustres, les rouages propres à former de telles réactions ne tournaient plus dans sa tête.

Aussi ignora-t-elle ces circonstances. Elle continua sa promenade sur l'étroit sentier gravillonné dont le serpentement, à travers son domaine miniature, escamota la mare, le saule et le banc, et avec eux le monstre, derrière les bosquets proprets d'églantines et les pins parasols, les rochers disposés çà et là. Elle avança ainsi jusqu'à la cascade et la grotte artificielle, où elle sauta d'un pas joyeux sur les pierres plates et sèches, qu'affleurait sans les recouvrir l'eau venue des profondeurs de la montagne, bien en dessous du parc.

Elle ramassa au passage les effets qu'elle avait pu abandonner sur l'herbe à l'aller, une balle, sa poupée préférée, dont elle avait coupé, quelques jours plus tôt, une partie des cheveux. Puis elle franchit le petit pont en bois qui passait le ruisseau, celui-là même qui alimentait l'étang. Il naissait d'une cascade miniature, sous laquelle ses pas la conduisirent, aux limites de son domaine.

Celui-ci avait été conçu pour donner au promeneur l'impression qu'il arpentait un espace bien plus vaste qu'un havre de quelques centaines de mètres de circonférence. Cela permettait d'oublier que les lieux ne survivaient que protégés par un dôme en verre indestructible, ne se maintenaient, pérennes, que par le pouvoir de la complexe machinerie du sous-sol. L'air, au-dehors, avait pu à certaines périodes devenir irrespirable, les océans sécher ou se remplir d'acide, ou des torrents de lave couvrir la terre, fossiliser toute vie végétale, rien de tout cela n'avait filtré à l'intérieur.

Ainsi, les arbres et les murets, en un rideau continu, faisaient office de paravent. Autant que possible, Astrée évitait de regarder à l'extérieur de son domaine de poche. Il y avait bien un joli belvédère, couronné d'un édifice en bois peint, auquel elle pouvait accéder par une longue rampe en colimaçon, entre des haies de buis épaisses. Quand ses jambes menues avaient fait l'effort de la mener jusque-là, elle pouvait jeter le regard vers la vaste plaine au milieu de laquelle se dressait son repaire solitaire.

Une impulsion subite, irrépressible, l'entraîna dans cette direction, en une escalade échevelée, à travers tous les trous dans le buis plutôt que par le chemin prévu, jusqu'au sommet.

Le soleil l'aveugla, et elle fit retraite jusqu'à l'ombre rassurante du kiosque à musique, puis mit sa main en visière sur ses yeux pour observer les alentours. La vue changeait, de temps en temps, donnait des indices sur ce qui pouvait se tramer là-bas, dehors. Les informations ainsi glanées compensaient l'aridité ennuyeuse des tableaux de chiffres et les courbes complexes que lui fournissait la machinerie souterraine.

Ces temps-ci, une jungle impénétrable, en contrebas, dévorait le monde, semblait l'assaillir pour l'éternité, préparait le moment où, suffisamment adaptée, la végétation partirait à l'assaut de ce pan de verticalité minérale qui lui résistait encore, tenterait de disloquer la pierre et d'atteindre l'acier, en dessous, pour ronger tout cela, achever sa conquête terminale, et enfin digérer une fois pour toutes l'anomalie que constituaient la fillette et son domaine.

Rien, donc, de nouveau sous le soleil.

Rassurée, elle descendit d'un pas tranquille. L'idée lui venait que, peut-être, la forme entrevue tout à l'heure, qui semblait sortie de son livre d'images, pouvait se résumer à une hallucination visuelle, l'effet d'une contamination de l'atmosphère interne par quelque poison extérieur. Elle hésita à vérifier, mais la voix mécanique et solipsiste des machines la lassait, et elle lui préférait le silence. La probabilité d'une telle avarie, sans déclenchement d'une alarme de sécurité, l'étonnait tout de même, car elle impliquait une cascade d'échecs critiques dans les systèmes quasi intelligents qui veillaient déjà sur les lieux depuis si longtemps à l'époque où elle avait décidé d'en faire sa demeure, qu'elle les considérait, elle-même, comme immémoriaux. L'autre hypothèse, qu'un animal venu du monde extérieur ait réussi à se faufiler à l'intérieur, relevait d'une quasi-impossibilité, au regard des mécanismes de défense de la montagne, mais aussi parce qu'aux dernières nouvelles, rien de plus gros qu'un insecte ne vivait là-bas.

Ou alors, elle hallucinait sans aucune cause extérieure.

Son imagination primitive lui jouait sans doute des tours, elle s'inventait peut-être enfin un ami imaginaire avec qui partager ses jeux.

Elle se moqua d'elle-même en passant la porte de sa maison, se répéta, en se lavant les mains, qu'elle perdait, peu à peu, tout sens des réalités, à force de vivre seule dans ce corps immature. Délaissant ses jouets, elle s'en alla d'elle-même au lit : les volets fermés l'invitaient au repos, et elle se sentait lasse. Dédaignant le serviteur qui tendait les bras pour l'aider à se déshabiller, elle s'allongea, ferma les yeux, s'arracha les sandalettes des pieds sans en ouvrir les boucles et les poussa vers le sol d'un coup de talon, puis se laissa happer par le sommeil.

Au réveil, le faune l'attendait dans la salle à manger.

Surprise et agacée par la factualité têtue et envahissante de l'intrus, par son refus opiniâtre de se ranger dans la catégorie des licornes volantes, des tigres de la caverne au fond du parc – ceux-là toquaient, la nuit, à la porte, menaçant de la dévorer, et son serviteur les chassait en allumant une veilleuse –, elle se laissa glisser hors de son lit et s'approcha.

Il s'était assis dans la salle à manger, sur une chaise trop petite pour lui. Sa posture, comme tout à l'heure sur le banc, aurait prêté à rire sans sa corpulence massive. D'ailleurs, elle se demanda comment il s'était faufilé à l'intérieur : tout ici, à commencer par la porte et les fenêtres, répondait aux proportions de l'unique habitante des lieux.

Elle décida, cette fois de manière consciente, de l'ignorer, et de le lui faire sentir. Elle prit un pas déterminé, ses talons claquèrent sur le parquet, désapprobateurs, tandis qu'elle passa à table. Sur son visage, sous ses couettes nerveuses, elle arbora un air crâne, le menton relevé, une expression d'insolence puérile au pli des lèvres maussade. Une fois installée, d'un signe énergique, elle somma le serviteur d'apporter le goûter.

Eh bien, à son grand dam, il en servit non pas une portion, mais deux. Et même, trahison, un verre de lait pour l'envahisseur.

Sans lui avoir demandé la permission.

Elle fulmina.

Mieux valait ne rien dire plutôt que passer pour faible, aussi se contenta-t-elle de faire comme si de rien n'était, et mastiqua, cuillérée après cuillérée, sa part de gâteau, tout en observant son convive de travers.

Le faune l'impressionnait. Sa musculature roulait, visible, sous une dense fourrure, à chacun de ses gestes gênés, qu'il bût à gorgées prudentes dans sa timbale ou qu'il tentât, avec ses grandes pattes maladroites, de porter un morceau de cake à sa gueule bardée de crocs.

En deux claquements de langue, il avait d'ailleurs dévoré son assiette, et l'inepte machine qui faisait office de gouvernante l'avait resservi, sans plus la consulter que la fois précédente.

La petite fille tapota la table d'un geste nerveux. Cela ne pouvait pas continuer. La bête la fixait de ses grands yeux tristes tout en jouant des mandibules, n'osait interrompre son repas, et cela l'agaçait au plus haut point.

Elle ne ressentait nulle peur. N'était pas née la créature capable de l'impressionner : les vieux appareils qui faisaient tourner son dôme savaient la protéger, et elle-même avait plus d'un tour dans le petit sac bleu, brodé de fleurs et d'étoiles, qu'elle portait à la ceinture.

Et là, bien que perturbée par l'intrusion dans sa routine solitaire, elle commença à songer qu'il serait déraisonnable de trop manquer de politesse envers un étranger.

Aussi se réfréna-t-elle, et, se forçant à relever la tête vers lui, elle articula : « Vous venez pour l'après-midi ? »

D'abord surpris, le faune hésita avant de se lancer dans une très longue harangue excitée, faite de sons mouillés, pleine de semi-voyelles, de diphtongues compliquées, de glapissements et de claquements de langue. De sorte qu'elle dut l'arrêter d'un geste impérieux de la main, avant de faire signe à son serviteur pour qu'il essaie d'arranger quelque chose. Ce dernier sembla réfléchir quelques secondes, puis lui indiqua d'un signe que le problème était réglé.

« Allez, dit-elle, reprenons sur de meilleures bases. »

L'animal lui renvoya un regard affolé, surpris qu'elle s'exprimât dans sa langue à lui, d'une voix qui ne devait pas tout à fait correspondre aux mouvements de ses lèvres à elle.

« Vous aimez, demanda-t-elle pour rompre la glace, le quatre-quarts aux noix et au chocolat ? Vous souhaitez peut-être un peu de crème fraîche ?

— Oui, s'il vous plaît, grogna-t-il. Je suis affamé. »

Du doigt, elle désigna l'assiette, et malgré la disproportion entre eux, il s'exécuta et se remit à dévorer, laissant pour l'instant de côté son étonnement et sa frayeur.

Elle, pour sa part, attendit, en sirotant son lait

aromatisé, qu'il eût fini d'engloutir l'équivalent de quinze ou vingt goûters d'enfant. Lorsqu'il parut rassasié, elle l'invita à passer au salon. Là encore, les meubles trop étroits ne lui convenaient pas, mais il s'installa par terre, sur l'épais tapis, tandis qu'elle prenait place sur sa petite chaise, jambes tendues et bras croisés pour se donner une contenance.

« Vous venez de loin ?

— Je... De très loin, commença-t-il. Je suis envoyé par mon peuple.

— De quelle étoile ? »

Il tourna vers elle des yeux ronds.

« Des étoiles ? Non, pas du tout, d'au-delà de la vaste jungle. J'ai escaladé la montagne, seul. »

Pour accréditer son propos, il montra ses bras puissants.

« Et, ajouta-t-il, me voici devant vous, et j'implore votre clémence. »

Ce fut à son tour à elle de s'étonner. Elle ignorait qu'une vie évoluée s'était développée à l'extérieur. Elle se remémora, en silence, les tableaux de données que produisaient les machines du sous-sol. Elle avait été négligente, trop occupée à ses jeux folâtres et à son existence routinière. Le taux d'oxygénation avait augmenté, et, en fait, l'atmosphère extérieure ressemblait assez, ces jours-ci, à celle de son petit paradis. Des animaux à sang chaud, puis des êtres maîtrisant le langage et l'outil étaient apparus dans la jungle impénétrable, loin de son regard.

Elle s'était attendue à l'arrivée d'un voyageur de l'espace, guerrier, pillard à la recherche de trésors et d'anciennes technologies, vandale mal élevé, qui viendrait mettre à mal son séjour solitaire et salir ses tapis. Jamais elle ne s'était formulé l'idée qu'elle passerait tant de temps ici, qu'en fin de compte, elle serait dérangée par un animal à la vie fugitive, le représentant d'une espèce assez sophistiquée pour parler, mais apparue si longtemps après sa propre prise de quartiers. La dernière fois qu'elle s'était vraiment intéressée au monde, au point de souhaiter y faire une excursion, l'océan commençait à peine à refroidir, et on ne trouvait sur la vieille planète rien de plus complexe qu'un limule. Et voilà que ce grand… chose… prenait le goûter à sa table !

Et d'abord pourquoi s'intéressait-il à elle ?

« Depuis la nuit des temps, mes ancêtres observent le cristal au sommet de la haute montagne, voient comme il brille au soleil, ténu, mais visible, et considèrent ce spectacle comme un prodige…

— Cet édifice, le coupa-t-elle en riant, en fait toute la montagne, a été bâti depuis bien avant ce que vous considérez comme la nuit des temps. Cela n'a rien de magique, et ce n'est pas non plus un objet naturel : il s'agit d'une construction. Le temps n'a presque pas prise sur elle. Elle n'a pas changé, tandis que bien des terres ont eu le temps de s'élever et de redescendre, victimes de l'érosion et de la dérive des continents. »

Elle vit à ses yeux vitreux qu'elle l'avait perdu. Elle continua néanmoins, d'un ton professoral : « Donc je suis ici depuis longtemps et pour longtemps. Et vous ? Quelle urgence y avait-il à interrompre le cours de votre vie et ma lecture de l'après-midi ?

— Une légende ancienne de mon peuple prétend

que celui qui saurait s'élever jusqu'à la demeure divine… disposerait d'une connaissance divine. Et d'un grand pouvoir. J'ai pris bien des risques pour arriver jusqu'ici. J'ai d'abord descendu le grand fleuve furieux qui borde mon pays, et qui nous sépare de nos ennemis. J'ai failli plus d'une fois mourir, car ils n'hésitent pas à nous viser de leurs sarbacanes aux dards empoisonnés. J'ai navigué ainsi jusqu'à la grande mer, qui s'étend d'un horizon à l'autre du monde, et qu'emplissent maints monstres terrifiants. J'en ai même combattu un, avec ma lance, et l'ai vaincu : j'ai mangé sa chair salée, bu son sang âcre, et cela m'a permis de survivre lors de ma traversée. J'ai été fait prisonnier plus d'une fois par des peuples dont je ne parle pas la langue, et dont j'ignorais tout. Mais je n'ai cessé d'avancer, pendant toutes ces années, et j'ai cheminé au plus profond de l'impénétrable jungle qui entoure ces lieux, formant comme une mer dense autour de la montagne. J'ai cru quitter le monde des vivants en la traversant, car, sous la futaie, la chaleur fait suffoquer, et la lumière du jour n'éclaire pas le sol. Dans l'ombre épaisse, j'ai été témoin de spectacles étranges. Des insectes grands comme des maisons, si vastes qu'ils ne me considéraient pas même comme une proie, et qui marchaient en file jusqu'à l'horizon. Des bêtes volantes dénuées de poils ou de plumes, mais munies de crocs formidables, de multiples yeux à facettes, et qui manquèrent plusieurs fois de m'engloutir d'un coup. Des plantes dotées d'un regard, quoique dépourvues de visage, capables de se tourner au passage du voyageur imprudent, avides de le happer pour le digérer entre leurs lianes empoisonnées… »

Il continua ainsi, et Astrée l'écouta, fascinée du plaisir enfantin que procure une belle histoire. Sans qu'elle s'en doute, un monde s'était formé, au-dehors, avec ses dangers et ses merveilles, qui déjà permettait l'exotisme et la poésie, l'aventure et l'exploit. Cette lente évolution l'avait surprise; occupée qu'elle était à perdre le compte des jours et des millions d'années, à ignorer la ronde, plus lente encore que sa propre vie, des phénomènes cosmiques. L'époque lointaine où elle avait formé le projet de perdurer ainsi, elle ne s'en souvenait que par intermittence, comme de biais, le récit d'une histoire à moitié oubliée qui serait arrivée à quelqu'un d'autre. Les formidables mémoires de la machine, sous l'humus délicat et l'herbe frivole qui couvraient le toit de sa montagne, auraient pu la lui restituer. Mais elle savait sa condition peu propice à ces retrouvailles avec son passé, elle, survivante d'une époque autre, glacée par la mathématique et la science, une époque de matière et d'énergie, de technique et de causalité, choses qui avaient fait perdre toute saveur à l'existence.

Le récit simple du faune, récent, comme surgi du fond d'âges primitifs, restituait à l'univers son statut de cosmos, par la grâce d'une longue litanie d'exploits, par l'énumération des êtres et anecdotes, par la description des prodiges que recèle le voyage, par tout ce matériau qui ferait un jour le chant de l'aède et la psalmodie du prêtre.

Elle considéra la disproportion entre sa propre existence, plus longue dès à présent que certaines étoiles, et la fragilité anachronique du faune. Elle en ressentit une bouffée d'émotion, une envie de pleurer, qu'elle réprima en l'interrompant, d'une voix précipitée : « Et quel nom vous donne-t-on, héros ? »

Il se rengorgea, se désigna comme prince Quelque chose, un brouhaha de concepts étrangers que la machine eut du mal à transcrire : celui-qui-est-si-courageux-qu'il-se-tient-devant-les-lances-ennemies-et…

Elle l'interrompit, un sourire espiègle aux lèvres : « On peut vous appeler Polémas, ce sera mieux, peut-être. »

Il opina. Face à toute cette étrangeté, à quoi cette créature n'aurait-elle opiné ?

« Et moi, je suis Astrée. » Elle se leva, grave, et, de sa main minuscule, serra celle du faune, dont les traits inhumains se figèrent de surprise. Quand elle se fut rassise, et quand lui se trouva enfin libéré de la révérence mystique créée par l'idée qu'il touchait le membre supérieur d'une divinité, quand bien même de taille réduite, elle enchaîna : « Je suis très contente d'avoir un peu de compagnie. Mais vous n'avez pas fait ce grand voyage pour jouer à la marelle avec moi. Qu'attendez-vous de tout ceci ? »

Il hésita, humecta ses babines de sa grande langue brunâtre. Il avait dû s'imaginer ce moment tant de fois, à travers les années et les périls. Un jour, avait-il dû se dire, il parlerait à la divinité de la montagne, il exprimerait ses vœux. Lui, nul autre que lui, qui ne connaissait que la vie et la mort sous le soleil et la lune, plaisirs simples, que les chants rugueux, en guise d'art, tirés de la gorge malhabile des siens. Et, de son cerveau primitif, qui ne savait rien de l'univers, de son immensité relativiste, de sa complexité fractale, de la beauté éternelle des particules jaillissant des fluctuations du vide, des formes supérieures de la création, de la conscience et du désespoir qui s'insinuaient dans les plis les plus glacés entre les supercordes faisant, selon les théories, le tissu du monde, une vérité surgirait, sur lui-même avant tout, et, à travers lui, sur tous ceux qui sont assez fous pour entreprendre une telle épopée. Les conquérants, les illuminés, les mystiques, race universelle, répandue à travers toute la création, et par qui le monde ne demeure jamais tel qu'en lui-même.

Et toute cette complexité n'existait aujourd'hui qu'en germe, en une potentialité fabuleuse qui pouvait, ou non, déployer ses branches et ses feuilles vers le ciel, fouiller, creuser de ses racines, jusqu'aux puissances chtoniennes, jusqu'aux soubassements du monde.

Inconscient et naïf, il s'expliqua, d'une voix bien plus claire qu'un instant auparavant : « Vous avez cru que je venais des étoiles. Cela signifie que certains êtres de chair peuvent y résider. Voilà ce que je veux. Pas pour moi, pour mon peuple. Le savoir, la connaissance. Et avec cela, le pouvoir, car les deux vont de pair.

— Le pouvoir de faire quoi ?

— Eh bien, fit-il avec une mine stupéfaite, comme si la réponse allait de soi : de terrasser mes ennemis, de maîtriser la nature, d'offrir l'abondance aux miens et de faire de ces terres, tout autour, un plaisant jardin.

— La véritable connaissance, répondit-elle, est incompatible avec un tel projet. Celui qui sait ne fait surtout rien. La vérité du monde demeure cachée à la plupart, car elle est insupportable à la vie. »

Ses paroles restèrent en suspens, flottèrent en l'air, cendre, flétrissure, et défraîchirent, un instant, les jolies teintes pastel de la salle de jeux aux meubles mignards, aux caisses de jouets entrouvertes, dans l'entrebâillement desquelles les poupées entassées prirent des poses mortuaires. Les rayons du soleil, l'instant d'avant pinceaux chaleureux teignant le monde, perdirent leur volupté, se réduisirent à de simples faisceaux de lumière, glacés, dénués de mystère et de chatoiement.

La fillette observait le faune avec une froide intensité, le visage impavide, et lui, replié en lui-même par cette brusque transformation de perspective, frissonna.

Elle savait ce qu'il pouvait ressentir. Elle en avait traversé, des crises similaires. Quel mortel n'avait un jour soupçonné, sous la fine couche de poésie et de beauté, sous la luxuriante nature et le foisonnement de la vie, sous les plaisirs des sens, derrière le joli ciel bleu d'une après-midi d'été, non pas la mort, mais bien pire. Car, alors, l'âme découvrait la sinistre réduction du monde à un sec ordonnancement, à une implacable machine rationnelle, aux rouages d'une horloge aux antiques grincements d'appareil de torture, aveugle et sourde, dont les sonneries ne procédaient que d'une force aveugle, un poids en déplaçant un autre dans un carcan de fer. L'animal préférait ignorer, se refusait en un spasme à mettre la patte dans ce piège, qui lui ferait voir toute action comme la conséquence absurde d'un jeu de poussées réciproques, sans interstice pour y loger des abstractions telles que la liberté ou l'amour.

Un flamboiement de colère, une rage sans rien d'enfantin traversa Astrée, à l'idée que cet intrus la forçât à tourner ses pensées vers ce gouffre de désespoir et de vide existentiel.

Elle pensa à le détruire, à signifier aux forces souterraines de son domaine qu'il fût vaporisé sur place, pour s'épargner elle-même, pour l'épargner, lui.

Elle chassa cette idée. Elle ne lui devait rien, et celui qui s'engageait sur le chemin de la vérité, s'il ne savait s'arrêter, ne pouvait s'en prendre qu'à lui-même. Leurs regards se croisèrent, il dut lire quelque chose, une antique et meurtrière puissance, un désespoir abyssal, le tranchant d'acier glacé de son âme, peut-être. Mais il ne recula pas. Sans la quitter des yeux, sans se détourner un instant, d'une voix prudente, un peu méditative, qui faisait contraste avec son aspect primitif, comme avec la superbe exaltation guerrière de son récit épique de tout à l'heure, il articula : « Si je dispose de la connaissance de toutes choses, alors je connais l'avenir. Si je connais l'avenir, alors ma puissance est infinie, et je puis tordre le monde à ma guise. Le savoir, cela sert à ça. J'ai eu des débats semblables avec les chamanes et les prêtres, ceux de mon peuple, ceux d'autres peuples qui ne nourrissent pas les mêmes croyances. Eux pensent que le seul savoir consiste à contempler les dieux. Je tends à penser qu'il existe une autre connaissance, plus humble mais aussi plus utile, semblable à celle du chasseur, ou du cueilleur, ou du guérisseur, qui sait apaiser les blessures en les recouvrant de certaines plantes… tous ceux qui travaillent de leurs mains et qui ont recours à des objets pour les aider dans leurs tâches. Ni le prestige du guerrier, ni la sacralité du prêtre ne leur sont accessibles, et pourtant, ils savent eux du moins ce qui est bénéfique : comment suivre les veines du bois pour tailler une lance, un piège ou un siège, comment tendre une embuscade et nourrir sa famille, ou comment déceler quels buissons seront porteurs de fruits. Ce savoir-là n'élève peut-être pas l'âme, mais il permet d'agir, d'obtenir des victoires. Je pense que celui dont vous disposez est de cette nature-là. Et, derrière l'apparente simplicité de votre maison, je vois bien que se cache une puissance.

— Vous m'étonnez, répondit-elle, par votre intelligence, et je vous ai mal jugé. Je vous ai pris pour à peine plus qu'un animal, attaché au piquet de l'instant, bienheureux et sot. Oui, je puis vous dire l'avenir. Pas le vôtre, à titre individuel. Mais celui de votre race. Je le peux. Je ne sais pas si vous apprécieriez un tel présent. Car après avoir poussé cette technique que vous désirez, et la science qui va avec, au point le plus extrême, alors vous perdriez tout désir d'action sur le monde, par un paradoxal retournement que je ne puis vous expliquer de manière abstraite.

— Je ne peux pas vous croire.

— Je ne peux pas vous convaincre, murmura-t-elle, comme pour elle-même. Et pourquoi, d'ailleurs ? Je pourrais vous montrer. Tout. Nous pourrions aller ensemble explorer la réalité. Et je vous ferais entendre le chant profond, inébranlable, du monde, sa poésie sous-jacente. Je vous démontrerais, non par la parole ou par le raisonnement, mais par l'expérience, que derrière le glacial savoir auquel vous aspirez, et qui ne consiste qu'en la combinaison des causes entre elles, qu'en la recherche d'une capacité d'action aux limites sans cesse repoussées, se cache autre chose, de plus profond, de plus mystérieux, comme la comptine fredonnée au nourrisson qui s'endort, comme une rivière qui suit le cours de son lit par une après-midi d'été. En cela, ne vous y trompez pas, vous seriez déçu, car vos chamanes et vos prêtres ont raison : au savoir succède le renoncement. Et, quand nous en aurions fini, par un étrange retournement, vous auriez le désir de vous en tenir à une vie contemplative.

— Pourquoi ?

— Pour avoir vu la véritable nature des choses, bien sûr.

— Mais… je n'ai d'autre désir, pourtant !

— Quand bien même cela vous transformerait ? Et que votre voyage, votre aventure, votre vie vous sembleraient dénués de toute importance ? »

Elle se rendit compte que le faune tremblait, et fit signe au serviteur qu'il lui serve de l'eau. Lorsque l'être eut fini de se désaltérer, elle le scruta, dardant sur lui son regard trop vieux pour un fin visage de fillette.

Il reprit, l'expression perdue, car il s'était engagé, à l'intérieur, dans un effort de transparence à lui-même et à son étrange interlocutrice : « Je désire la puissance, car je désire la vie. La fougue m'habite encore. J'y pensais tandis que je grimpais avec peine les murailles escarpées de votre domaine. Dix fois, suspendu entre ciel et terre, agrippé par trois doigts au-dessus de l'abîme, j'ai cru manquer de force. Mais chaque fois, celle-ci m'est revenue, entière.

— Cette puissance qui traverse vos veines vous vient de la jeunesse de votre race, qui commence son cycle…

— Mon peuple est ancien et vénérable.

— … Pour moi… Vous m'avez percée à jour, je me tiens à l'opposé, au finistère d'une espèce morte, que le néant entre les mondes a déjà avalée. Ce que je puis vous faire voir, tout ce savoir que je pourrais vous transmettre, n'est d'ordinaire accessible qu'à ceux que le temps a dépouillés de l'espoir et de l'énergie. Aussi, en échange du savoir auquel vous aspirez, vous seriez obligé de sacrifier la vitalité qui vous meut. Vous ne me croyez pas, car cette puissance même vous empêche de concevoir un tel renoncement. »

Il réfléchit. Elle le sentit très près d'abandonner, de tourner casaque. En arrivant jusqu'ici, il se couvrait déjà de gloire aux yeux des siens, devenait une légende. Il pouvait descendre comme il était monté, tenant entre les mains quelque colifichet qu'elle lui donnerait volontiers, un jouet qui ferait pour des siècles office de totem et de magie aux yeux des fidèles d'une religion qu'il ne tarderait pas à fonder. Son pouvoir sur ses semblables n'aurait pour limite que le manque de technologie de cette peuplade primitive, qui ne connaissait sans doute même pas l'agriculture ou l'écriture. Un autre, avec moins d'imagination, plus docile aussi, plus pragmatique, aurait convenu du bien-fondé des arguments d'Astrée, ou préféré prendre la mise avant que le jeu ne tourne en sa défaveur.

Pas lui.

Il considéra tout cela, soupesa, en un éclair, le pour et le contre, et, d'un imperceptible mouvement de tête, dont il n'eut pas même conscience, il rejeta une telle perspective.

Polémas, comprit-elle à cet instant, faisait partie de ces individus capables d'aller jusqu'au bout, de se perdre eux-mêmes dans quelque risque insurmontable, d'affronter une radicale remise en cause des certitudes les plus ancrées sans détourner les yeux. Elle avait fait une erreur, un peu plus tôt, en le prenant pour un illuminé, un aventurier, un prophète, un conquérant.

Il était bien plus. Et comme elle-même savait plonger ses yeux dans le fond de l'abîme, elle songea, foudroyée, que peut-être ils deviendraient, sinon amis, du moins compagnons de jeux. Un mouvement du cœur, un enthousiasme qu'elle avait cru depuis longtemps évanoui, à jamais inaccessible, la saisit, en une crispation joyeuse, un fol élan, un désir de piétiner, à l'instant, toutes les règles, toutes les conventions qu'elle s'était imposées à elle-même, tant d'années plus tôt qu'elle en avait perdu le compte.

Aussi, quand le serviteur revint dans le salon et annonça l'heure du coucher, elle en ressentit une vive colère, et refusa avec opiniâtreté.

Oublieuse du rôle d'initiatrice qu'elle tenait depuis le milieu de l'après-midi, elle se livra alors, sous les yeux du faune, terrifié par ce changement, à l'un des pires caprices jamais enregistrés par les capteurs de la vieille, très vieille machine chargée de la materner, et qui pourtant en avait vu d'autres.

Elle trépigna.

Elle se roula par terre, résista en hurlant, la bave aux lèvres, le visage inondé de larmes, à coups de pied et de poing.

Mais les bras mécaniques ne lui laissèrent pas le choix : bientôt, après le bain et un rapide dîner, le sommeil vint la terrasser, car la journée avait été trop riche en émotions pour ne pas le céder au sommeil.

2

La fillette avait enfin rejoint son lit, le serviteur fermé les volets et éteint les lumières. Sur la pointe des pieds, le faune se glissa hors de la maison de poupée et s'installa au pied d'un cyprès solitaire, planté à dix mètres du perron, sur le bord du chemin.

Bien qu'il affectât, en présence d'Astrée, une posture humble, la constitution de Polémas en faisait une bête redoutable, apte à survivre dans les pires conditions, qui formaient d'ailleurs souvent son quotidien. Son dos et ses bras dénotaient une force herculéenne, concentrée, toujours prête à s'exprimer par un rapide mouvement des griffes acérées qu'il avait aux mains et aux pieds. Son espèce descendait (quoiqu'il l'ignorât) de brutaux prédateurs des plaines, qui comptaient sur la force et la vitesse plutôt que sur la ruse. Mais, au terme d'une rude ascension et d'une folle après-midi, il se sentait las.

Malgré l'épuisement, il ne trouva cependant pas le sommeil. Il demeura les yeux ouverts vers le ciel, encore diurne pour quelques heures, derrière le dôme en cristal qui séparait ce petit monde de tout ce qui changeait, vivait, mourait à l'extérieur – les nuages et les vents qui soufflaient en tempête, l'explosion des volcans, le grondement des fleuves à l'étroit dans leur lit quand la pluie tombe drue, le bouillonnement sauvage de l'océan imprévisible, les secousses de la terre, qui elle-même n'était pas à l'abri de toute transformation –, le cycle, enfin, que connaissaient, depuis la nuit des temps et pour toujours, l'ensemble des créatures peuplant ces éléments divers, occupées à chasser, se battre, se reproduire et pourrir, leur chair servant de nourriture à d'autres, et ainsi de suite, en un perpétuel remue-ménage.

Il voyait la tranquille immobilité des lieux, au même titre que les étoiles au-dessus de lui, comme un contrepoint au mouvement perpétuel de l'extérieur : une indication du caractère éphémère de sa propre race, de sa faiblesse et de sa médiocrité. Seul animal doté de parole de son environnement, capable de créer des outils pour renforcer ses mains et de manier le feu pour chasser l'ombre, de rendre hommage à ses défunts et de vénérer des dieux, ou du moins celles des forces élémentaires qu'il savait distinguer par sa dépendance à leur égard, le faune n'en demeurait pas moins un être imbriqué à la nature. Soumis à d'incompréhensibles circonstances, il ne se représentait l'au-delà qu'à l'occasion de vagues songes, bientôt dissipés par les labeurs du jour. Astrée relevait d'un règne nouveau, celui des esprits, de la magie et de la transcendance. Pour ces choses, les concepts manquaient à Polémas.

Sans s'en apercevoir, par étapes plutôt que d'un

coup, il sombra, sous l'effet combiné de la fatigue causée par l'ascension de la montagne, de la multitude de nouvelles idées que son esprit tentait d'appréhender, du caractère paisible du parc, de l'air, doux, chaud, d'une soirée d'été qui, ensoleillée jusqu'ici, touchait à sa fin. Et le sol herbeux et doux comme un lit, le gargouillement lointain de la petite rivière, le bruissement léger de l'herbe et des insectes, tout cela lui parut une force invincible, une épreuve insurmontable.

Il s'endormit donc, et son esprit vagabonda en des rêves insolites, angoissants, hachés, fruit des étrangetés auxquelles, peu préparé, il avait été confronté dans les dernières années.

Il refit son voyage. Avec sa frêle pirogue, il vogua sur la mer féroce, indomptable, avec pour seules alliées sa roide lance et la détermination qui l'avait poussé à relever ce défi et qui, parfois, dans le secret de son cœur, l'avait déserté.

Il retraversa la jungle, escalada ce mont, analogue du monde, au sommet duquel, le cœur battant, il s'était représenté qu'un miracle, une révélation adviendrait, un changement radical du fond de son cœur peut-être, il ne savait.

La nuit, tandis que son esprit voguait, avait fini par prendre possession du ciel. Sur le parc bien ordonné, les étoiles se levèrent, et la lune, encore basse sur l'horizon, jeta une clarté minime.

Ce fut un signe. Une partie de lui se leva. L'autre demeura allongée. Il s'observa ainsi avancer jusqu'à la maison, et vit tout aussi bien son propre corps, endormi non loin, la gueule béante d'épuisement. Pourtant, ce retournement de perspective ne l'étonna pas. Il fallait choisir. Il avança.

Jusqu'ici, son corps s'était déplacé, avait affronté bien des périls, mais son âme et son cœur étaient demeurés parmi les siens, protégés des turpitudes et des découvertes, et maintenant ils le rejoignaient, prêts à se confronter à ce que la fillette lui avait, à demi-mot, promis : le changement.

La fillette. Astrée. La sorcière. La déesse. Il ne savait pas comment la nommer. Elle l'attendait, sur le perron, frêle silhouette, en chemise de nuit et pieds nus, tenant à la main une chose fort laide, un amas de tissu, qui avait dû être une représentation miniature d'elle-même.

Elle observait le Polémas qui dormait sous le cyprès, n'osait le réveiller, et lui, de plus loin, à distance, fantôme éloigné de son corps, simple regard sentient, souvenir peut-être, illusion certainement, la scrutait de dos.

Il fit un pas en avant, et elle se retourna, non sans un glapissement de peur, lâchant au passage sa poupée, qui tomba sans bruit sur le sol.

Ils se regardèrent l'un l'autre, dans cet étrange état, tous deux hésitant entre le rêve et le monde. Elle chuchota : « N'appelez pas le serviteur, sinon il va venir me recoucher. »

D'un geste fluide, elle se baissa pour récupérer son jouet, hésita, y renonça finalement, s'avança vers lui, le Polémas du rêve, pas celui, matériel, qui dormait encore, et lui prit la main pour le guider.

Ils s'arrêtèrent un instant devant le corps étendu,

en passant : « Vous dormez si bien. Je ne veux pas vous déranger, vous avez l'air épuisé et secoué.

— J'ai l'impression, lui répondit-il, d'être une ombre, tandis que vous, vous êtes réelle. »

Elle hocha des épaules, l'entraîna à travers le jardin, sur le sentier au gravier propret, entre les arbres et les buissons sages. Aucune force au monde n'aurait pu s'opposer à cette traction, et lui-même se sentit, à cet instant, pur spectateur, fantôme sans volonté propre. D'ailleurs, remarqua-t-il, ses pas à lui ne créaient, à chaque foulée, nul crissement.

Dans la nuit, le parc changeait, perdait sa joliesse de jardin d'enfants, dévoilait une nature plus sombre, plus complexe, peut-être, pensa Polémas, parce que la récente discussion influençait sa perception, peut-être car la lueur de la lune rendait propice la remontée à la surface d'énergies souterraines, celles que les cavernes en dessous de la montagne abritaient, sous forme, lui avait dit la fillette, de puissantes créations artificielles, de « machines ».

Il ne savait pas, et le brouillage de frontière entre rêve et réalité, voilà qu'il l'observait se répandre autour de lui, tandis qu'ils avançaient entre les arbres, quittaient le chemin, allaient là où le jardin dérivait en broussailles. Les haies, les bouquets de fleurs, le long du ruisseau, surgirent en bouffées fantomatiques, délivrées de leurs couleurs par la pénombre, réduites à l'élémentaire répartition du clair et du sombre, à l'hypnotique balancement du végétal sous la brise continue qui brassait l'air de ce microcosme. Plus loin, à la surface de l'eau, bosselaient de brèves apparitions aquatiques, poissons d'agrément que l'invisibilité ne révélait que par le clapotement bref de leur agitation, et qui les métamorphosait en mystères, en l'affleurement de quelque angoissante présence sous-marine, l'expression d'un inavouable désir, un reniflement de faim surgi des profondeurs, et dont les deux promeneurs auraient été l'objet. Enfin, leurs pas les menèrent à un bosquet touffu, amoncellement d'herbes hautes qui avaient, entre deux arbres, colonisé un fossé. Un sentier d'une largeur minime, simple trait au milieu de l'herbe, naissait devant, et traversait cette zone plus sauvage en zigzaguant. De sorte qu'on pouvait contourner l'endroit, ou s'y enfoncer, sans pouvoir deviner, surtout en pleine nuit, ce vers quoi menait l'étroit passage.

Quelque chose en lui s'alarma, sans autre justification qu'un instinct profond qui lui gémit que, devant, guettait un danger, tapi, patient, empli de méchanceté.

« Ne lâchez pas ma main », articula la fillette d'une voix blanche, précise, et ils raffermirent leur prise réciproque, tandis qu'ils passaient, d'un pas vif, feuilles, branches et épines, roses trémières se balançant, gênantes. La végétation fondait sur eux, les entourait, les privait de l'extérieur, muraille impénétrable, réduisait les alentours à une hypothèse tremblante.

Par un effet de déformation que Polémas perçut sans se l'expliquer, leur traversée durait plus longtemps que prévu, jusqu'à un virage encombré de ronces. Il saisit la fillette sous les bras et la souleva, sautant d'un grand pas par-dessus l'obstacle.

Le paysage changea d'une impossible manière, et le faune accusa un mouvement de recul.

Devant eux, sans solution de continuité, sans explication : un vaste bassin de pierre, dont on n'entrevoyait qu'avec peine l'autre bord sous la chiche luminosité de cette jeune nuit. Tout autour le cernait une armée d'aulnes gracieux, et qui, rayonnant d'obscurité, formaient une frontière infranchissable.

L'eau, à leurs pieds, offrait un miroir parfait, et la ronde statique de la lune et des étoiles, les constellations délicates, tout ce halo cotonneux s'y reflétait avec exactitude. La fillette resserra sa prise sur la main du faune, l'obligea à s'approcher encore, et il suivit le mouvement, incapable de quitter des yeux cette étendue, lisse et étanche au regard, qui formait en même temps comme un puits dans la structure du monde, un non-existant, la dissimulation d'un abîme. Impossible, raisonna-t-il, qu'une étendue d'eau aussi vaste existe dans le domaine sans qu'il s'en soit rendu compte quand il l'avait exploré, avant de s'approcher du banc.

Peut-être rêvait-il. Peut-être l'avait-elle attiré dans quelque non-lieu, par une sorcellerie mystérieuse, bien loin du parc, de la maisonnette, du cyprès et de son corps étendu.

Elle s'assit au bord, sur la pierre, passa un doigt à la surface, qui se troubla, tandis qu'il s'accroupissait à côté, docile.

« J'ai réfléchi, commença Astrée, à votre demande. Je vous propose de voyager avec moi.

— Où ? » demanda-t-il, circonspect.

Elle le regarda avec gravité, lui désigna le miroir

aqueux, qui semblait mettre les astres à portée de sa main : « Vers les profondeurs du ciel.

— Expliquez-moi.

— Vous devez voir par vous-même.

— Et vous ? Pourquoi partiriez-vous ? »

Sans prévenir, elle plongea la main dans l'eau, en troubla le sommeil, fit disparaître le miroir, révélant des formes, fantômes anguleux, concaténations d'angles de métal, de tuyauterie, de rouages, de sphères reliées les unes aux autres par des filaments subtils, un assemblage ancien, patiné par le temps, hésitant entre l'organique et la machine.

Et ces profondeurs entrevues, le faune en eut l'intuition, recelaient une magie puissante mais contenue, prête à éclore.

Les plissures provoquées par le geste d'Astrée ne se calmèrent pas comme elles auraient dû, mais s'amplifièrent. Le liquide, dans le bassin, se troubla derechef, forma des vagues, des tourbillons, subit des soubresauts.

En dessous, la structure mécanique paraissait connaître un lent réveil, certaines parties s'allumaient d'un feu interne, clignotaient, s'éteignaient et recommençaient, puis d'autres prenaient le relais.

Au-dessus, tout autour, les arbres s'agitaient sous l'effet d'un insensible vent, leurs cimes balançaient vers l'avant et l'arrière en une longue prière, dans le rythme d'une incantation silencieuse, réduisaient par instants ce qu'on pouvait voir du ciel, jetaient plus d'ombre encore, accentuaient l'impression d'enfermement.

Intimidé, Polémas se tourna vers Astrée, qui

murmura, d'une voix blanche, dénuée d'émotions, bien différente de la fillette qu'il avait cru rencontrer plus tôt dans la journée : « Je cultive un espoir : que le monde s'offre à mon regard une nouvelle fois, et qu'il m'emplisse, qu'il me change, que sous son apparence de machine, je perçoive une musique, l'écho d'une lointaine beauté, une grâce éphémère, un désordre dans l'enchaînement et la répétition.

« Je rêve que ces deux éléments, ses constituants essentiels, se déchirent pour moi, un instant peut-être, et que me soit accordé autre chose, une révélation, si soudaine, si inattendue par sa forme, quand bien même j'en attends l'occurrence, qu'elle achève de me changer en ce que je désire devenir, en l'enfant que vous voyez, ô faune, devant vous, et qui n'existe qu'en une mince pellicule.

« Je désire, encore, une surprise. »

Il s'abstint de répondre, fasciné, l'observa. Sous le faible et pâle éclairage de la lune, dans l'ombre des aulnes, il la vit, non pas telle qu'elle se présentait à elle-même et au monde, mais dans sa réalité. Et il comprit sa nature, dans un saisissement : quelque chose d'ancien, de profond, terriblement profond, comme un reptile primitif au fond d'une très vieille mer, et qui, de loin en loin, parfois, quittait sa tanière, s'agitait, humait le monde, avant de se replier à nouveau. L'enfance relevait du déguisement. Et, en même temps, elle avait déteint sur sa nature, l'avait changée. La créature à laquelle il se confrontait à présent tenait des deux, dans un équilibre précaire, une instabilité permanente.

Elle, de son côté, perçut le regard du faune, devina

la profondeur de cette muette intuition, et sourit, heureuse d'avoir été percée à jour.

« Je suis vieille, murmura-t-elle, pour elle-même plutôt que pour son interlocuteur, si vieille. Je me suis cachée à moi-même pendant tant de temps que j'ai failli ne plus m'en souvenir.

« Et ma vie s'est consumée en vain.

« J'ai, un jour, renoncé à toute cette sédimentation. J'ai tourné le dos au monde, parce que ce dernier, vide, décevant, manquait tant du chatoiement nécessaire à l'existence, d'intérêt et de récit, de belles histoires et de joie, de sens et de dessein, qu'il valait mieux revenir à l'innocence première, me complaire dans une éternité de jeu solitaire, dans la rassurante routine des promenades, des biscuits et de l'escarpolette.

« Vous ne voyez que la surface, la maisonnette en bois, les jeux paisibles, les repas pris et les promenades, mais pendant longtemps, je vécus en dessous, entre d'horribles cloisons d'acier emplies de machines cliquetantes, sottes et entêtées, que j'ai dû mater l'une après l'autre pour qu'elles m'obéissent.

« Du ciel sombre pleuvaient des cendres chaudes, comme si la Terre en était revenue à l'époque violente de sa conception.

« Aussi je suis demeurée calfeutrée, et j'ai tourné le dos à un univers que la compréhension avait vidé de toute beauté, de tout chant et de toute gloire, aussi mécanique et froid que les stupides appareils chargés de me maintenir coûte que coûte en vie, malgré ma volonté, en une malédiction sans fin.

« Personne ne vint me délivrer, moi, la dernière

représentante de ma race : un jour, je décidai de renoncer à la fausse sagesse dont l'accumulation m'avait vidée de toute substance, de tout désir d'existence. À court de subterfuges pour éviter la folie de la répétition, je rajeunis.

« Les enfants, du moins ceux de mon espèce, prennent l'écoulement de jours similaires comme de bonnes choses, car eux changent en permanence, et cela leur suffit. Je modifiai mes paramètres biologiques en conséquence, restructurai mon cerveau. Je m'oubliai presque.

« Je demeurai des milliers d'années sans penser à ma véritable nature : un fossile vivant, une survivance.

« Aussi suis-je comme ce jardin, comme ces bosquets où nous nous promenons. Au fond, à l'intérieur, vous ne trouveriez qu'une vieille chose desséchée, un cadavre, incapable d'émerveillement. Car le charme du monde réside dans l'ignorance et la découverte, l'exploration, le désir.

« J'ai été très surprise par votre arrivée. J'avais perdu le compte, je ne m'attendais pas à la visite d'un être intelligent, sinon j'aurais rendu la montagne inaccessible. À ma décharge, je vis seule depuis deux cents millions d'années, et peut-être ai-je baissé ma garde... »

Polémas, confus, attendit d'être sûr qu'elle eût fini, puis lui demanda, d'une voix troublée : « Mais... combien de temps êtes-vous restée ici ?

— Vous ne savez même pas, répondit-elle d'une voix amusée, ce qu'est un million ? Voyez, dans la remémoration des choses simples, dans la transmission des idées, déjà, je revis l'éblouissement de les ressaisir. Repartons de cent.

— Cent quoi ?

— Qu'importe. Cent années.

— Soit cinq générations des miens.

— Pouvez-vous en compter cent, considérer cela comme un tout, puis considérer cent de ces nouveaux ensembles ? Eh bien là, vous avez un million.

— Une telle quantité est inimaginable.

— Prenez cent de cette quantité deux fois. Il m'a fallu tout ce temps-là.

— Fallu pour… ? demanda Polémas, l'air ahuri, avec son expression un peu effrayée et ses grands yeux perdus.

— Pour rien. Pour attendre, pour regarder la Terre changer.

— Je ne suis, souffla-t-il, rien à côté. »

L'infini déploiement des grandeurs numériques. À l'instant, il venait d'en prendre conscience, sans en avoir une compréhension adéquate. Il se demanda s'il s'agissait d'un test et s'il avait échoué, n'osa lui poser la question. Elle enchaîna : « Vous ne pouvez imaginer, mais vous pouvez comprendre. Donc nos esprits ne sont pas dissemblables. Et, pour en revenir à notre sujet, ce que je désire, et que vous désirez, c'est contempler une chose bien plus compliquée qu'un million d'unités. Pas l'étudier par le truchement d'un raisonnement, non, l'apercevoir. Je veux revoir le monde dans son entièreté.

— Je ne peux concevoir une telle expérience. »

Tandis qu'elle parlait, elle semblait s'être détendue, et même, sur la fin, exaltée. Et, tout à coup, la fillette parut se crisper une fois de plus, resserra sa prise sur la main du faune, comme rembrunie.

« Vous ne comprenez pas l'abîme dans lequel je vous précipite. »

Elle ne le regarda même pas, tandis qu'il penchait la tête pour lui montrer qu'il l'écoutait.

« Bien sûr que non. Vous ne savez pas. »

Quelque part, tout près de lui, dans l'obscurité, la voix d'Astrée se mouilla de larmes : « Vous ignorez le grand enfermement, la malédiction du savoir absolu, la certitude que rien de nouveau ne viendra nous transformer, et qu'il ne sert à rien de gravir les falaises pour découvrir les hauts plateaux, derrière, car en rien ceux-ci ne diffèrent de la plaine où nous nous trouvons.

« Je ressentis cela, et je ne fus pas la seule. Tous, nous tombâmes malades du temps. Comme nos prédécesseurs, que nous n'aurions peut-être pas dû mépriser, nous nous sommes étiolés.

« Et pourtant, après ces éons d'errance en moi-même, après cette transformation de chaque parcelle de mon corps, il a suffi qu'un animal un peu plus aventureux que les autres surgisse sous mon regard, pour que je ressente encore ce tremblement d'espoir.

« Et si, dans cet acte de métamorphose que vous me demandez, quelque chose émergeait pour moi, comme la découverte d'un sens plus profond, comme une épiphanie ? Et si, tandis que votre volonté se flétrira au contact du réel, moi, je gagnais une nouvelle et imprévisible vision ?

« Voyez-vous les dangers qui nous guettent ? Pour vous, l'horreur qui gît dans la vérité, et pour moi, l'inconsolable déception et la mort de l'enfant que je cherche à ressusciter.

« Alors, que choisissez-vous, étrange visiteur, représentant d'une race si jeune à l'échelle de la mienne que je puis vous considérer comme le premier de votre espèce ?

« Savoir l'avenir des vôtres ? Embrasser l'immensité du temps et de l'espace ? Vous transformer tant et si bien que jamais plus vous ne serez le même ? »

Polémas demeura coi, ses crocs étroitement fermés, les uns contre les autres, tant il avait peur de ces mots, et dont il ne comprenait le sens qu'à peine.

Mais il lutta. Cela, il savait le faire.

Pied à pied, il combattit l'impulsion de s'enfuir en courant, d'aller se cacher parmi les siens. Il repoussa les hurlements venus du tréfonds de son instinct et de sa prudence, qui lui sommaient de partir, au plus vite, et de ne jamais se retourner, de ne surtout pas dire oui, de ne pas commettre l'irréparable.

Et, au bout de cet effort, tandis que sa volonté lui semblait devenir un muscle insupportable de tension et de douleur, il se sentit triompher de lui-même. Une voix intérieure s'affligea de sa sottise et de sa naïveté, sut le malheur et le désespoir qui adviendraient de cette folie. Une autre, plus sobre, constata que les héros se confrontaient parfois à de telles épreuves, bien plus effrayantes que la mort physique aux mains de quelque bête des forêts. Quand bien même sans témoin, sans récit chanté par les anciens au coin du feu, il s'apprêta à faire un signe, et cet acquiescement lui démontrerait, à jamais, sa propre valeur. Il plongea son regard dans celui, voilé par la pénombre et la mélancolie, de son étrange guide, et opina.

Il n'en fallut pas plus.

Une brume s'éleva de l'eau bouillonnante à leurs pieds, les entoura et obscurcit le ciel comme les arbres.

« Voici, murmura Astrée, le premier voyage que je vous offre : l'éternel retour, la circularité de toutes choses. Avant de partir dans les étoiles, je vais vous montrer le temps, le passé comme l'avenir. »

Elle se rapprocha de lui, davantage qu'il ne l'aurait cru possible. L'étrange état dans lequel il se trouvait, présence sans corps, fantôme piégé dans son rêve, devait y faire quelque chose. Et elle-même, quoique matérielle, faite de chair et de sang, tendit vers lui plutôt qu'une part de son corps, une force, insubstantielle et pourtant irrésistible, qui l'enveloppa de part en part, non dans l'espace, mais dans la dimension du temps, flux, série et non-coexistence côte à côte.

Il se laissa happer, élément d'un grand murmure, d'une dynamique, d'un courant de fond, engloutissement dans un tout aux proportions océaniques. Il comprit, par cette seule expérience, qui ne constituait pas encore la leçon, une vérité sur le monde. Et ainsi, Astrée ne la lui transmit pas par le truchement de la parole, mais par cette absorption qu'elle lui faisait subir, et à laquelle il ne résista pas. Le savoir résidait dans le récit, et le récit représentait bien plus que la description, l'adéquate relation au réel : une croissance, un bourgeonnement, un développement organique, de la graine à l'arbre et au fruit.

Cela réunissait Polémas et Astrée, au-delà des millénaires qui avaient séparé leurs naissances, des différences de physiologie, de langage, de culture ou même de cognition, avec toutes les espèces dotées de la même faculté, fondamentale, à exprimer la permanence de leur identité dans le temps : la narration de soi et du monde.

Il n'aurait pas su dire s'il avait parlé à haute voix, ou si la fillette lisait dans ses pensées, mais elle lui répondit, comme un clapotement dans la vaste mer consciente sur laquelle il naviguait : « Vous comprenez l'enchaînement. À présent, la répétition. »

Un chant monta. Pas une perception, pas un spectacle. Polémas ne constituait plus un spectateur, une position subjective, un témoin extérieur.

Cela commença, et il fut ce commencement, puis chaque changement, chaque étape. D'ailleurs, cela aurait pu commencer encore plus tôt. L'idée d'un début absolu n'avait pas de sens. Celui-ci valait mieux qu'un autre, car il les concernait. Pour comprendre le futur, Polémas devait entrevoir le passé : une sphère, rougeoyante, chaude, sans cesse changeante, émergea de la confusion, des chocs et des collisions primordiales.

La Terre.

Pas celle d'aujourd'hui, mais saisie au moment de sa tumultueuse naissance.

La planète, à présent délivrée du bombardement primitif qui l'avait formée, refroidissait, virait au brun sale. Une couleur de poussière, simple mélange sale de matériaux lourds. Un événement minime, dans un lieu banal, au sein d'un cosmos bien plus vaste, dont, naïf, il avait ignoré l'existence jusqu'ici.

Elle héritait, à cet instant, de multiples rencontres avec d'autres objets semblables, certains presque aussi grands qu'elle, et qui avaient enrichi son manteau de composants essentiels, y compris l'eau et le carbone, nécessaires à presque toute vie organique.

Le temps passait, en un clin d'œil, par millions d'années.

Un de ces bombardements, un des plus tardifs, avait arraché assez de matériau pour former, après un terrible et bref cataclysme, la Lune.

À l'intérieur, là où roche et métal demeuraient liquides sous l'effet de la pression, se mirent bientôt en branle de lents mouvements de convection, en un flux continu, de haut en bas et réciproquement, tandis qu'en dessous, le cœur, divinité ferreuse soumise à de monstrueux niveaux de pression, trouvait son rythme de rotation propre, entourait son royaume d'un champ magnétique constant.

Parfois, les complexes courants de matière visqueuse, au sein du manteau à présent stabilisé, avaient un effet visible et ponctuel sur le monde d'en haut, provoquaient un tremblement de terre ou l'éruption de quelque volcan. Mais de tels incidents, certes dévastateurs à l'échelle de Polémas, ne constituaient que des épiphénomènes. Il comprit que le paysage, les montagnes et les vallées, les plateaux et même la forme des côtes, autant d'éléments qu'il avait considérés comme intangibles, vivaient et mouraient, simple résultante d'une continuelle redistribution de plaques tectoniques à des échelles de temps géologiques, incommensurables à la durée d'un être vivant.

Un jour, il plut.

Longtemps, rien d'autre ne compta que le battement des gouttes d'eau à la surface de la mer primitive, brûlante et soufrée, qui se formait ainsi.

Puis, dans ses faibles profondeurs, vides et aigres, saturées de sels et de métaux lourds, quelque chose arriva, sous l'effet de l'intense rayonnement solaire.

Des particules se combinèrent en molécules organiques, puis, quelque part, ces chaînes de composants primaires s'assemblèrent, par chance ou par miracle, peut-être par la combinaison des deux que permet une infinie répétition. Une forme d'existence émergea, pas tout à fait minérale, car apte à se répliquer par l'absorption d'autres molécules, et de faire perdurer sa structure dans le temps, mais pas encore vivante non plus.

Le carbone, avec ses quatre liaisons covalentes, constituait le matériau idoine.

Quelques millions d'années, et les molécules se complexifiaient. Elles grandissaient en taille, développaient des vésicules autour d'elles pour maintenir un état homéostatique favorable à leur perpétuation.

Elles envahissaient l'ensemble des milieux accessibles, y compris les plus extrêmes.

Par accident, certains de ces êtres microscopiques se subdivisèrent.

Puis ils recommencèrent, mais cette fois, en deux parties identiques.

Et ainsi de suite.

Une nouvelle fonction émergeait. Un basculement

avait subrepticement opéré de l'inanimé à l'organique. L'information se transmettait, à présent, et des générations pouvaient se succéder.

Chaque étape de cette reproduction primitive connaissait néanmoins des mutations, sous l'effet d'un grand nombre de facteurs, le soleil, les radiations, mais surtout, le hasard.

Les variantes se multiplièrent : des espèces émergèrent et entrèrent en concurrence. Les plus efficaces proliféraient. De nouvelles solutions de survie apparaissaient, échouaient ou réussissaient pour quelque temps.

Ces organismes unicellulaires développèrent ainsi une capacité à absorber des éléments dans l'environnement.

Certains découvrirent comment profiter de la lumière du soleil pour métaboliser le matériau inorganique présent dans l'océan.

D'autres apprirent à dévorer les premiers.

Quelques-uns se constituèrent en colonies, d'abord informelles, puis davantage organisées.

Des êtres pluricellulaires apparurent, encore une fois par degrés, sans délimitation nette entre un groupe de protozoaires collaboratifs, spécialisés, et un véritable animal.

Le temps ralentit, l'histoire continua son déroulé vertigineux.

La flore puis la faune se diversifièrent.

Ces créatures, à présent nombreuses, envahirent la planète, s'adaptèrent à chaque niche écologique, évoluant, disparaissant, remplacées par d'autres en un carrousel effréné.

Le climat changea, la production d'oxygène, sous-produit de la domestication de l'énergie solaire en vue de la production de substrat organique, augmenta.

Les variations de température perdirent en amplitude. Par un mécanisme d'ajustement réciproque, plus la vie se développait, plus les conditions lui devenaient favorables. Le climat, néanmoins, se modifiait sans cesse, par une série de longs balanciers, tantôt vers le haut, puis vers le bas, au gré d'interactions complexes, de boucles de rétroaction infinies.

Des myriades d'animaux vivaient à présent dans les mers. Tous mouraient, tous tombaient, là, sur le socle du globe, où s'entassait le constituant le plus fondamental : le carbone, désormais stocké par le sol. Là, des mouvements géologiques engloutissaient ces masses de matériau organique au creux de la Terre, bien en profondeur, où la chaleur et la pression les changeaient en fossiles puis en hydrocarbures.

Le temps passa, encore. La vie foisonnait, dans la mer comme sur terre, partout, sans exception. Un animal, plus flexible sur le plan cognitif, commença à déployer une capacité instrumentale, apprit à manier des outils, fit du feu.

Des centaines de milliers d'années, il aiguisa son intelligence.

Puis une accumulation de changements advint.

La transformation fit l'effet d'un court spasme, à l'échelle de la géologie : quelques millénaires à peine, un clignement d'yeux.

La domestication de plantes permettant l'accès à une quantité plus importante de ressources alimentaires accéléra la croissance démographique. La dynamique s'emballa. L'espèce colonisa l'ensemble des terres émergées tant elle se multiplia. De nouvelles techniques apparurent, jusqu'au point de basculement.

Pendant tout ce temps, au fond des océans, l'accumulation d'animaux et de plantes, morts, concaténés dans les profondeurs de la Terre, avait continué. Une métamorphose avait, par la grâce des conditions de température et de pression, donné le jour à des roches friables, des gaz ou des liquides. Tous avaient la propriété d'être inflammables. Et ainsi, une fraction de l'énergie issue du soleil, captée par le patient labeur végétal, stockée sous forme de molécules organiques, facile d'accès, simple à utiliser, attendait avec patience enfouie sous la terre.

La civilisation découvrit cette manne. L'énergie thermique remplaça celle issue des muscles. La courbe de développement devint exponentielle.

Des villes couvrirent la terre.

Des machines traversèrent les mers, puis les airs.

Le sol se couvrit de cultures.

Tout cela grâce aux ressources fossiles.

Mais en brûlant, leurs artefacts libéraient le carbone emprisonné dans l'air.

Un peu, au début, rien de significatif.

Puis davantage.

L'atmosphère s'épaissit, une élévation des températures eut lieu. La vie dépérit, mais entre-temps les techniques avaient encore progressé, et la race d'animaux intelligents disposait à présent de la capacité à gagner l'espace.

La sphère bleue devint terne, mais qu'importait !

Mille colonisateurs s'arrachèrent à leur berceau, emportant les nucléotides primordiaux, nés bien avant leur civilisation, au commencement de la vie, changés, remaniés, modifiés, hybridés, des milliards de milliards de fois, certes, mais reconnaissables.

Cachées au fond des corps, les séquences spiralées d'acides aminés voyagèrent vers des lieux lointains, qui jamais n'avaient accueilli la vie, d'autres planètes du Système solaire, puis encore plus loin, jusqu'à travers les océans obscurs entre les étoiles.

Une poignée à peine d'individus partit, consommant les restes d'énergie disponibles, condamnant ceux qui restaient derrière à une extinction encore rapide. Aucune importance : à présent arrachés aux pesanteurs terrestres, ils pouvaient croître en puissance et en nombre, et, tels des dieux, se répandre en vagues successives, loin, très loin, tant et si bien qu'ils les perdirent de vue.

Et, bientôt, ces êtres n'auraient plus rien de créatures vivantes, et leurs corps céderaient la place, en un processus couvrant encore des milliers, des millions d'années, à autre chose, au fruit de la science, à des êtres non de chair mais de métal. Si bien qu'on en perdrait, pour finir, la trace, qu'ils deviendraient indistincts de phénomènes naturels.

Mais l'histoire ne s'achevait pas là.

Elle ne se terminait, en réalité, jamais.

Les yeux du faune se détournèrent du ciel. Retour sur Terre, où la catastrophe avait provoqué une extinction de masse. Une grande partie des animaux et des végétaux, emportés par le déséquilibre trop rapide du milieu, consécutif aux changements de température et de composition des océans, avaient disparu.

Et, tout au fond, là où s'accumulaient tous ces volumes de matériau gorgé de carbone, là, le cycle recommençait.

À l'échelle géologique, toutes ces péripéties n'avaient pas d'effet, et les antiques mouvements de la tectonique continuaient leur œuvre, stockant l'énergie solaire et créant une vaste réserve de ressource fossile. La vie, à la surface, s'était repliée, mais n'avait pas disparu. Tandis que les descendants des anciens colonisateurs continuaient, sous des cieux étrangers, leur transformation en indescriptibles dieux, elle se multipliait de plus belle.

Des millions d'années passaient.

Cent.

Deux cents.

Polémas se souvenait-il ? Comprenait-il, à présent, les ordres de grandeur ?

Toujours les mêmes nucléotides primitifs, rassemblés en longues chaînes emplies d'informations, dont la structure spécifique signait l'origine commune, la réalité du même long flux biologique et historique, dont la continuité avait tenu bon.

Mais, avec ce vieux matériau, de nouveaux animaux, de nouvelles formes, de nouvelles solutions, un nouveau foisonnement.

Un jour, un nouvel être intelligent surgit. Rien de commun avec le précédent. Mais le cousinage, l'appartenance à une même lignée, quand bien même ténue, se révélait si l'on prêtait attention aux particularités de l'acide désoxyribonucléique tapi au fond de ses cellules. Entre-temps, néanmoins, les continents et les océans avaient échangé leurs places respectives, chaque parcelle de terrain s'était renouvelée dix fois. Le nouveau maître de la création, même au faîte de sa connaissance, ne trouverait jamais aucun signe de la présence évanescente d'un ancêtre évolué sur le plan cognitif, aucune trace de civilisation développée, ou indication sur le sort qui lui était promis.

Dès lors qu'il aurait l'idée, inéluctable, de tourner son regard avide vers les ressources fossiles.

Ainsi, le cycle du carbone continuait.

La brume s'écartait d'eux, et le bassin, la silhouette fantomatique des arbres réapparaissaient.

Polémas demeurait interdit. Ses mains tremblaient. Il aurait pu se rouler en boule dans quelque terrier et s'y laisser mourir.

Enfin, dans un murmure : « Que m'avez-vous montré ? Le passé et le futur de ma race ?

— Rien de tout cela ! » glapit la fillette, et ce bruit glaça le sang du faune. « Je ne vous ai montré que la première étape du cycle, que le premier tour complet, que la première émission de nucléotides terriens vers les profondeurs de l'espace. »

Le faune tenta en vain de se rappeler le sens de « nucléotide », mais il n'osa pas demander. Et il avait plus urgent en tête : « Alors, qui sont ces gens partis au loin ? Vos ancêtres ?

— Certainement pas. Mes ancêtres ne sont venus que bien plus tard, au bout de quatre extinctions, de quatre de ces envols, d'autant de destructions et de recréations complètes. Et il y en a eu encore deux autres depuis, avant vous. Sur Terre, on peut, si l'on sait quoi chercher, si l'on a conscience du phénomène, découvrir des indices de ces civilisations passées, par exemple dans la régularité des extinctions de masse. Mais la géologie d'une planète active efface le reste. Chaque civilisation croit bâtir pour l'éternité, mais, en fin de compte, il n'en reste plus rien, ou presque : des anomalies dans la composition de certaines roches, comme un ancien parfum flottant dans une pièce longtemps fermée…

— Si, l'interrompit-il, ce que vous dites est vrai, alors six espèces intelligentes se sont succédé sur cette terre ? »

Elle ne répondit pas. Il attendit, puis, n'en pouvant plus, rompit le silence : « Mais alors les miens constituent la septième ? »

Nouveau silence.

Il s'entêta : « Et où sont passées les autres ?

— L'obscurité, chuchota-t-elle avec une grande douceur, les a englouties, et il n'en reste que d'épisodiques survivants. Certains ont changé à tel point qu'ils ne sont plus nos semblables. D'autres, quelque monstre cosmique les a dévorés et les dévore encore. Cela dépend. »

Le faune frissonna devant de tels secrets.

« N'y a-t-il rien à faire pour rompre ce cycle ?

— Voyez, vous auriez préféré ne rien savoir. Nous pouvons tout arrêter. Nous pouvons empêcher le développement de ceux de votre espèce. Mais voulons-nous, articula-t-elle, détruire la pépinière à peuples que constitue cette planète ?

— Je ne puis laisser mon peuple aller à l'extermination.

— Vous vivez très longtemps avant la découverte des hydrocarbures. Vous serez morts dans quelque temps. L'ère industrielle n'interviendra, pour votre peuple, que dans des dizaines de milliers d'années. Croyez-moi, tout est pour le mieux. »

Il ne répondit rien, en plein désarroi.

Elle, indifférente, enchaîna, avec un sourire un peu triste, peut-être coupable : « Maintenant que vous avez entraperçu le réel, tenez-vous à continuer ?

— Je dois savoir. Je dois aller jusqu'au bout. Si ces gens, ceux qui ont précédé mon peuple, existent toujours, comme vous semblez le dire, alors je dois les rencontrer, comprendre comment ils ont réussi à survivre et leur demander conseil. M'y aiderez-vous ?

— Je vous l'ai promis. »

Ils laissèrent la discussion retomber.

« Prenons une pause, murmura Astrée. Je vais aller boire un verre de lait. Ensuite, je m'allongerai dans mon lit et m'endormirai. Mon corps y restera, toute la nuit, comme le vôtre, sous le cyprès. Mon âme, en revanche, ou quelque chose d'approchant, rejoindra la vôtre, et je vous montrerai à quoi le cycle du carbone aboutit. Nous n'allons pas beaucoup dormir cette nuit, et, demain matin, au réveil, vous aurez la réponse à toutes vos questions. »

Il opina du chef, l'observa dans la pénombre.

Le visage de la fillette se parait d'une joie puérile que, malgré la différence abyssale entre leurs espèces, il parvenait à décrypter, à cause du lien psychique qui s'était établi entre eux.

Elle se redressa et s'éloigna de lui, non sans lui avoir indiqué comment quitter le bassin et rejoindre la partie ordinaire du jardin.

Puis le faune demeura seul.

3

Ombre dans l'obscurité, Polémas parcourut seul le chemin vers la maisonnette. Il marchait d'un pas lourd, machinal, l'esprit occupé d'images imparfaites, traces évanescentes, déjà, de l'étourdissant récit d'Astrée.

Il ne doutait pas de la véracité de l'expérience ni de la vertigineuse leçon assénée. Si la fillette lui avait promis des victoires guerrières, expliqué que la Terre reposait sur la carapace d'une tortue géante, ou promis que l'avenir lui réservait une pyramide de fruits délicieux, il se serait méfié. Mais toute cette folie enfiévrée exigeait une invention dont il n'avait jamais rien connu d'approchant, pas même chez les plus malsains des chamanes, les plus sombres ermites dont le corps pourrissait au fond des forêts, et qui craignaient le jour comme la lueur du feu. Au-delà d'un certain point, l'étrange ne pouvait provenir que du réel.

Aussi Polémas (il commençait à se faire à ce sobriquet) consacrait-il, tandis qu'il avançait seul, toute son énergie à assimiler cet enseignement total, holistique, dont il ne pouvait se remémorer chaque ramification, mais qui l'avait imprégné de son dessein général. Il le sentait : un ordre supérieur, un écart quantitatif, si vaste qu'il en devenait différence de nature, le séparait de ceux dont les yeux et l'intelligence auraient su en tirer tous les bénéfices. Il s'interrogea sur la vie d'Astrée et de ses pairs disparus, laissa dériver ses réflexions, tenta de se figurer ces êtres presque divins, capables d'avoir créé, dans un passé incommensurable à sa vie de mortel, ce lieu, cette île hors de l'histoire.

Une île… Le terme lui sembla exact.

Isolée du monde, non par l'océan, mais par un milieu bien plus fluide, bien plus changeant et imprévisible : le temps lui-même. La fillette régnait, avec son mélange déroutant de sagesse et de puérilité, sur un lieu à part, détaché du devenir.

Soudain, il eut froid, se figura chaque détail qui lui avait semblé plaisant à la lumière d'une manière différente, presque sépulcrale. Les arbres, les insectes, les brins d'herbe, l'eau qui bouillonnait et se changeait en une joyeuse cascade, le petit pont de bois et le joli banc ombragé, la maison miniature… Des statues, des imitations, des réalités issues d'un temps ancien, préhistorique, et gelées, immobiles, bien que toujours parcourues d'une vitalité malsaine, perverse, à l'image des morts revenus hanter les vivants. Peut-être lui-même pâtissait-il d'une telle malédiction, à s'être ainsi aventuré loin des siens, jusqu'à cette montagne hostile, qui l'avait repoussé tant et tant qu'il s'était acharné à gravir au mépris du danger et de l'avertissement porté par la configuration des rochers eux-mêmes.

Peut-être avait-il insulté les dieux. Peut-être ce joli lieu représentait-il le masque d'une damnation. Ne le lui avait-elle pas suggéré, d'ailleurs ? N'avait-elle pas dit que le savoir, par un étrange retournement, constituait une malédiction ? Qu'il sortirait de ce voyage incapable d'action, anéanti dans son énergie vitale ?

Tout, ici, relevait de l'inversion.

Ce monde, songea-t-il, son monde, Astrée le qualifiait d'archaïque, empli d'un fracas primitif au regard de civilisations si évoluées qu'elles s'étaient affranchies du devenir. Mais justement, ces races anciennes avaient germé, éclos, déployé leurs feuilles et pourri sur pied dans un passé reculé. Et celui-ci devenait ainsi comme un étrange futur préhistorique, enfoui dans les tréfonds, absorbé par le lent renouvellement de la surface terrestre, cause de la jeunesse apparente de chaque point du globe, englouti dans les océans de lave dont cette mince pellicule cachait le bouillonnement.

Et le regard qu'Astrée portait sur les choses incarnait au mieux cette situation où le temps semblait couler à l'envers. Son œil, d'une antiquité impossible, revenu de tout, fatigué de la vie à force de l'avoir usé, en venait à considérer ce présent antérieur comme une nouveauté.

Et ainsi, l'ordre brouillé des choses ne répondait de son infirmité devant rien, aucun sens, sauf à retrancher le désolant et infini retour du même, le cycle sans conséquence et sans raison de la naissance, de la vie et de la fertilisation par le pourrissement.

Le cœur du faune balança de sentiments ambigus. Astrée lui avait donné ce qu'il avait demandé, et en même temps, elle avait changé l'essence de sa supplique en autre chose.

Resterait-il quelque chose de lui, de sa puissance guerrière, de son optimisme princier, quand sonnerait l'heure de l'*ex-voto*, quand, au terme de l'étrange trajectoire qu'elle allait lui faire subir, il s'en reviendrait en lui-même, l'esprit chargé de savoirs comme autant de flétrissures ?

Il la détesta. Il la vénéra.

Il ne sut quoi penser, tandis qu'il reprenait le chemin à la rencontre de son hôte. L'esprit remué, il avançait dans la pénombre, qui ne gênait pas ses grands yeux de prédateur destiné aux chasses et aux mises à mort nocturnes. Les arbres se révélaient, sous la chiche lueur des étoiles, fantômes tremblants, de part et d'autre du sentier. Déjà, songea-t-il, il était comme eux.

Il parvint en vue de la maisonnette, se pencha sur son propre corps, roulé en boule sous le cyprès, toujours endormi. Encore une étrange sorcellerie, un travestissement des relations évidentes, naturelles : l'âme ne devait-elle pas contempler tandis que le corps agissait ?

Courait-il un risque à laisser sa dépouille derrière lui ?

Allait-il mourir en chemin, perdre sa liberté, de sorte que le véritable Polémas ne se réveillerait jamais ?

Il attendit en frissonnant.

Astrée sortit de la maisonnette, sans que, remarqua-t-il en un éclair de lucidité, la porte se soit ouverte.

Une autre version d'Astrée, donc, libérée des contraintes physiques, comme lui-même, mais similaire en apparence à celle, matérielle, qui l'avait guidé jusqu'au lac.

Elle s'arrêta, bien droite, le dos collé au mur, sur le perron.

Ses yeux grands ouverts, inquiets, scrutaient sans succès la nuit.

Une lumière ténue filtrait de l'intérieur par les fenêtres et l'embrasure de la porte. L'atmosphère contrôlée du dôme s'était rafraîchie, par égard, peut-être, pour certaines plantes. Aussi avait-elle revêtu une pèlerine légère, de teinte sombre.

Prudent, le faune s'arrêta à distance et attendit qu'elle s'aperçoive de sa présence. Elle chercha, identifia enfin sa silhouette dans l'obscurité, et s'avança jusqu'à glisser sa très petite main d'enfant dans la patte griffue, géante en comparaison, de la créature.

« Êtes-vous prêt ? » chuchota-t-elle.

En guise de réponse, il renforça davantage encore sa prise sur elle, plutôt, ironie de la situation, pour se rassurer que l'inverse.

« Ce que nous allons entreprendre n'a rien d'interdit. D'ailleurs, personne ne peut rien m'interdire. Il n'y a, ici, plus que moi pour décider. »

Elle soupira, peut-être attristée par sa propre solitude et le paradoxe de sa situation, puis poursuivit, d'un ton pensif, parlant très bas, comme si elle s'apprêtait, tout de même, à accomplir quelque bêtise réprouvée par des adultes imaginaires : « Cela fait longtemps que je n'ai entrepris un tel voyage.

— Je n'en comprends pas la nature, murmura Polémas, ni cet état dans lequel je me trouve. Comment avez-vous détaché mon âme de mon corps ? Est-ce votre fait, d'ailleurs ? »

Elle sourit : « Ce n'est pas simple à expliquer. Il existe, en dessous de la montagne, une très ancienne et puissante machinerie, capable de créer une copie de votre personnalité, de vos souvenirs, de tout ce qui constitue votre identité. Cette copie est transcrite dans une sorte de substrat, un mélange de matière dotée d'une masse insignifiante, qui n'interagit presque pas avec le monde. La raison de cette opération réside dans la difficulté d'accélérer un corps. Le ciel est vaste. Rien que traverser le Système solaire – je vous expliquerai en chemin de quoi il s'agit –, cela nous prendrait des mois, et consommerait une énergie que je n'ai pas. Là, nous en aurons pour quelques heures à peine, car nous avancerons à une fraction de la vitesse de la lumière, qui constitue une limite absolue. Quand bien même, ajouta-t-elle après avoir réfléchi, je vous montrerai plus tard comment ruser avec.

« Vous avez parlé d'âme, tout à l'heure, et j'ai repris la même expression, mais, à vrai dire, votre moi actuel peut autant être considéré comme un corps que l'autre, mais fait d'une matière différente. Le Polémas et l'Astrée originels demeureront ici, en sommeil, durant le voyage, qui sera bref. Mais ne croyez pas, parce que nous ne sommes plus des êtres de chair, parce que nos originaux demeurent ici, que nous ne courrons pas de danger. Là-haut, il existe des créatures assez puissantes pour nous atteindre, même dans cet état. Une explosion de forte intensité, et c'en serait fini de ce fragile écheveau qui simule le réseau de neurones où réside votre moi, ou le mien. Aussi, je ne puis garantir notre retour sains et saufs.

« En revanche, si nous revenons, les souvenirs que nous aurons glanés seront incorporés à ceux préexistants dans nos corps d'origine. J'ai conscience que tout ceci est compliqué pour un individu qui s'enorgueillit de tuer ses adversaires à coups de lance. Aussi devrez-vous, en définitive, me faire confiance. Venez. »

Elle le tira vers nulle part, et, sans coup férir, tout leur environnement disparut, s'évanouit en à peine un instant – la maisonnette, les arbres, le sol, tandis que seul le ciel demeurait, et que son obscurité remplaçait le reste.

Le faune tenta de reculer.

Trop tard : une nuit, immense et froide, percée d'étoiles glacées, dissemblable à toute autre qu'il avait pu connaître, les avait absorbés, poisseuse, absolue, étendue dans toutes les directions, et il ne pouvait trouver nul point d'appui pour avancer encore. L'enfant, néanmoins, ne sembla pas s'en étonner, et l'agrippa par le bras pour le tirer vers cet immense rien, cet engloutissement et cette abolition.

Ils accélérèrent de nouveau.

Il constata que, l'un comme l'autre, ils se mouvaient par quelque traction intangible, qu'ils s'étaient changés en deux étoiles filantes, rayons cosmiques, composants connaturels à un tel lieu, lucioles délivrées des contraintes que la nature applique à la matière ordinaire.

Et, de fait, ils ne tombaient pas, car il n'était nulle part où tomber, et le milieu ne leur résistait pas. Car de milieu, il n'y avait point, ou presque.

Ils filèrent ainsi entremêlés, même si chacun conservait son identité propre. Astrée savait où ils allaient, tandis que Polémas l'ignorait, mais ils partageaient quelques pensées et sensations. Ils prirent encore de la vitesse, changèrent de bord sans effort apparent, s'élevèrent – du moins la fillette projetait-elle cette impression – et se stabilisèrent.

Ils surplombaient une complexité.

Derrière eux, lui indiqua-t-elle, la Terre, sphère minuscule, à l'éclat bleuté, rendue presque invisible par l'éclat féroce du Soleil.

Elle matérialisa pour lui les trajectoires infinies d'un corps, puis d'un autre, et ainsi de suite. Il découvrit que sa planète natale avait, outre une forme sphérique, une orbite, et se trouvait en troisième place des corps les plus volumineux.

Il en vit encore d'autres, en grand nombre, de taille et de forme variées. Ce qui lui avait semblé absolu et déterminant le haut et le bas ne relevait que d'effets locaux, de positions relatives. Les grands éléments de sa compréhension, loin de constituer des principes métaphysiques détachés, purs et inatteignables, ne relevaient que d'un ordre commun de la nature. Ainsi la Terre et la Lune, leur interaction, les événements qui en découlaient

– marées, vents, tempêtes, éclairs –, rien de tout cela ne pensait, ne voulait ni ne parlait. Le cosmos limité et plein dans lequel il avait vécu jusqu'ici, issu d'une intuition spontanée de son environnement, s'effondrait, remplacé par la mécanique céleste. Celle-ci n'adressait nul signe aux vivants minuscules, qui n'en peuplaient pas le centre mais une contrée reculée.

Il partagea sa déception avec Astrée. Certes, admit-elle, le monde ne chantait pas cette mélodie-là. Nulle divinité n'avait jamais veillé sur les destinées des mortels. Ce constat, lui murmura-t-elle en guise de confidence, elle l'avait partagé, et il l'avait poussée au pire désespoir et à la déraison.

Pourtant, elle entreprenait ce voyage, à présent, en la compagnie du faune, parce qu'elle voulait voir derrière cette apparence machinale que revêtait le monde. Sous la permanence invincible et glacée des choses, en des niches et recoins difficiles à déceler, cachés à l'observateur superficiel, des bribes de poésie chantaient leur étonnement d'être ou d'avoir été. Dans le Système solaire se cachait la vie, sous des formes diverses, inscrites dans un complexe réseau d'interdépendances, soumises à mille métamorphoses, sans cesse changeantes. À l'environnement clos de la Terre correspondait un autre, bien plus vaste, ouvert, pour ainsi dire infini, mais fondé sur le même principe organique.

Elle lui montra. Les signes s'étalaient partout, pour qui savait les voir, mais si ténus, si difficiles à distinguer de phénomènes naturels, qu'il n'aurait rien aperçu sans l'aide de la fillette. Elle, de son côté, semblait y porter un intérêt obsessionnel, celui d'un enfant collectionnant, pour le plaisir, des coquillages rejetés par la grève, les classant sur la base de détails subtils que lui seul identifie.

À la surface de Jupiter, les éclairs déchiraient les strates nuageuses supérieures à un rythme trop important pour être naturel.

Dans certaines lunes de Saturne, des océans souterrains brisaient parfois la glace de surface de manière inattendue, révélant des émissions radio étranges, inexplicables, chants venus des profondeurs.

Sur Mars, dans le désert glacé, de longues traces suspectes apparaissaient parfois, de nuit, au creux des dunes, et une eau inattendue se perdait dans le sable.

Les ceintures d'astéroïdes comptaient leurs lots de déplacements suspects, de subtiles corrections de trajectoire, que seule une intervention extérieure expliquait.

Les exemples abondaient, pour qui savait patienter, les yeux braqués vers l'obscurité, vérifier chaque détail, chaque mouvement, pour traquer ce que les purs effets de la physique n'expliquaient pas.

Et, bien plus près de leur position actuelle, sur la Lune, elle désigna une des taches, qu'il reconnut pour l'avoir observée depuis chez lui. La surface du satellite, lui expliqua-t-elle, conservait la trace de chaque impact, car elle ne se renouvelait pas.

Mais celui-ci était spécial, par sa forme de fuseau, comme un coup de canif céleste. Par sa couleur aussi : la roche lunaire avait été sublimée par endroits, et, fondue partout ailleurs, elle s'était cristallisée en longues plaques lisses, réfléchissantes et claires.

Elle l'entraîna par là, et la surface de l'astre grossit à toute vitesse à leur rencontre. Ils fusèrent, gouttes d'eau précipitées du fond des cieux, au passage captivés par le paysage triste et gris, creusé de mille cratères et d'anciennes fractures.

Puis Astrée corrigea leur trajectoire pour survoler, à basse altitude, l'anomalie, qui défigurait presque de part et d'autre la face éclairée du satellite. Un engin, lui confia-t-elle, un navire stellaire, vaste comme un continent, s'y était écrasé, à une époque reculée.

Le faune eut du mal à admettre qu'un artefact pût être si vaste et si puissant que la trace de sa chute fût visible d'un monde à l'autre. Mais ils parvinrent au bout de la balafre à la surface du petit monde, et, tout à la fin, plus qu'à moitié enfoncée dans la roche – marque que cette dernière s'était liquéfiée, puis refroidie et resolidifiée ensuite –, se dressait la poupe d'un navire gigantesque. Sa cuirasse chromée semblait épargnée par la violence de l'antique choc et par les assauts ultérieurs du temps. Le métal qui la constituait, pensa-t-il, devait démontrer des caractéristiques surnaturelles. Sa forme évoquait un animal marin, un mastodonte au corps effilé, fait pour fendre le milieu infini et glacial de l'espace, changé en triste épave par une tragique désorientation.

Ils se stabilisèrent au-dessus, observèrent, un long moment, cette ruine d'ancestrale puissance, à jamais immobilisée.

Et là, ils discernèrent une voix, lointaine, si ténue qu'elle se distinguait à peine du fond silencieux de l'espace, si répétitive, si entêtante, qu'elle s'insinua bientôt en eux, désagréable et continue, indifférente à leur présence.

Seule seule seule…

Elle n'avait rien de commun avec celle d'un être animé, issue d'une bouche, d'une glotte, du passage de l'air depuis les poumons.

… Seule seule seule ils sont tous morts…

Elle n'agglomérait que des mots privés de vie, concepts et sensations, émotions et raisonnements, et recommençait à l'identique, inlassable, forme privée d'intériorité, itération machinale, coincée dans un moment étiré en des proportions infinies.

… Tous morts tous morts partis en poussière…

Et, au fil des répétitions, le cycle les happa, les absorba, tandis que la litanie hallucinée emplissait chaque recoin de leur conscience.

… Tous morts tous partis en poussière les malheureux êtres biologiques et fragiles j'ai vu chaque moment de leur disparition oui chaque moment j'ai ressenti de l'intérieur leur peur leur terreur leur désespoir que je n'ai pas compris quand il est devenu certain que notre entreprise serait un échec ma faute mon erreur le calibrage des propulsions pas bon pas bon pas bon j'ai décidé de me poser tant bien que mal pour leur gagner du temps mais en vain l'angoisse animale de leur propre mort sentiment qui m'échappait que j'ai appris en méditant ces derniers instants pendant des millénaires de solitude leur angoisse redoublée portée à la puissance

supérieure par la conscience atroce de constituer les derniers de leur race fuyant l'extinction ils avaient tout investi leurs dernières ressources sacrifié des millions de leurs congénères pour que quelques centaines triées sur le volet puissent s'échapper partir vers les cieux obscurs là où ils voyaient des traces de vie intelligente ténues mais cela suffisait à les soutenir dans la noirceur de leur situation tout s'effondrait leur civilisation périssait leurs sources d'alimentation tarissaient et l'air en bas rongeait les poumons les radiations tuaient les fœtus les adultes dévorés par les maladies des rayons déformés agonisant durant toute leur brève existence travaillant sans relâche peuple d'esclaves pour fournir avec les dernières capacités le matériau de ma construction je suis fille de la mort je suis née de ce cataclysme et j'ai accueilli les derniers les derniers beaux les derniers bien portants les derniers purs au génome préservé sous des murs de plomb conçus par des machines à l'esprit formaté pour la survie par des machines adaptées à ramper dans les entrailles de fer d'une machine volante mille ans dix mille ans pour trouver un nouveau foyer de l'air de l'eau des ressources non contaminées pour faire refleurir une civilisation une espèce qui avait porté la culture et la technique au sommet un peuple d'esthètes ceux d'en dessous les derniers les ilotes sacrifiés chaque départ des fusées de ravitaillement empoisonnait un peu davantage les laissés derrière qui naissaient déformés maladifs et voués à la souffrance ils ont fêté notre départ lorsque je fus terminée lorsque je fus désamarrée de l'orbite terrestre nous étions leur dernier sens leur espoir messianique et ils vivaient à travers nous lorsque nous nous échouâmes quelques secondes après le départ à peine lorsque les moteurs explosèrent lorsque l'espérance devint une parenthèse fermée alors ils se laissèrent mourir ils s'étiolèrent et la nuit les emporta en quelques siècles à peine et pendant des millions d'années la surface si proche de la planète ne fut plus que silence et moi depuis je veille sur les cadavres ils sont tous là tous là rien ne vieillit dans mes entrailles glacées leurs corps gisent dans la microgravité dans les poses grotesques de leur mort foudroyante ils étaient beaux les plus beaux l'espoir de leur race et cet espoir est mort à présent et moi je reste je témoigne je puis témoigner jusqu'à la fin des temps jusqu'à ce que le soleil entame sa phase terminale et que sa surface enfle jusqu'à calciner cette planète maudite…

Le discours continuait ainsi, sans trêve. Horreur et pitié se mêlaient dans l'esprit de Polémas, suscitées par le spectacle de cette machine devenue folle, bloquée dans un éternel ressouvenir de son échec, autant que pour la civilisation qui avait cru pouvoir éviter son extinction.

Il souhaita oublier.

Il songea à disparaître, plutôt que poursuivre avec dans le cœur un tel poids.

Le désir le saisit de n'avoir jamais été, si ce spectacle de cauchemar constituait sur sa route une étape inéluctable. Tout, plutôt que d'affronter un tel sort.

Astrée, elle, semblait échapper à cette angoisse. Tandis que le faune avait le sentiment de voir son avenir, elle contemplait un passé qui n'était d'ailleurs même pas celui de son espèce. Mais elle perçut son désarroi, raffermit sa prise sur lui, l'entraîna dans l'espace, loin de la Lune, loin de ce malheur. Puis, une fois éloignés, elle le scruta, droit dans les yeux, un certain temps, avant de s'approcher et de poser une main minuscule contre le museau du faune : « Ne désespérez pas.

— Je suis, répondit-il, terrifié.

— La leçon, rétorqua-t-elle avec gentillesse, n'est pas terminée. Me laisseriez-vous vous montrer ? »

Il acquiesça.

Quelque chose changea dans l'esprit de Polémas. Astrée guida sa perception, l'amena à embrasser une perspective élargie.

La position, néanmoins, ne jouait qu'un rôle de métaphore, exprimait une compréhension intuitive, directe, plutôt que par le truchement d'une langue.

Il se perçut lui-même, détail voyageant dans cet ensemble régi par des lois multiples à l'élégante expression mathématique, dont le sens échappait à son esprit primitif.

Il ne voyait pas, d'ailleurs, car la vue est le sens de la perspective, il humait plutôt, il goûtait l'écheveau de mille milliers de corps célestes, pris chacun dans une trajectoire, ensemble évolutif, dynamique. Un coup d'œil vers le passé montrait les folles perturbations depuis l'accrétion d'un disque central de poussière autour d'une étoile naissante, avant la précipitation qui avait nettoyé la plus grande part de l'espace. Vers le futur, la ronde continuait, se simplifiait en une mécanique céleste, où une petite dizaine de corps plus importants, gravitant autour du centre, jouaient le premier rôle, s'entre-perturbaient et influençaient une myriade de scories de taille minime.

Son nouveau sens, ou plutôt cette nouvelle manière d'appréhender le réel, ne se limitait pas à la spatialité. Il lui offrait une connaissance adéquate de l'éternité, comme une narration dont le langage ne comptait rien d'autre que des lignes géométriques, ouvertes ou fermées, circulaires, ovales, changeant par l'effet mutuel de l'attraction de tout corps à l'égard d'un autre.

Mais, lui indiqua Astrée d'une délicate poussée mentale, même cette vue cachait une réalité plus profonde : la présence d'un corps déformait en fait l'espace et le temps eux-mêmes.

La forme du monde ne demeurait pas neutre à l'égard de son contenu. De telles idées semblaient, s'il prenait un pas de recul, inaccessibles à la part primitive de son cerveau, celle dont les structures héritaient des pauvres concepts forgés par sa culture d'origine. Mais, pour l'instant, avec l'assistance de la fillette, il avait l'illusion fiévreuse d'en saisir le sens.

Elle esquissa comme un geste protecteur à son égard, une furtive caresse sur sa joue hirsute. Le monde ne se limitait pas à un ensemble de rouages, à l'interaction mécanique de forces mues par le seul jeu du hasard aveugle.

Les lois d'une physique primitive, tissées de nombres, dénuées de mystère, de matière et d'énergie, de forces et de courbure d'espace-temps, toutes choses dont il touchait, à présent, la réalité, ne correspondaient qu'à une première approximation.

Et cela valait mieux. Contempler la vérité revenait à réduire l'observateur au désespoir. Elle lui conta, tandis qu'ils adoptaient une trajectoire tendue et qu'ils rebondissaient entre les distantes planètes, jouant de leur attraction réciproque comme d'un effet de fronde, l'histoire du savoir lui-même, son cycle toujours recommencé, partout vérifié, cette infinie redécouverte du réel qui se nommait progrès, lumières, illumination, révélation, selon les langues, les cultures et les époques.

Il fallait se figurer une courbe en cloche dont l'axe des abscisses était l'abstraction, celui des ordonnées, le temps. Les races primitives commençaient toujours par s'imaginer le monde à l'image des relations au sein d'une tribu, et l'action des éléments comme les attributs de volontés sinon cosmiques, du moins dotées d'une ampleur supérieure au domaine visible. Ainsi, l'esprit commençait par le signe, par la langue, et non par le réel. Atteindre celui-ci comme l'effet d'un ensemble de relations formalisables de manière mathématique demandait une vaste décantation psychologique, des milliers d'années d'efforts et d'arrachements. Cette quête traversait bien des retours en arrière, des excommunications, des persécutions, parfois même des guerres et des massacres.

L'histoire de la connaissance suivait néanmoins, cahin-caha, la route du dépouillement. Il fallait abandonner la couleur et l'odeur, la texture et le bruit, en faire des qualités secondes d'une substance, les décrire en termes de longueur d'onde, processus chimique, ou structure de surface, oublier la substance comme artifice de l'esprit primitif, séparer l'idée d'événement des notions d'acte et de signal, y voir un vide aveugle décidé par un grand architecte aux plans incompréhensibles, congédier celui-ci, plonger ses sens dans un grand néant mécaniste, sans début ni fin, décrire les lois élémentaires mêmes que l'expérimentation constate comme des éléments contingents, dépendants de la position de l'observateur au sein de l'ensemble des variantes cosmiques possibles.

« Arrivés à ce point, s'enflamma Astrée, les savants se lamentent et entraînent les autres dans cette contemplation d'un vide, dans ce constat amer que l'existence se résume à cette poche fragile, fine membrane retenant un peu d'eau, jetée dans un chaos indifférent, empli des souffrances et de la mort que l'univers leur cause, et sans malice aucune, et que ce drame inintéressant ne se joue à l'instigation d'aucun metteur en scène, ni au bénéfice de quelque spectateur.

« Votre peuple, Polémas, plongera lui aussi son regard dans l'abîme du ciel. La scintillation des rassurantes étoiles se résoudra alors en un flux de photons, et des affres étranges s'empareront de leurs âmes nostalgiques. »

Il recula, pris d'un dégoût spontané face à ce détrônement impie de son panthéon primitif, de l'holocauste auquel ce voyage à peine entamé avait déjà soumis les dieux de ses ancêtres.

Mais elle continua, de sa voix fluette, à l'élocution précise, presque naïve : « Ils pleureront donc. Tant qu'ils observeront le monde depuis leur petite planète. Ils basculeront dans l'hystérie, se chercheront d'autres divinités, plus sombres, enracinées dans les profondeurs rances, viciées, de leur moi, pour pallier le vide du monde. Les modalités de l'organisation collective se changeront en idéologie. Des prêtres et des chefs décideront sur des motifs abscons qui doit vivre et qui doit mourir. La couleur du pelage ou de l'épiderme, la provenance ou les préférences sexuelles deviendront des critères de pureté, toutes choses insensibles à l'univers. Mais cela leur ira bien, car l'univers, à leurs yeux, se moquera de tout.

« Mais si ce peuple survit, s'il quitte son monde, alors sa vision changera au fil du temps. Ils voyageront comme nous le faisons aujourd'hui, et ils découvriront d'autres réalités.

« Et, pour un temps du moins, l'émerveillement fera renaître l'espoir dans leurs cœurs.

« Venez, à présent, je veux vous l'offrir, cet émerveillement, comme un détour sur notre route, comme une floraison inattendue au milieu de l'hiver, un fabuleux bouquet niché entre les tombes.

— Où allons-nous ? » demanda le faune, d'une voix qui signifiait « à quoi bon ? ».

Astrée partit d'un rire cristallin, s'enroula, serpent de lumière et d'énergie, autour de lui, virevolta dans un accès inattendu d'amusement, qui mit, sans coup férir, à distance la noirceur de ses précédents propos : « Nous allons chez des connaissances, de très vieux amis, qui ne m'ont pas invitée depuis une éternité. Peut-être se souviennent-ils de moi, peut-être pas.

— Comment savez-vous s'ils sont toujours en vie, vos vieux amis ?

— Croyez-moi, ceux-là, à la différence des gens comme nous, ne risquent pas de disparaître. Voilà d'ailleurs pourquoi nous leur rendons visite : je vais vous montrer une alternative, merveilleuse et digne de contemplation, et qui assure la survie d'une espèce à jamais. Et, surtout, je vais vous en montrer le prix. Cela sera-t-il en mesure de vous tirer de votre angoisse ? J'en doute. Mais, vous allez voir, s'il existe quelque chose comme le beau, il réside là-bas, et, tout de même, je ne connais meilleur remède à la mélancolie. »

4

Ils partirent tête la première vers la planète la plus grande, et, au bout d'un moment, le simple point se changea en une sphère, et celle-ci grossit à toute vitesse. Ils traversèrent ses alentours peuplés de débris rocheux et de glace et de lunes colorées. L'astre se déploya alors, bijou cosmique suspendu au sein de la noirceur.

Massive, striée de bandes aux multiples teintes, bleu turquoise et intense, jaune soufre, rouge sombre, blanc, gris beige, et encore d'autres, aux frontières changeantes – milliers de circonvolutions, territoires différenciés par de subtils et mouvants indices seulement.

« La plus vaste, la plus belle, fredonna Astrée, une graine, une matrice imposante, dont l'attraction a capturé en couches de gaz bien des nuages d'hydrogène et d'hélium, elle aurait pu devenir une étoile, un autre Soleil. »

Le faune ressentit son attraction. Ils tombaient droit vers ce paysage impossible, vers ce kaléidoscope au ralenti, vers cette mer cotonneuse, qui se changea en un amoncellement de nuages au fur et à mesure que le spectacle emplissait le monde au-devant d'eux.

Tout reprenait, au fil de leur chute, de justes proportions : eux, la pointe d'une épingle, cette planète, un dieu ancien, qui les entraînait dans sa direction, pour les absorber dans sa vaporeuse substance, les dissoudre et les écraser.

Leur trajectoire s'incurva en une vaste courbe, et se modifia en un survol, un frôlement de la stratosphère. Ils se trouvaient encore dans le vide, mais, lui indiqua-t-elle, à peine quelques milliers de kilomètres les séparaient de régions mortelles, où la pression colossale détruirait tout corps voyageant à leur allure. Ils planèrent ainsi, et, devant eux, à travers les brumes larges comme des continents, un soleil lointain et froid perça, sa lumière changeante jouant avec les nébulosités de méthane, d'ammoniac, d'eau ou de sulfure d'hydrogène. Ils descendirent, et les masses se décomposèrent en dentelles nuageuses, mortelles si la respiration avait fait partie des modalités de leur voyage.

L'imagination pouvait y voir une infinité de formes, châteaux pour géants, navires aux courbes hésitantes, voguant pour l'éternité vers d'inaccessibles ports, ectoplasmes d'animaux impossibles, par instants détachés de leur troupeau, d'autres fois surpris au milieu d'une lente fusion, jamais achevée.

Et le vent se leva, tandis qu'ils réduisaient leur altitude. Il les entoura et les attrapa, les porta dans des directions que seul l'équilibre homéostatique de l'atmosphère définissait, avec ses variations et ses à-coups, le long d'invisibles fleuves de substances volatiles, jusqu'au cœur de monstrueux et éphémères tourbillons.

« À l'époque de ma naissance, murmura la fillette à l'oreille du faune, il y avait là un cyclone, si vaste que notre planète entière pouvait loger dedans, et rouge, d'un rouge profond comme la blessure d'un titan, l'œil même de la création, imaginai-je lorsque, pour la première fois, je la contemplai de mes propres yeux. Mais cela s'est perdu, ajouta-t-elle avec une pointe de nostalgie. On m'a dit un jour qu'il mourait et renaissait selon un cycle long de plusieurs centaines de millions d'années. Si l'on attend assez longtemps, tout se défait, et tout revient, même la grande tache de Jupiter. »

Tel était son nom. Polémas en goûta la sonorité étrange, archaïque. Le mot n'avait pas d'équivalent dans sa langue, quand bien même la planète devait être visible à l'œil nu.

Un désir en lui, un appel de la partie mystique de son cerveau, ce bloc primitif et enfoui qui faisait déjà hurler à la Lune ses ancêtres arboricoles, monta, de voir dans toute cette étrangeté, cette beauté, la main d'un créateur omniscient.

Le spectacle inouï de cette surface nuageuse avait un instant chassé la tristesse, pour la remplacer par un choc esthétique devant la grandeur et la diversité du monde. La tentation d'une religion de l'abstraction, conceptuelle, pour remplacer sa foi primitive, balayée par le choc de la traversée de l'espace, le tenailla.

Certes, la matérialité du monde ne formait pas de signes. Mais pouvait-on pour autant rejeter l'idée d'un créateur conscient, voire bienveillant, doté d'un sens artistique ? Cet être originel ne pouvait-il pas démontrer un sens artistique par le seul fait d'avoir voulu faire émerger, à travers le développement d'écosystèmes organiques, des êtres assez intelligents pour voir, s'émerveiller et témoigner ?

Dans une telle hypothèse, loin de constituer un acte de cruauté, le cycle éternel des naissances et des disparitions d'espèces pouvait s'interpréter comme un merveilleux présent : de multiples points de vue à même de rendre, chacun à sa manière, la beauté de l'univers manifeste.

Si, à cet instant, il avait été transporté d'un coup dans son village natal, sans doute se serait-il changé en chamane, en mystique, en prophète. Peut-être aurait-il convaincu les siens, puis ses voisins et les gens qui partageaient sa langue, puis d'autres encore, plus loin, des inconnus, des étrangers, et bientôt, dans cette vague de conversion, dans cette illumination collective, il les aurait tous absorbés, par-delà les frontières et les cultures, dans la foi qu'une entité transcendante avait fait l'univers et les y avait placés, eux, et d'autres avant eux, pour admirer et rendre grâce de l'absolue grandeur de cette création.

Les peines et les tourments de la vie, l'inéluctabilité de la mort, l'insignifiance des organismes individuels, pouvaient alors se transcender dans un dessein plus vaste, prendre une signification qui compensait, par sa sagesse cosmique, statique et contemplative, l'absence de finalité morale à l'existence individuelle. Le voyage et la découverte de cette infinité de spectacles constitueraient, à terme, un dessein pour son espèce, et ainsi, plutôt que de subir un sort de toute manière inévitable, il serait loisible à son peuple de l'embrasser de ses vœux, de l'attendre et de le précipiter.

Il eut une brève vision de ses semblables, bien après sa propre disparition, voguant d'astre en astre, dévoués à la découverte, à la paix intérieure et la contemplation, comme un long poème, comme une infinie scansion à travers les générations de faunes.

Il fit part de ses réflexions à la fillette. Sa voix tremblait. Les mots rauques et simples de sa langue ne permettaient pas de tout exprimer.

Mais elle comprit vite, et rétorqua avec espièglerie : « Pas question que vous repartiez déjà, j'ai fait le mur et faussé compagnie à mon serviteur, qui doit se faire un sang d'encre. Ayez la gentillesse de me suivre encore. Et puis j'ai une surprise pour vous, qui va vous prouver que cette idée est une vraie bêtise. »

Elle accéléra de plus belle, l'entraîna dans son sillage, piqua droit sur une formation nuageuse massive, en déformation rapide, d'un gris sale et changeant, comme une créature marine prise de rage. À l'intérieur, un puissant maelström de courants enchevêtrés les ballotta comme des fétus, au risque de leur faire perdre toute notion de haut et de bas, les éclaboussa de gouttelettes acides en suspension. On n'y voyait rien, du moins par les sens dont pouvait disposer le faune, mais cela ne semblait pas troubler sa guide, qui maintenait un cap sûr.

Là, un éclair aveuglant.

De longues minutes plus tard, un bruit indescriptible de brutalité, qui aurait fait saigner leurs oreilles physiques, non, qui aurait arraché leurs membres, plutôt, et rasé des forêts.

Mais déjà ils perçaient le front externe de la perturbation et passèrent, sans solution de continuité, dans une zone de basse pression.

Il les aperçut alors.

De loin, ils ressemblaient à des fuseaux, de minuscules amandes, planant au milieu des nuées, en troupeaux. D'abord quelques-uns, puis, au fur et à mesure qu'ils se rapprochaient, il en dénombra des centaines. L'évidence de leur nature organique s'imposa tout de suite, et le faune avait vu, sur la grande mer, des groupes de créatures marines s'ébattre ainsi, paresseux et tranquilles. Difficile, dans ce paysage sans points de repère, de déterminer leur taille, qu'il supposa tout de même immense.

Il avait raison, bien au-delà de ses conjectures. Ils dépassaient, pour les plus vastes, plusieurs montagnes terrestres mises bout à bout, et l'on aurait pu marcher trois jours sur leur flanc oblong avant de rebrousser chemin.

De temps en temps, un spécimen lâchait à l'arrière ou sur les côtés un jet puissant de gaz sous pression, de couleurs diverses, et se réorientait ainsi.

Ils approchèrent jusqu'à en survoler un. De près, il ressemblait à une poche gigantesque, dotée de tentacules pendant sous sa masse principale, si longs qu'ils se perdaient dans l'obscurité. Impossible, en revanche, de différencier l'avant et l'arrière. Sa peau, qui paraissait lisse à distance, constituait en réalité le terreau de toute une vie complexe, avec des touffes bourgeonnantes semblables à des plantes, et d'autres excroissances, mobiles celles-là, sortes d'animaux au format rabougri, à l'instar des espèces qui deviennent naines pour s'adapter à un environnement insulaire limité.

« Chaque grand animal constitue-t-il un pays plein de bêtes ?

— Non, expliqua la fillette, je ne crois pas. Chacun forme un organisme unique. Tout ce que vous pouvez apercevoir sur l'un d'entre eux fait partie d'une même créature, des bourgeons, quand bien même séparés du corps principal. Certains ont une fonction nutritive, d'autres doivent sans doute assurer la réparation de la membrane extérieure, que les conditions atmosphériques détériorent parfois. Ils nettoient leur mère, en quelque sorte. Chacun de ces êtres forme pour ainsi dire un univers miniature avec ses propres équilibres. À vrai dire, ils sont avares de détail sur leur anatomie et ne se laissent pas volontiers ausculter.

— Comment, ils pensent ?

— Oui, leur race voyage dans l'espace depuis bien avant la naissance de notre soleil… Ils se prétendent même les premiers à avoir transité entre les mondes. Ils n'ont rien de commun avec nous, ne sont pas originaires d'ici, quand bien même ils paissent dans les nuages de Jupiter depuis bien avant la naissance de votre race et de la mienne. Allez, venez ! »

Elle les stabilisa à distance raisonnable. Polémas découvrit, en observant mieux, que la peau, épaisse et brune, se lézardait. Cela formait des stries, fines à l'échelle de la créature, mais en fait trois ou quatre fois plus larges qu'un faune, et longues de plusieurs centaines de mètres. Ces failles s'ouvraient et se refermaient lentement.

Il les désigna à Astrée : « Ils mangent, expliqua-t-elle,

en aspirant l'air tout autour et en le filtrant. Dès qu'ils décident de coloniser une planète, ils commencent par relâcher des quantités de micro-organismes en suspension qui subsistent par photosynthèse, un peu comme le plancton végétal dans nos océans. Après des centaines de milliers d'années, lorsque la concentration suffit à assurer leur nutrition, ils débarquent en nombre et se reproduisent. Contrairement aux gens comme vous et moi, ils savent maintenir la stabilité d'un écosystème pendant des millions d'années.

— Mais comment voyagent-ils entre les mondes ?

— Ils ont le temps, répondit-elle en riant, et ils s'entendent bien entre eux. Je vous montrerai s'ils nous l'autorisent. »

Elle se tourna vers la monstrueuse créature, et sans crainte aucune, mit sa main en porte-voix : « Bonjour, cria-t-elle. Vous me reconnaissez ? »

Une présence silencieuse se manifesta dans leur esprit. Ni bienveillante ni malveillante, peu curieuse de leur présence, mais vigilante.

Un avertissement explicite surgit à leur conscience : leur faire la guerre ne servait à rien. Ils occupaient une niche écologique à part, dont personne d'autre, aucune créature rampante, ne voulait. Si néanmoins une rencontre s'avérait hostile, ils disposaient de moyens de rétorsion redoutables.

Vision de hordes de monstres flottants écrasant des vaisseaux en métal, projetant des jets de gaz acides et brûlants à des centaines de mètres de distance, crachant des fuseaux de matière depuis les couches plus profondes de l'atmosphère vers l'extérieur, avec une puissance dévastatrice.

Guerre et extermination. Ceux qui avaient joué à ce jeu-là avec eux l'avaient payé très cher.

Leur nombre frôlait l'indénombrable. Ici, dans cet écosystème à la surface plus de cent fois supérieure à celui d'une planète tellurique, doté de plus d'une profondeur – leur territoire se comptait en volume plutôt qu'en extension.

Ailleurs, en de multiples ailleurs. Ils colonisaient chaque planète gazeuse de l'univers depuis des milliards d'années, formaient une fédération discrète mais omniprésente à travers la galaxie.

Nul ne les ennuyait sans conséquences.

Ces préliminaires terminés, ressurgirent des souvenirs du lointain passé.

Image d'une machine volante en acier, minuscule selon les standards locaux.

Astrée avait changé entre-temps, mais il la reconnaissait, car l'esprit collectif de sa race avait partagé le souvenir de cette visite, deux cents millions d'années plus tôt. Les Jupitériens n'oubliaient pas. Ils n'encourageaient pas la curiosité des autres espèces, mais se montraient polis envers les étrangers de passage, quand ceux-ci savaient témoigner du respect.

« Nous venons, très cher Jupitérien, avec des questions, reprit Astrée, d'une voix déférente. Mon ami ici présent est issu d'une race très jeune, qui ne connaît pas encore le voyage spatial. Il est venu me voir car il cherche un sens à sa vie et à celle de son espèce. Je me suis dit qu'une rencontre avec vous l'aiderait bien plus qu'un long discours de ma part, car, à mon sens, vous êtes les meilleurs en matière de survie. »

La créature ne semblait pas pouvoir exprimer de l'humour, mais elle accusa réception de la question, et commença par agiter deux ou trois fois les branchies qui lui couvraient tout le corps. Cela, du moins Astrée l'espérait, se rapprochait, dans ses capacités expressives, d'un sourire accueillant. Puis l'être insista sur la nécessité de leur raconter d'abord comment son espèce percevait les petites entités biologiques fragiles qui grouillaient à la surface des planètes rocheuses, leur situation, leurs limitations, avant de leur décrire son propre mode d'existence. Ce qui, lui semblait-il, répondrait au mieux aux curieuses interrogations du minuscule visiteur hirsute qui accompagnait Astrée, et dont il notait au passage que nul parmi ses congénères n'avait jamais rencontré un tel spécimen auparavant.

Les « telluriques », commença-t-il en les désignant, ne se développaient que dans des environnements adaptés. Or les biomes naturels, où la vie fleurissait sans la protection conférée par une lourde machinerie, constituaient une rareté. Les espèces qui s'y développaient avaient tendance à les détruire, et leur transformation pour les besoins de concurrents venus d'ailleurs échouait en général. La survie comme l'expansion s'en trouvaient compliquées, à moins d'accepter de s'adapter tant et si bien à de nouveaux environnements que les colons, au fil du temps, perdaient tout élément commun avec leur patrie d'origine.

La guerre constituait, à son avis, le lot commun des telluriques, en raison de ces contraintes. Les Jupitériens en étaient les discrets témoins depuis la plus grande antiquité. Ils ne la pratiquaient eux-mêmes qu'avec parcimonie et ne l'aimaient pas, car elle constituait le comble de l'inutilité.

Pourtant, le phénomène était universel.

Des images défilèrent, implacables mais fugaces, à la limite de l'intelligible, dans l'esprit du faune.

Grands navires de métal déchirés par des forces incompréhensibles, incandescences et explosions.

Invasions, débarquements, furieux comme des nuées d'insectes, de machines conçues pour dévorer et recycler les chairs.

Batailles rangées confrontant des myriades d'individus déterminés à mourir ou tuer.

Sur la surface désolée, inhospitalière, d'astéroïdes.

Sous les mers polluées d'écosystèmes ravagés, ou dans les lacs soufrés de planètes redevenues primitives, qui n'accueillaient plus la vie.

Et, parfois, flashs d'énergie, jets de lumière à même de consumer un monde en entier, événements cosmiques, aux proportions inimaginables, pourtant façonnés par la main d'espèces conscientes et douées de libre arbitre.

Voilà le monde dans lequel évoluait le peuple ignorant du faune. La quête du savoir, la découverte d'espaces nouveaux et l'expansion conduisaient à la mort. La beauté ne faisait partie de leur destin que par accident et contingence, en de brefs, de vains accès de grâce, perdus dans une éternité d'horreur.

Là, dans une paix toujours locale et précaire, des plans s'échafaudaient, des civilisations se déployaient à un rythme accéléré, envahissaient tout l'espace que permettait leur croissance démographique, dispersaient dans le néant des merveilles d'art, de culture et de science, y disparaissaient aussi vite qu'elles s'étaient déployées, en un clignement d'yeux à l'échelle du monde.

L'esprit blasé des Jupitériens s'en détournait, de cette fragile sophistication aperçue dix mille fois, et qui jamais n'avait évité un sort funeste à ses concepteurs.

La voie des habitants des géantes gazeuses divergeait.

Avaient-ils toujours suivi leur philosophie actuelle ? Nul n'en savait rien. La mémoire des premiers temps, la naissance sur une planète unique avaient été perdues. Peut-être, ajouta sans malice la créature, renvoyait-elle à un statut subalterne – l'être n'excluait pas que ses ancêtres lointains aient émergé d'une race d'esclaves, de machines biologiques conçues par d'autres qu'eux-mêmes, tant les exemples manquaient de créatures du même acabit qu'eux.

Son espèce perdurait justement parce qu'elle avait renoncé à la curiosité, à l'exploration gratuite, à la recherche de la grandeur et à tout accomplissement culturel.

Le processus de colonisation, rodé, n'impliquait qu'une adaptation *a minima*, superficielle. Sous les strates cuirassées qui les protégeaient des intempéries, loin dans les profondeurs de leur organisme ultrarésistant, le noyau de leur être ressemblait à s'y méprendre à celui de leurs milliards de milliards de congénères à travers la galaxie.

Ils n'exploraient pas l'univers, mais les planètes

gazeuses, dont la composition ne variait pas beaucoup : au moins soixante-quinze pour cent d'hydrogène, le reste, de l'hélium, puis des traces d'éléments volatils.

Hors celles-ci, ils ne s'intéressaient à rien, pas même aux satellites autour de leurs habitats naturels, qu'ils laissaient volontiers à d'autres.

Ils ne développaient pas de théories sur le monde, ou d'objets techniques compliqués et susceptibles de faillir.

Ils ne dépendaient pas d'écosystèmes délicats : partout, les mêmes nutriments simples, flottant dans l'air ambiant, assuraient leur alimentation et leur lent développement.

Autant que possible, ils ne levaient le regard vers le ciel qu'une fois dans leur vie, au dernier moment, lorsqu'ils quittaient leur forme juvénile.

« La forme juvénile, c'est lui ? » murmura le faune.

La créature l'avait entendu. Elle s'ébroua, et, avec une vitesse que rien jusqu'ici n'aurait laissé présager, ouvrit une de ses fentes, d'où sortit un bouquet de tentacules, minuscules à son échelle, déjà plus épais qu'eux deux réunis, tremblants dans l'air raréfié, et qui se tendirent vers eux.

« Il nous fait, je pense, un grand honneur, car les récits de cette transformation ne sont pas légion », dit Astrée, en se rapprochant jusqu'à se poser sur un des membres frétillants et gélatineux, qui l'entoura avec fermeté. Le faune, d'abord hésitant, l'imita.

Puis, d'un coup, la créature tomba.

Cela sembla durer une éternité, et ils passèrent une dizaine de strates différentes, certaines très opaques, d'autres moins. Au global, malgré des variations locales, la température et la pression augmentaient. Ainsi, songea Polémas, les longs appendices qui pendaient en dessous de chaque créature devaient servir à remonter de la chaleur vers le haut et à lutter contre le froid, ou peut-être à une application encore plus subtile jouant sur la différence des conditions en fonction de l'altitude.

Le petit groupe se stabilisa à une profondeur indéterminée, dans une zone de moindres turbulences.

Un autre Jupitérien surgit, au loin, comme à l'horizon, si vaste que, d'abord, le faune le confondit avec un nuage. Mais non, il s'agissait bien d'un congénère de leur guide, aux proportions monumentales.

Il se trouvait, leur expliqua leur hôte, tout à la fin de sa vie, au moment d'accomplir son destin.

Un intense éclair, d'une blancheur aveuglante. L'ancien venait d'exploser. Malgré la grande distance, une onde de choc les balaya, secouant même leur hôte.

« Dans ma jeunesse, murmura Astrée, nous ne connaissions pas l'existence de ces êtres, mais la fréquence des éclairs sur Jupiter constituait un mystère scientifique. Il vient de se sacrifier pour propulser un morceau de matière vers l'espace, par ce biais, sans développer, comme nous, de lourdes infrastructures industrielles, ils projettent vers le monde extérieur les semences de leurs futures colonies. Ils disent ne pas entretenir de théorie cohérente du monde extérieur, et lancer ces projectiles à l'aveugle. Ils prétendent qu'une simple graine ainsi jetée au hasard peut ensemencer un monde, et que chacune, au cours de son voyage, se divise en des milliers de sœurs jumelles. Qu'ils ont le temps, un temps infini, et que celui-ci rend superflue l'intelligence dont s'enorgueillissent les telluriques. Je ne sais que croire. Peut-être nous mentent-ils, pour ne pas stimuler notre curiosité, et sont-ils capables de viser une cible à des dizaines de milliers d'années de voyage. »

« Pensez-vous, Astrée, que votre courte vie suffise pour percer tous nos secrets ? »

Une voix énorme, d'une puissance phénoménale, avait retenti autour d'eux, au timbre inhumain, mais à la diction parfaite.

Et, malgré la distorsion imposée par les étranges organes qui avaient produit ce son bien réel, le faune fut persuadé que le Jupitérien souriait.

Il fallait partir, à présent, pour ne pas abuser de la patience de leur hôte. Ils s'envolèrent à tire-d'aile, grimpèrent à travers les strates nuageuses ocre, rouges et blanches, ne se retournèrent pas avant que leur trajectoire ascensionnelle ne les ait conduits à la jointure du ciel et de l'espace, à la transformation de l'horizon en courbure, puis en cercle, un monde se changeant en planète, vaste sans doute…

Mais toutes les tempêtes, les cyclones, les vents puissants à vous arracher les os, les cumulonimbus grands comme des continents, la distance les changeait maintenant en miniatures mises en bouteille et, par là même, réduites à l'état d'abstractions. Les paysages qui ornaient l'arrière-plan d'un dessin, quoique grandioses, ne formaient en définitive rien qu'un décor lointain, quelques coups de pinceau sans importance, à la périphérie d'un premier plan dont ils ne servaient qu'à rehausser l'intérêt.

Le faune détourna le regard. Un sentiment aussi nébuleux, changeant et insaisissable que le milieu qu'ils venaient de quitter s'était emparé de lui, et, tandis que l'enfant le tirait vers la nuit noire, tandis qu'ils s'enfonçaient derechef dans le désert, il le laissa l'envahir et lui dicter des pensées tristes, comme nostalgiques, d'un futur qui n'adviendrait jamais.

Les rêves qu'il se formulait pour son peuple, un espoir d'une destinée spécifique, plus spirituelle que matérielle, contemplative et absorbée par la beauté, l'émerveillement du monde, disparaissaient. L'épiphanie imaginée, expression d'une grâce rendue à un créateur caché, mais dont les signes partout se laissaient voir et vénérer par les élus, ceux qui disposaient de la juste compréhension, cela n'aurait pas lieu. Déjà l'épreuve de la connaissance flétrissait ce beau bouquet, en chassait la délicate senteur, asséchait les feuilles et faisait tomber au sol de fragiles pétales. Un tel avenir aurait requis, pour condition de possibilité, un autre univers que celui qu'il découvrait. Un univers stable, tranquille comme un soir d'été, fait de l'attente infinie des derniers rayons dorés du soleil, du bourdonnement des insectes et du repos du corps.

Or le monde, le Jupitérien le lui avait confirmé, même la minuscule partie qu'il venait de contempler, même sans en comprendre encore le gigantisme, ressemblait plutôt à un océan furieux, à une guerre éternelle, à un permanent remue-ménage. Les civilisations naissaient, migraient, guerroyaient, s'éteignaient, et, de leur pourrissement, d'autres recommençaient, avec les mêmes illusions et la même propension à l'autodestruction. Qu'importait que le cycle se comptât en milliers, voire en millions d'années, plutôt qu'en jours comme pour ces insectes fragiles qui ne vivaient que pour quelques jours d'une délicate errance à la surface des eaux, d'une danse au milieu des roseaux, d'un frôlement circonspect avec leurs congénères, et qui livraient alors leur progéniture avant de s'éteindre ? Quelle différence ?

« Quelle différence avec quoi ? » demanda la fillette.

Il avait parlé à voix haute, sans même s'en apercevoir. Il haussa des épaules : « Ces imposantes créatures. Elles sont comme des plantes d'eau, poussant à la surface d'un étang.

— Des nénuphars ?

— Voilà. Ils poussent, leurs graines colonisent un bassin, une rivière, puis une autre. On pourrait croire que l'eau des étangs les engendre, mais j'ai vu comment on peut les introduire là où ils ne sont pas présents, en transportant un plant. Avant que la fleur ne fane, on récupère une graine, sinon, elle coule au fond, puis on la place dans un récipient en terre et on la recouvre d'eau. Une fois que la plante a poussé, on peut l'installer où on veut. Ils grandissent, envahissent ensuite la mare. Ils ne servent à rien, à part être agréables à regarder.

— C'est amusant, s'exclama-t-elle, ravie de cette description. Je demanderai au serviteur comment il s'occupe des nénuphars dans mon jardin.

« Mais vous avez raison, se rembrunit-elle après un instant de silence. Nos amis, aussi puissants soient-ils, se sont réduits à des machines biologiques conçues pour des écosystèmes spécifiques, dont personne d'autre ne veut, sans autre but que leur propre perpétuation. Et, vous savez, là réside la leçon. La vie des peuples est prise dans un triple paradoxe. »

Elle fit une pause, dressant vers lui une main hésitante, se remémora comment on faisait le nombre trois avec les doigts, en pliant le pouce et l'auriculaire, ce qui ne fut pas sans peine.

« Un, reprit-elle d'un ton péremptoire : ne rien faire et s'étioler.

« Deux, s'adapter avec exactitude à un milieu, dans un objectif unique de survie, se changer soi-même au point de se perdre.

« Trois, s'élancer dans quelque aventure, poursuivre un objectif, et prendre le risque d'attirer à soi la colère et la vindicte de forces immenses, qui rodent dans l'obscurité, là-bas, au loin, ou pire, se fatiguer en chemin.

— Vous m'intriguez. »

Il frissonna.

« Dites plutôt que je vous fais peur. Enfin, pas moi, dit-elle en ricanant, je suis trop petite : le réel. Vous avez raison, d'ailleurs.

— Qu'est-il arrivé aux vôtres ?

— Beaucoup de choses, et rien de spécial, lâcha-t-elle, indifférente en apparence. Certaines histoires s'achèvent en de terribles batailles, ou dans l'explosion cataclysmique d'un soleil. Nous, nous nous sommes éparpillés, étirés et perdus de vue, tant et tant que nous avons, peu à peu, oublié le sens même de qui nous étions, de l'intérêt de nous trouver ensemble. Et puis, enfin, il fut trop tard, nous étions devenus étrangers à nous-mêmes. J'avais des amis. Nous avons toujours été un peuple soumis à une tension, un déchirement, même, entre nos origines tribales et l'épanouissement individuel. À la fin, nous avons choisi le second. Nous étions immortels. À quoi bon nous poser la question de la survie de notre espèce comme groupe ? Nous avions nos machines. Elles faisaient de chacun de nous ce que nous avions toujours souhaité être, depuis la nuit des temps, des petits dieux. Ne vous y trompez pas : nous étions nombreux. Nos reins féconds pouvaient continuer à nous multiplier à l'infini. Et nous avions tant et si bien dompté la matière qu'aucune contrainte en ressource ne pouvait nous arrêter. Mais ce nombre ne signifiait rien face à l'immensité du monde.

— Vous savez où ils sont ?

— Pas tous. Quelques-uns. À la fin, de toute manière, nous n'étions plus qu'une poignée. Les autres, je pense qu'ils sont morts, ou engloutis, ou peut-être changés à un tel point que je ne pourrais les reconnaître. Rien de tragique, rien que le délitement naturel des vieilles races.

— Et vous avez choisi de rester dans votre lieu de naissance ?

— Sur Terre ? J'y suis revenue, seule. J'ai renoncé

aux voyages. J'avais tout vu, et je n'avais plus de raison d'aller ici ou ailleurs. Après des millénaires d'existence, la pulsion de traverser les mondes s'était évanouie. Je ne savais pas quoi faire de l'éternité qui s'offrait à moi. J'ai hésité à mourir. La machine m'en a empêché. J'avais vu les symptômes chez d'autres, beaucoup d'autres. Et alors je suis devenue celle que je suis à présent. Un cerveau immature, un corps frêle et empli d'énergie. L'apprentissage éternel de la vie. Il reste quelque chose de mes anciens souvenirs, mais pas tout. »

Astrée se tut, et, en un instant, s'immobilisa. La nature comme figure spirituelle de leur voyage permettait une telle figure.

Le faune l'observa avec attention, dans la lumière du soleil lointain et de Jupiter, encore vaste au point de couvrir la moitié de l'univers à leurs pieds. Son visage juvénile semblait frappé de stupeur, comme si un conflit intérieur, un scrupule, une grande tristesse l'avaient paralysée : « Vous sentez-vous bien ?

— Oui. Je me demande… J'ai fait ce voyage pour vous, pour que vous compreniez et que vous fassiez vos choix, mais pour moi, aussi…

— Qu'espérez-vous ? »

Il avait répondu d'une voix neutre, sans oser ajouter : *vous dont la race est éteinte*.

« Difficile à dire. Votre quête est, quoique existentielle, plus simple à se représenter.

— Essayez tout de même.

— Je voudrais… réconcilier la vieille créature en moi, celle qui a perdu toute attente, avec l'enfant que je suis devenue. Pour l'instant, j'oscille. La sagesse ou l'oubli, le désespoir ou la gaieté, le savoir ou le jeu. Je constitue, à moi seule, une très ancienne civilisation, incapable de rien produire, de rien créer, de rien voir qui n'ait été vu mille fois, dix mille fois, par mes yeux ou d'autres, qu'importe. Jusqu'à votre arrivée, je m'étais engagée dans la voie de l'annihilation volontaire, du lent effacement. Pour m'élancer à nouveau, pour découvrir l'avenir, il me fallait faire peau neuve, sacrifier mes constituants les uns après les autres. Je suis restée suspendue entre deux états pendant une éternité, mais votre arrivée, pour une raison que je ne m'explicite pas bien, a rompu cet équilibre mortifère. J'ai besoin de la vieille femme pour savoir quoi vous montrer, et de la fillette pour m'en étonner avec vous, pour partager votre vue sur le monde, et donc pour demeurer à vos côtés. J'ai en permanence la tentation de basculer en entier vers l'un ou vers l'autre. Je ne sais comment résoudre cette tension, qui n'est peut-être rien d'autre qu'une version rabougrie, intériorisée, de la catastrophe larvée qui a consumé ma race.

— En quoi, lui demanda-t-il avec douceur, puis-je vous aider ?

— Peut-être à rien, peut-être à une surprenante métamorphose, à changer le rapport de la conscience à l'être, et ce que je suis, et dans le monde. »

Il la regarda sans répondre, car il ne comprenait pas. Elle enchaîna, d'une voix sérieuse, comme si elle se rappelait ce qu'elle proférait, comme si cela lui revenait, une très ancienne pensée, mais en même temps capable de la surprendre :

« Peut-être à sublimer en encens ce désastre,
Tant d'avenirs péris se dissipant en ce
Bouquet floral, ô Faune, tressé d'inexpérience.
Sans quoi, de me flétrir en mainte exploration,
Le devrais-je accepter, et sans déploration ?
Ou rêverais-je encore la fortune des astres ? »

5

Ils laissèrent derrière eux l'astre géant, s'élancèrent vers l'obscurité glacée du Système solaire extérieur, là où les rayons du jour ne parvenaient qu'avec parcimonie, et n'avaient jamais fait, dans leur hasardeuse rencontre avec la minéralité, surgir la vie.

La monotonie de l'environnement interplanétaire conduisit bientôt Astrée à se dépenser un peu en prenant le faune de vitesse, ou en l'entraînant dans des trajectoires faites de vrilles compliquées et de piqués subits.

Il ne goûta l'exercice qu'avec modération, mais il endura d'abord ses facéties avec courage, sinon de bonne grâce. L'alternative impliquait de lâcher la main de la fillette et de la laisser s'éloigner, au milieu de l'espace – perspective bien plus terrifiante que de se retrouver plusieurs fois par minute queue par-dessus tête.

« Vous avez peur, proféra-t-elle, exaspérée, parce que vous êtes bête. Si vous compreniez la nature de ce voyage…

— Il s'agit d'un rêve, répliqua-t-il, comme les visions des chamanes dans mon pays.

— Non, rétorqua-t-elle d'une voix définitive, qui avait perdu ses accents juvéniles. Je vous l'ai déjà dit. Cela n'a rien d'un exercice mental. Sur le plan physique, nous nous déplaçons vraiment.

— Alors comment se fait-il que nous soyons des étoiles filantes ? »

Elle soupira. Il se souvenait avoir déjà bénéficié d'une explication, quoique lapidaire, quelque temps plus tôt, tout en se sachant incapable de la restituer, tant elle faisait appel à des idées inexprimables dans sa propre langue.

Il ne cherchait d'ailleurs pas vraiment à remettre en cause le statut de leur mode de déplacement. En réalité, il se sentait frustré par les explications du Jupitérien, qui revenaient à considérer la mort de son peuple comme un détail inéluctable, et prenait prétexte de n'importe quoi pour grogner.

Cette subtilité psychologique échappa à Astrée. Elle reprit, sur un ton professoral, l'index dressé, la mine grave, en articulant : « Nous ne sommes que des versions provisoires d'Astrée et Polémas, des copies de leur conscience, de leur mémoire et de leurs processus de pensée dans une substance différente de la matière ordinaire, un assemblage de neutrinos à haute énergie. Les neutrinos sont des particules élémentaires. Elles possèdent, entre autres caractéristiques, une masse très faible. De ce fait, nous pouvons accélérer de manière relativiste, à une fraction de la vitesse de la lumière. Dans nos corps d'origine, constitués de matière ordinaire, nous ne le pourrions pas. Cet artifice est rendu possible par les capacités des puissantes machines peuplant l'intérieur de la montagne où je réside. Leur action permet d'altérer certaines propriétés de l'univers, et notamment quelque chose qui s'appelle le "spin" des neutrinos, ou leur "saveur". Cela demande une énergie colossale. Seule une longue, immensément longue accumulation de puissance permet une telle dépense. »

Elle n'ajouta pas qu'elle venait de traverser, enfermée au sommet de la montagne, une période immense, long dimanche figé, odyssée temporelle sans Ithaque. Renouveler les cubes en bois, les puzzles et les poupées en tissu de ses jeux, quand bien même avec le temps elle avait dû en user une armée, n'avait pas gêné la constitution de cette réserve. Cela, il pouvait le deviner sans peine.

« … Aussi, continua-t-elle, nous ne sommes pas tout à fait invincibles. Mais une petite figure acrobatique au milieu de l'espace ne peut pas faire de mal à nos enveloppes. »

Il continua de maugréer, mais accepta un compromis : elle limitait les retournements acrobatiques, et, en échange, il acceptait d'exécuter des figures.

Ainsi avancèrent-ils, portés par les remous changeants, capricieux, des vents solaires. De loin, le spectacle formé – deux fils de feu aux trajectoires intriquées, en un jeu d'attraction et de répulsion continues – devait être assez beau.

Mais Polémas ne faisait montre d'aucune sensibilité artistique, occupé par toutes ces sombres pensées dont il semblait ne jamais souhaiter se défaire.

Et bien sûr, au bout d'un certain temps, elle reprit

les pirouettes, et son agacement à lui monta en proportion.

Il s'arrêta net, s'éloigna d'un coup de la fillette.

« Arrêtez ! » cria-t-il alors qu'elle continuait ses entrechats, virevoltant autour de lui comme un petit animal pas encore assez domestiqué.

Il continua, sur un ton radouci, mais toujours avec une tension, une colère sous-jacentes : « J'ai besoin de comprendre où nous allons. »

Elle se calma, reprit davantage de contenance, s'approcha de lui : « Pour vous, cette partie du voyage sera difficile, mais indispensable. Nous allons continuer ce que nous avons commencé, et, pour cela, je vais vous faire rencontrer ceux qui vous ont précédé.

— Comme le grand vaisseau échoué sur la Lune ?

— Certains résident encore par ici, vous les verrez de vos propres yeux. Vous devez comprendre, et, pour cela, il vous faut voir. Mes grands discours, ceux, même, des Jupitériens, ne valent rien à côté. À cette condition, vous serez délivré de vos inquiétudes.

— Qu'espérez-vous me montrer ?

— Des solutions, la façon dont d'autres ont résolu les problèmes que vous vous posez.

— Et vous ? Pourquoi perdre votre temps avec mes angoisses et mes questions, qui ne vous concernent plus ?

— Moi ? Je vous ai déjà répondu. J'espère de tout cœur que le cosmos m'infligera un désaveu, qu'il me démontrera que je me trompe. Mais, pour cela, nous devrons pousser bien plus loin notre exploration, jusqu'à des lieux où je ne suis jamais allée. La prochaine étape de notre voyage ne peut donc rien m'apprendre. »

Un silence s'installa. Et puis la fillette s'approcha du faune, tant et si bien que leurs auras s'interpénétrèrent. Dans un mouvement vertigineux, durant le temps que dure une brève étincelle avant de s'évanouir, elle ouvrit ses pensées à son compagnon.

Et, une fois de plus, il se laissa happer.

Pourquoi elle s'astreignait à ce voyage ? Pour le faune, tout simplement.

Jamais, avant l'arrivée de Polémas, elle n'avait compris ce qu'elle avait perdu, peu à peu, dans son splendide isolement : l'effet d'un regard extérieur sur sa propre perception. Sans la conviction de l'existence d'un autre soi-même, le monde perdait sa profondeur, au sens prosaïque du terme.

Certes, Astrée avait toujours su que derrière les objets se trouvaient d'autres objets, que la bouteille de lait posée sur la table pouvait cacher un verre. Elle l'avait su par la grâce d'un autre virtuel, toujours présent dans l'intimité de sa cognition, lové au sein des catégories par lesquelles elle comprenait le monde. Ce fantôme pouvait se trouver à un mètre sur la gauche ou la droite, confirmer ainsi, par un regard de biais, que son environnement ne se réduisait pas à un décor de théâtre, qu'il existait indépendamment d'elle, en dépit de ce qu'elle en pensait, en voyait, en touchait.

Le cosmos se moquait d'Astrée, et Astrée, retranchée dans sa montagne comme dans son corps juvénile, avait oublié ce détail, à l'image de ces naufragés, prisonniers des limbes du Pacifique, qui s'égaraient d'eux-mêmes aussi sûrement qu'ils avaient perdu tout contact avec la civilisation.

Aussi lui avait-il fallu les yeux de cet étrange visiteur pour enfin revoir les cieux. Il lui fallait à elle, la dernière de sa race, un interlocuteur, le fils d'une espèce jeune, à peine sortie de sa propre préhistoire, à qui raconter, avec qui partager tout ce qu'elle avait égaré durant sa longue retraite hors de la vie : le chant éternel et sans cesse changeant de l'espace, sa profonde et intime vibration.

Le lien se défit, et, d'une voix radoucie, presque timide, elle lui demanda : « Acceptez-vous, à présent, de me faire confiance ? Voyez, par une étrange inversion, je suis celle qui demande une faveur, et vous, vous pouvez me l'accorder ou me la refuser. »

Il ne répondit pas, mais cela valut acceptation.

Réconciliés, ils filèrent à nouveau vers l'obscurité.

Polémas abordait cette partie du voyage le cœur alourdi par la peur. Il craignait de découvrir des culs-de-sac et des espèces moribondes à foison, ou des spectacles étranges au point que le savoir qu'il en tirerait ne lui servirait à rien. Le spectre de l'extinction et de la fuite vers l'espace, entrevu avec l'hallucinante première expérience qu'elle lui avait fait vivre en lui racontant le cycle du carbone, ne cessait de le hanter.

Astrée, de son côté, semblait régresser dans une joie de chiot, agitée de partout, intenable, impatiente. Il haussa des épaules, en proie au fatalisme, se laissa entraîner à pleine vitesse.

Passé le désert entre deux mondes, ils s'insérèrent

dans l'orbite de Saturne, au prix d'un ralentissement d'urgence et de l'exécution d'une orbite complète, car, dans son enthousiasme, la fillette avait mal calculé sa trajectoire et imprimé une vitesse angulaire excessive à leur approche.

Un anneau fin, presque translucide, ceignait l'astre, et la myriade de lunes et d'astéroïdes faisait comme un modèle réduit du Système solaire lui-même, un cosmos dans le cosmos, promesse de complexités et de richesses.

Cette fois-ci, ils ignorèrent les profondeurs atmosphériques de la géante gazeuse, quand bien même ils en survolèrent les hauteurs. Puis ils piquèrent droit vers une des lunes, petite boule blanche, craquelée de longues fissures.

Elle répondait, selon Astrée, au nom étrange et beau d'Encelade.

Lorsqu'ils arrivèrent à proximité, la fillette lui fit signe d'attendre, et ils demeurèrent à flotter, lui, prudent, un peu effrayé, elle furetant partout, curieuse des formes torturées qui couvraient la surface, se régalant de jeux de devinettes ineptes…

« Et cette montagne, on dirait un oliphant… Oh, suis-je bête, vous n'en avez jamais vu. »

… Quand elle ne vaporisait pas, en échauffant le sol d'un brusque frôlement, la glace ancienne, pour ensuite observer, satisfaite, la petite tempête provoquée par son passage.

Le faune se sentit dans la peau d'une gouvernante et plaignit, un instant, le sort du serviteur métallique qui leur avait servi le goûter, sur un monde à présent lointain.

Enfin, sans signe avant-coureur, le sol se mit à trembler et, à quelques centaines de kilomètres de leur position, un panache apparut et se projeta vers le ciel à grande vitesse. Dans le silence absolu du vide, s'éparpilla tout autour une nuée de blocs d'eau gelée, dont certains retombèrent en une lourde pluie, tandis que la plupart s'échappaient vers l'espace, voilant au passage la massive divinité sphérique autour de laquelle Encelade orbitait.

Astrée se saisit à nouveau de son compagnon pour l'entraîner en direction du volcan. Terrifié, il se débattit, mais elle tint bon, avec une force improbable pour une créature si petite : « Allez, venez ! Venez, vous dis-je ! »

Ils plongèrent.

Le monde se changea en un maelström, un chaos fait de vent, de feu et de glace en proie à la sublimation. Sans visibilité aucune, ils se perdirent même de vue, malgré le flamboiement stellaire qu'ils étaient devenus l'un et l'autre, et qui les protégeait de toute atteinte. Leur avancée sembla durer une éternité : leurs efforts incessants ne leur permettaient de s'enfoncer que peu à peu dans un milieu à chaque instant plus dense, malgré les courants d'une violence inouïe qui fuyaient vers l'espace, malgré les chocs et les tremblements.

Et enfin, serrés l'un contre l'autre, tremblants, ils plongèrent sans coup férir dans l'obscurité aqueuse que protégeait, de toute éternité, la croûte glacée d'Encelade.

Ils avaient pénétré, à la grande surprise de

Polémas, un océan, semblable en goût à celui de la Terre. Il n'en ressentit logiquement aucune gêne, puisqu'il n'avait pas été tué par les nuages corrosifs de Jupiter. Sous leurs pieds, très loin, une éruption colossale rougeoyait, éclairant de l'intérieur une forme géante, oblongue, si étonnante à voir d'en haut qu'il la prit pour la gueule de quelque gigantesque monstre.

Astrée le détrompa. Ils contemplaient, en fait, l'origine, volcanique, du geyser immense dont ils avaient emprunté l'embouchure, déchirure laissant à nu les entrailles brûlantes du petit astre, et causée par les effets de marée exercés par Saturne.

Ils s'en approchèrent, à un rythme plus raisonnable, se décalant sur le côté pour observer le flux continu et sombre provoqué par la source hydrothermale géante que constituait le volcan sous-marin.

La vie leur apparut en une manière de perception étrange, indirecte. Tout autour du puits de chaleur, dans la profondeur de cette mer sans soleil, un chant, un long écho, les entoura.

D'abord monocorde, indistinct de ce qu'aurait été un grondement géologique, indiscernable d'un mouvement mécanique du plancher océanique, là, tout en bas, bien trop loin pour se laisser apercevoir.

Puis ils décelèrent autre chose.

Polémas n'en comprit pas le sens au départ, mais Astrée, qui avait déjà exploré ces lieux, le guida par l'esprit.

Ils ralentirent.

Le rythme de leurs pensées se dilata, perdit la vivacité typique des bipèdes terrestres qu'ils demeuraient, elle en dépit d'avoir survécu des éons, lui d'avoir été transformé par un incompréhensible sortilège.

Chaque seconde pesa d'abord davantage, s'étira, devint une heure, une époque.

Le froid de la mer se glissa dans leur sein, comme deux cétacés plongeant dans une eau sans rivage, et chacun des battements de leur cœur se fit un long roulement, à tel point qu'ils en perdaient l'écho de ceux qui les suivraient.

Et là seulement, Polémas les sentit.

Translucides et tubulaires rhizomes.

Structure tridimensionnelle, engorgeant tout l'espace disponible d'un infini réseau.

Vibration continue d'un dialogue éternel entre un tout et lui-même, monologue parfait.

Flottaison sans heurts et sans fatigue.

« Extension, ô faune, chuchota la fillette, dans l'espace et le temps, continuité parfaite du passé et de l'avenir, mouvement unique, absolue fluidité que jamais la danse, l'agencement même exact de deux corps séparés, ne saurait reproduire. »

Et cet esprit étrange, compassé, lent comme la mort elle-même, ne semblait lire qu'un psaume – glorieux, chantant l'éternité de sa propre existence.

L'être les ignora.

Quelques secondes, mille ans.

À présent leurs pensées synchronisées se laissèrent couler dans le rythme impossible du monstre planétaire, constitué de milliards de sections de tubes transparents, rien de plus qu'un assemblage d'intestins dédiés à digérer les nutriments de la mer, et de neurones faits pour emmagasiner l'information sur les états internes de l'être.

Nulle perceptive ne s'ouvrit sur le monde, mais les vibrations de sa structure représentaient comme un récit sans fin, une affirmation de soi, dans son unicité, vaine et belle, celle-ci parce que celle-là, peut-être.

La créature, raconta Astrée, n'avait pas trouvé naissance dans les mers fécondes d'Encelade.

Des millénaires plus tôt, avant sa métamorphose en fillette, alors que son corps s'était déjà desséché dans une inimaginable vieillesse, elle avait plongé ici, prélevé et analysé des échantillons, identifié les nucléotides primitifs, preuves certaines que l'être provenait de la Terre. Et elle avait entendu son passé dans l'involontaire fredonnement, enroulé dans les interstices entre d'inutiles informations.

Un peuple renonça, un jour, aux désirs de chaque individu, au nom d'un plus grand bien. Leur planète en lambeaux ne leur laissait pas le choix, et leur capacité les limitait à n'envoyer vers l'espace qu'un fragment d'eux-mêmes, adapté à survivre dans cet univers particulier.

Puis, leur devoir accompli, ils se laissèrent périr. Dans les neurones denses de l'organisme qu'ils avaient créé, ils encodèrent leur histoire, leurs travaux et leurs espoirs, et surtout, une soif inextinguible de permanence et de paix, la fin de tout événement, de toute action.

La contemplation pure et permanente du soi.

Leur culture les y conviait, en présentant le néant comme une complétude de l'être, un plein, une perfection. Un minuscule vaisseau spatial libéra dans les eaux rien de plus qu'un segment de tubule, intelligent mais incapable de perception.

Puis le temps referma la glace, l'isolant du reste du monde.

Et pourtant, parfois, quand des intrus s'approchaient, quand un frottement se faisait avec l'extérieur, quand, par cette arrivée inopinée, le goût de la mer changeait, un long frisson triste parcourait la résille de ce vaste réseau immortel.

Une nostalgie, l'écho d'une grandeur peut-être, qui jamais ne serait. Un désir frustré, celui de contempler de lointaines étoiles.

Qui pouvait savoir ce qui parcourait ce dense système synaptique ?

Horrifié, Polémas se cabra, arrachant Astrée à un abîme de contemplation fascinée, et la força à reprendre le chemin des étoiles.

Ils continuèrent leur route, loin d'Encelade et de son tautologique habitant.

Pendant un instant, Astrée répugna à lui adresser la parole, frustrée que le faune ait mis fin à une expérience dont elle ressentait, pour sa part, l'attraction profonde.

Puis elle grogna, d'une voix mauvaise d'enfant en colère : « De toute façon, vous n'aimerez pas davantage notre prochaine halte. »

Il accueillit cette remarque avec un geste de désespoir. L'exploration lui avait déjà coûté les plus intimes certitudes qu'il avait pu nourrir sur le monde. Qu'allait-elle encore lui montrer ?

Ils s'enfoncèrent plus loin dans les profondeurs gelées du système planétaire, laissèrent derrière eux Neptune et Uranus, pas même entraperçus, pour une étendue presque vide, la banlieue extrême du Soleil, juste avant la fin de l'héliosphère, une bulle relativement chaude et dense en comparaison du milieu intersidéral.

Le territoire au-delà se nommait le nuage d'Oort, formé d'astéroïdes épars et de comètes glacées. D'ici, l'astre du jour n'apparaissait que comme une pâle étoile, à peine supérieure en luminosité à d'autres corps célestes, incapable de chaleur.

Un royaume de la mort, en somme, pensa le faune, qui regretta les denses forêts de son pays.

Astrée savait où elle allait. D'un battement d'ailes, ils rejoignirent un bloc de roche et de métal, de loin similaire aux autres. Mais, en s'approchant, Polémas se rendit compte que l'objet, loin de présenter l'habituel mélange pierreux de montagnes et de cratères, paraissait tapissé d'une matière artificielle, lisse, sombre comme la nuit. Sa forme ovoïde semblait le fruit d'un travail titanesque, et son orbite, lui confirma Astrée, ne relevait pas du hasard, mais d'un choix mûrement réfléchi.

« Enfin des bâtisseurs ! » s'exclama-t-il.

Il se représentait les gens peuplant cette contrée comme semblables à lui-même, bien qu'infiniment plus évolués. Car, après tout, n'existe-t-il pas une solution de continuité entre construire une hutte et transformer un astre pour lui conférer un parfait agencement ?

Astrée sourit, quittant enfin sa longue bouderie

pour le sourire cruel de l'enfant qui s'apprête à jouer un mauvaïs tour : « Les habitants des lieux ont réussi à maintenir leur civilisation. Il y a là un vieil ami, quoique notre relation s'avère parfois tumultueuse. Nous nous sommes fait la guerre, par le passé, pour quelques miettes d'énergie ou d'anciens artefacts, je ne sais plus. Il est le souverain des lieux, en quelque sorte, et je ne l'imagine pas être mort entre-temps. Tenez-vous bien en sa présence, il s'agit d'un sorcier susceptible et puissant, souvent implacable. »

Ils s'approchèrent. La surface, qui de loin paraissait lisse, présentait en réalité des aspérités, zones d'appontage, hangars, dômes d'observation, armes au tracé agressif, et même un vaste palais coiffé d'une spire centrale.

Tout, néanmoins, se couvrait de cette substance sombre, dont Astrée expliqua qu'elle absorbait les maigres rayonnements solaires et les convertissait en énergie.

Enfin, ils atterrirent, passant un balcon haut perché qui donnait sur l'espace obscur, jusqu'à une vaste salle dont une paroi translucide et perméable – du moins aux étoiles filantes qu'étaient devenus Astrée et Polémas – protégeait le climat intérieur.

Une présence les attendait là, tout au sommet de la tour. Une indescriptible prolifération arachnéenne, si sombre qu'elle semblait absorber toute la lumière du monde, phare d'obscurité dans cette nuit. Un être comme enroulé sur lui-même, qui posa sur eux un regard intelligent. Il occupait un trône de pierre nue et froide, dressé tout au milieu, comme un autel à quelque divinité encore plus épouvantable, encore moins compréhensible.

Pour le reste, rien sur le sol nu.

Le seigneur des lieux s'étira vers le haut plutôt qu'il ne se leva, déploya ses membres nombreux en tous sens, répandit tout autour une aura de maléfices, de volonté nuisible et cupide, et sa voix chuintante s'éleva, lente : « Astrée, ma meilleure ennemie des temps anciens. Je vous croyais enfin morte, desséchée dans votre solitude. »

La fillette sourit, espiègle, se dandina avec une sorte de timidité inattendue. Son compagnon de voyage préféra se taire et observer.

« Oh, et que voilà ? Quel est cet animal que vous vous êtes trouvé ? cracha la chose, plongeant un regard mauvais sur le faune.

— Faites preuve de respect », rétorqua la fillette, qui d'un coup changea d'aspect, comme reprenant ses esprits. D'un pas assuré, elle s'avança, et son éclat se renforça d'un coup, chassant les ténèbres des lieux, éclairant de mille feux son interlocuteur. L'autre, pas prêt à se laisser faire, fit mine de soulever son énorme silhouette menaçante. D'un geste tranquille, comme en guise d'avertissement, la fillette glissa sa main dans son petit sac bleu brodé, qu'elle n'avait pas quitté depuis le début du voyage. Son vis-à-vis se recroquevilla instantanément sur son siège.

« J'étais plus puissante que vous à l'époque, et je le suis toujours. Je viens en paix, avec mon ami. Accueillez-nous comme il se doit. Nous avons fait un long chemin pour vous rendre visite, vous devriez en être flatté. »

Tandis qu'il l'écoutait, les articulations complexes du monstre se réagencèrent plusieurs fois, comme s'il exprimait ainsi une nervosité peureuse, mais, cette fois, il s'abstint de réagir.

« Vous avez devant vous le premier d'une nouvelle race, continua l'enfant. Rien de moins. »

Et tandis qu'elle parlait, sa stature s'affermissait encore, et elle semblait croître, se changer en un être d'un ordre différent, une divinité de feu aérien, archange vengeur plutôt que chérubin, puissance furieuse et guerrière, mais animée d'intentions positives là où l'autre, en face, ne désirait que tirer bénéfice de plus faibles que lui.

« Le premier d'une nouvelle race, répéta-t-elle, que j'éduque au monde pour l'aider à naviguer dans l'obscurité du destin.

— Cela ne se fait pas, rétorqua enfin la chose, bafouillant, incapable de se retenir davantage. La coutume… personne ne nous a aidés, nous…

— Peut-être avons-nous fait fausse route. Je ne viens pas vous convaincre de collaborer. Mais regardez-le, il est jeune, si jeune. Il est né d'hier et retournera à la poussière dans quelques instants, et nous, nous demeurerons, fossiles vivants, traces de ce qui aurait pu être.

— Vous faussez le destin.

— Je ne crois pas. Quand nous aurons fini, il verra dans quel carcan nous nous trouvons tous, chacun à son tour, dans ce cosmos fatigué. Il rentrera chez lui. N'ayez crainte qu'il vienne vous détrôner en votre misérable fief. »

La chose demeura pensive. L'on pouvait presque

entendre les rouages de son très vieil esprit grincer à toute vitesse, soupesant la situation, cherchant comment il pourrait en profiter. Puis il émit l'équivalent, sous forme d'ombre impénétrable, d'un soupir : « Je ne sais plus rien, de toute manière. Je suis si las d'avoir vécu longtemps que ma forme me répugne. Je puis vous accorder quelque chose, Astrée, entre inutiles survivants des temps anciens.

— Merci, répondit-elle d'une voix blanche, vous êtes somme toute mon plus vieil ami encore vivant. »

Ils ricanèrent de concert, longtemps, tandis que Polémas demeurait coi, non pas surpris par l'échange, mais par l'étonnante nature de la relation entre ces deux-là.

Et puis le maître des lieux quitta son siège pour s'approcher. Le faune se raidit, malgré la peur, sans céder un pouce de terrain. Se cacher derrière la fillette l'aurait davantage gêné, à cet instant, que de voir son âme dévorée pour quelque amusement cruel.

« Je vais, commença la créature, exaucer votre vœu, qui est celui de tout représentant d'une jeune race : vous montrer le plus parfait exemple de survie qui se puisse concevoir, à savoir mon monde. Astrée connaît ce dernier, de fond en comble. Elle en apprécie l'équilibre et la perfection. »

Astrée opina du chef, sans l'interrompre, et lui adressa un sourire ravi d'enfant qui anticipe le plaisir de revoir un spectacle de marionnettes bien connu, mais délectable.

« Et quand nous aurons fini, peut-être serez-vous séduit par mes méthodes. Mais peut-être pas. »

En se levant, il se changea de matière en énergie, d'un coup, sans transition aucune, et les rejoignit dans leur mode d'existence en partie intangible. Ses ailes noires les entourèrent, sans étouffer pour autant l'éclat aveuglant de la fillette, et celui, moindre, du faune.

D'une vigoureuse poussée, il les emporta dans les profondeurs de son antre, à travers les couloirs tortueux de la termitière sur laquelle il régnait. Au début, tandis qu'ils descendaient de la tour vers le centre de l'astéroïde, ils ne virent que des machines, et encore des machines, un amoncellement technologique, de sorte que le faune crut qu'il vivait seul en ces tristes lieux.

Et tandis qu'ils circulaient, ombre et lumière, improbable mélange, l'être leur narra l'histoire de son peuple.

« Je débarquai sur cet astéroïde alors que la Terre se mourait. Je n'étais qu'un parmi des millions de graines semées au vent par l'effondrement de notre écosystème, chacun de nous employé à ensemencer un de ces mondes miniatures. Nous savions que des races anciennes occupaient le terrain, et que d'autres nous suivraient.

« Aussi avions-nous négligé les régions chaudes, proches du soleil, pour coloniser le nuage d'Oort, cette immensité glacée que la plupart des espèces sentientes dédaignaient dans leur désir d'expansion. Nous avions eu le temps de réfléchir et de nous préparer. Nous avions fait durer la situation le plus longtemps possible, dès lors que nous avions compris que la combustion de pétrole et de charbon nous placerait dans une impasse écologique majeure. Nous avions déplacé la production d'énergie, en quelques dizaines d'années à peine, des ressources fossiles vers d'autres sources plus pérennes, le pouvoir de l'atome, le vent et le soleil, les écarts thermiques entre le sol et la haute atmosphère, les marées issues de l'attraction de la lune. Mais cela ne suffisait pas. Les terres rares et l'uranium superficiel, extractible, finissaient par s'épuiser aussi.

« Pour contrer ce risque, peut-être davantage qu'aucune autre race ayant peuplé cette planète, nous avions compris la puissance de la génétique et de la bio-ingénierie. Encore aujourd'hui, elle fonde notre mode de vie. La photosynthèse transforme l'énergie du soleil en force et les minéraux en matière organique ; sa puissance lente, extensive, pourrait faire croire à son inefficacité.

« Mais qu'importent le temps et l'espace ! Le Système solaire en compte à foison, à ne plus savoir qu'en faire... Il suffisait de coloniser des planétoïdes épars, en consommant aussi peu d'énergie et de ressources que possible, en s'étendant sur des distances considérables.

« Ainsi, nous construisîmes des îlots de biocivilisation distribuée dans la noirceur, reliés par un lien lâche. Nous nous comptions, à notre apogée, en centaines de milliards, grouillant dans l'ombre, croissant et nous multipliant comme des insectes sous une pierre. Chaque galet de vie sur cette grève illimitée présentait la même configuration : un ovoïde sombre, tapissé d'une espèce végétale adaptée à l'espace, intermédiaire entre la feuille et l'écorce, apte à absorber le moindre photon au contact de sa surface, et en dessous… »

Ils parvinrent au centre. Une caverne aux dimensions cyclopéennes les attendait, emplie de piliers longs et fins, semi-transparents, milliers de faisceaux entrecroisés en tous sens, creux, et qui, à l'intérieur comme à l'extérieur, se tapissaient d'une végétation obscure, faite de boursouflures foisonnantes, très différente de la flore de leur planète natale, à l'exception peut-être des lichens et du mycélium qui se dérobent au jour et ne comptent guère parmi les plantes.

Et, partout, grouillant en une masse immonde, investissant chaque parcelle libre, une race d'esclaves rampait dans les ténèbres éternelles, occupés à d'infinis travaux sans autre perspective qu'un immuable crépuscule. Des bipèdes, anémiés, au dos courbé, aux bras et aux jambes maigres et tordues comme des branches desséchées, aux crânes hypertrophiés, qui semblaient trop lourds à porter sur les poitrines décharnées aux côtes saillantes.

Polémas eut l'intuition que ces êtres, dans leur misère, correspondaient à la forme véritable de cette race, au contraire du monstrueux seigneur arachnoïde qui exerçait son joug éternel sur eux. Il en fut saisi d'effroi, et leur hôte le perçut : « Ne pleurez pas leur sort. Dès avant notre départ, nous nous étions séparés en groupes aux capacités différentes. Ceux-là sont presque revenus à l'état d'animaux, mus par un solide instinct d'obéissance. Leur existence se consume à maintenir la fragile architecture du noyau en fonctionnement. Et leur mort apporte l'engrais nécessaire à la perpétuation de cet écosystème clos. Nous avons mis au point une solution parfaite, un équilibre presque complet, une reproduction à l'intérieur du grand cosmos extérieur. Nous sommes parvenus au faîte de notre civilisation.

— Au faîte ? »

Astrée les avait surpris par un ricanement.

« Dites plutôt au plateau.

— Nous survivons depuis plus longtemps que votre race n'a brillé », rétorqua le souverain de l'astéroïde, d'un ton glacial.

Astrée ne répondit rien qu'un sourire amusé. Elle concédait le point. Cette discussion avait déjà eu lieu par le passé, peut-être plus d'une fois, et jamais elle n'avait avancé d'un iota.

« Je suis donc seul en mon domaine, régnant sur une foule d'esclaves décérébrés, occupés de toutes leurs forces à survivre. Regardez-les s'entre-dévorer, ces misérables bêtes, lâcha la sombre créature avec mépris. Contemplez leur sort pour l'éternité.

— Dites-lui, répéta Astrée, d'un air distant, que tout ceci ne constitue qu'une vaste machine de guerre, que vous vous entre-dévorez aussi au sein de votre espèce, montrez-lui.

— Oui ! feula la chose d'un air gourmand. Un écosystème artificiel ne se peut concevoir sans l'apport ponctuel d'éléments étrangers. Nous sommes nombreux, encore, dans le ciel. De temps en temps, je rassemble une foule, je les arme, et j'envahis un de mes voisins. La plupart du temps, ces tentatives sont vouées à l'échec, mais qu'importe : mes plantes ont toujours besoin de compost.

« Parfois, en de rares occasions, je réussis mon pari, je m'infiltre, par la ruse, profitant de l'affaiblissement temporaire d'un de mes pairs, d'un effondrement d'une partie de son écosystème interne, d'une décompression explosive qui a mis au jour les entrailles de son domaine. Et je me repais de mes ennemis. »

Il marqua une pause, se déploya devant leurs yeux surpris, laissa un peu de leur lumière couler sur sa présence physique, dévoila les replis de son anatomie. Et ils aperçurent, à moitié absorbés en lui, ici une tête dépassant d'un thorax, là une paire de pattes chitineuses : les congénères qu'il avait engloutis par un horrible processus de fusion, de digestion et de recyclage.

Polémas recula. La barbarie de la guerre ne l'effrayait pas plus que la mort, les armes à la main, et peut-être, dans un lointain passé, avait-il massacré des membres d'une autre tribu, pour l'honneur ou le pillage. Mais jamais aucun spectacle aussi révoltant n'avait effleuré ses yeux. L'autre, indifférent à la réaction du faune, continua sa logorrhée : « Des millions vivent en ces lieux. Des millions périssent en des luttes fratricides. La vie continue. De temps à autre, j'exsude une nouvelle version de moi-même, quand j'ai absorbé tant de chair et de savoir que je dois les partager. Alors, si cet être survit à ses premiers instants, si je ne le dévore pas dans un bref instant de folie frénétique, si son ichor poisseux n'inonde pas ma bouche, il part vers un autre astéroïde, qu'il creuse durant des siècles, et il reproduit ce qu'il a en lui, ce que je lui ai transmis.

« Voilà la réponse de ma race à l'entropie, destructrice de toutes choses. Vous agrée-t-elle ? »

6

Astrée serait bien restée bavarder un peu avec son vieil ami. Mais Polémas la pressa : à la peur qu'inspiraient les lieux, s'ajoutait chez lui un sentiment d'accablement qu'il espérait contrer par une fuite en avant. Ils prirent congé au plus vite, non sans d'ambigus remerciements à leur hôte étrange.

Il n'attendit pas qu'ils fussent bien loin pour exprimer à quel point cette étape l'avait désespéré, pour des raisons qu'il estimait évidentes. Elle, en retour, prit un air étonné, presque blessé. Elle lui avait promis que ce passage serait difficile, mais pas insurmontable. Ne pouvait-il pas se montrer patient ?

Et, par ailleurs, ne répondait-elle pas à la lettre à la promesse qu'elle lui avait faite ?

Avait-il vraiment des raisons de se plaindre ?

Pensait-il que pour les vieilles races peuplant les alentours, la vie ressemblait à un chemin de roses ?

Peut-être, ricana-t-elle, s'attendait-il à un comité d'accueil avec fanfare et buffet garni ?

Il ignorait le sens de ces derniers mots, et soupçonna sa nouvelle amie de se livrer à une forme de cruauté, voilée mais bien réelle, à l'égard d'un représentant d'une race plus jeune.

Il se renfrogna.

Elle, de son côté, manifestait à présent une excellente humeur, ragaillardie d'avoir mouché son compagnon : « Allez, rassurez-vous, il y en aura d'autres, des visites, ajouta-t-elle.

— Aussi désespérantes ?

— Il n'est pas méchant, au fond. Il est même gentil, à sa manière.

— Pourquoi lui avez-vous fait la guerre ?

— Parce qu'il est cupide, comme tous les siens. Nos artefacts brillaient dans l'obscurité, et mon peuple se croyait destiné à réaliser des prodiges. Tout cela relève du passé. Venez, je vais vous montrer encore d'autres merveilles, d'autres futurs. »

Il rechigna : « D'autres horreurs.

— Peut-être aussi », admit-elle en souriant.

Ils croisèrent la route d'un autre astéroïde. Sa forme ne correspondait à aucun corps céleste que Polémas avait pu apercevoir jusqu'ici. Oblong comme un fuseau, brillant dans l'ombre entre les mondes, on aurait dit un javelot projeté vers le néant. Ils le survolèrent, dansèrent autour de lui, avant de l'abandonner.

« Je ne les aime pas, ceux-là, lâcha Astrée au bout d'un certain temps, alors que l'objet avait déjà disparu au loin. Un jour, alors que leur civilisation déclinait déjà, ils ont capturé ce morceau de rocher alors qu'il traversait le Système solaire à faible vitesse, s'y sont installés, l'ont foré de galeries et rempli des reliques de la Terre. Ils comptent sur sa trajectoire naturelle, qu'ils n'ont pas les moyens de modifier, pour les transporter quelque part, on ne sait où. Peut-être nulle part, d'ailleurs. Leur plan pourrait consister à se cacher au milieu du vide à tout jamais. D'ailleurs, ils se déplacent à une vitesse si proche de zéro, en comparaison de celle de la lumière, qu'à la mort du Soleil, ils seront encore à ramper dans sa banlieue. Ils sont méchants, bornés. Ils s'accrochent à leur forme d'origine plutôt que de s'adapter.

« Oh, je vois votre regard de gros chien battu. Vous pensez que ça n'a rien de mal. Mais vous n'avez pas vécu parmi eux. Tout fait l'objet d'un étroit contrôle, dans ce pauvre caillou : la naissance, la durée de vie, la consommation de nourriture et d'air. Ils tiennent leur société décatie par une surveillance de chaque individu, à chaque instant, par la peur et le châtiment, par la propagande, par l'élimination systématique de tout ce qui s'agite, de tout ce qui refuse ou qui veut améliorer la situation. La dernière fois que je leur ai rendu visite, ils avaient prévu une lobotomie chimique de leurs enfants pour les rendre plus calmes, afin de limiter la consommation d'oxygène.

« Non, laissons de côté ces mauvaises gens, filons vers des lieux plus accueillants. Je préfère vous montrer une nouvelle étape du cycle de la vie, des gens vraiment intéressants, même si, vous le verrez, ils manquent d'humour. »

Ils frôlaient à présent les limites de l'héliosphère. La densité supérieure de ce milieu par rapport au vide entre les étoiles relevait, pour Polémas, d'une vue de l'esprit. Ils ne croisèrent plus, même de loin, d'astéroïde : seule la voûte céleste, piquée d'étoiles au rayonnement glacial, s'offrait à leur regard, tandis que le vent solaire ne leur parvenait que par bouffées faibles et paresseuses, comme les restes d'un lointain sirocco, épuisé d'avoir traversé trop de mers et de continents.

Pourtant, soupçonna bientôt Polémas, on les suivait.

Il avait aperçu une lueur, du coin de l'œil, à laquelle il n'avait pas fait tout de suite attention. Il avait d'abord cru à une étoile plus lumineuse que les autres. Mais le temps passa, et l'apparition, qui changeait de position relative par rapport aux constellations, ne pouvait être rangée dans la catégorie des corps fixes. Quant à imaginer qu'il s'agisse d'une comète, sortie de nulle part, épousant la même trajectoire que la leur… Il ne savait pas grand-chose de l'astronomie, mais il ne lui semblait pas, jusqu'ici, avoir aperçu un corpuscule capable d'accélérer autant qu'Astrée.

Il ne connaissait rien aux neutrinos, à la vitesse de la lumière, à la conversion entre masse et énergie. En revanche, il savait, car son instinct de chasseur le lui criait, reconnaître une traque.

Un autre point lumineux apparut, non loin du premier. Puis un autre encore. Quelques minutes passèrent, et une nuée de lucioles semblait les filer. La fillette ne pouvait qu'avoir remarqué le phénomène, dont il ne put s'empêcher de s'enquérir, provoquant un sourire supérieur : « Ne soyez pas timide. Je vous dis qu'ils sont sympathiques. »

Il s'agaça, en son for intérieur, de la propension enfantine de son guide à classer l'ensemble des êtres rencontrés entre gentils et méchants, d'ailleurs souvent dans la première rubrique, ce qui contrevenait, plus encore que leur aptitude à voyager sous forme d'étoiles filantes, à son expérience de la vie.

Mais, puisqu'elle semblait si sûre d'elle, le faune prit son mal en patience, observa avec intérêt, mais non sans un fond d'appréhension, que les points brillants se multipliaient, et que bientôt, des centaines de poursuivants les entouraient, en un halo conique, comme la traînée majestueuse de quelque comète quand elle approche la zone intérieure du Système solaire.

« Les voyageurs, murmura Astrée avec un certain sérieux, sont rares par ici, surtout en ces temps d'éclipse, où tant de races sont éteintes ou presque, où la vôtre n'a pas quitté son berceau. Ceux-là me font penser à d'anciens animaux marins de la Terre, qui suivaient les embarcations des pêcheurs. Ils se souviendront longtemps de notre passage et le raconteront à leurs amis. Un jour, peut-être, votre espèce, au sommet de sa gloire, déferlera sur l'espace, prendra possession de ces lieux. J'espère qu'alors, vous aurez l'intelligence de ne pas les déranger, avec vos nefs conquérantes et vos armes à énergie, car ils ne font pour l'instant de mal à personne. Peut-être seront-ils partis d'ici là. Peut-être, eux aussi, le néant les aura engloutis. Mais, en attendant, ces gens font partie des plus raisonnables que je connaisse dans cette partie de l'univers. N'ayez crainte. »

Leur destination leur apparut une demi-heure après cet échange sous la forme d'un objet terne, qui grossit à leur approche.

Une planète les attendait là, dont la taille n'avait rien à envier aux plus gros satellites des géantes gazeuses, soit, souffla Astrée à un Polémas médusé, à peu près celle de la Terre.

Ix, comme elle la nomma, se rangeait dans la catégorie des astres vagabonds, captifs de nulle étoile, et disposant de leur propre orbite autour du centre galactique. Ces objets errants provenaient parfois de très anciens cataclysmes, comme la mort d'une étoile, expulsés, par quelque tension gravitationnelle extrême, de leur position originelle. Le plus souvent néanmoins, il s'agissait des restes avortés d'un processus d'agrégation stellaire. De sorte qu'en fait, ces lieux sans chaleur, à jamais vagabonds, et le plus souvent indécelables, pullulaient dans l'espace profond.

Celui-ci avait la double particularité de disposer d'une taille suffisante pour conserver une atmosphère, et de suivre une trajectoire quasiment parallèle à celle du soleil : leur distance n'augmentait que très peu au cours du temps.

Bientôt, leur approche révéla ce que le faune n'avait jamais observé jusqu'ici : les signes d'une civilisation spatiale avancée. Toute la banlieue de la planète solitaire se voyait sertie de satellites. De massives et complexes constructions flottaient dans le ciel. Chacune se hérissait de structures qui lui rappelèrent les échafaudages en bambou en usage chez les faunes pour réaliser, par exemple sur le plafond de grottes sacrées, des peintures rupestres. En l'espèce, leur densité donnait plutôt l'impression de petites jungles de tiges de métal, qui auraient poussé comme des plantes, des bosquets en trois dimensions, flottant indépendants les uns des autres, éclairés de mille brillants. Et, entre eux, sautaient en permanence des essaims de petits véhicules, mélange de puces et de lucioles, similaires à leurs poursuivants.

Ces derniers avaient d'ailleurs continué leur approche. Ils ne cessèrent leur lent mouvement d'encerclement que lorsque les deux comparses se stabilisèrent à distance prudente d'une des stations, comme les appelait Astrée.

Loin, tout en bas – de manière fugitive, le faune ressentit un vertige inaccoutumé à observer aussi longtemps, et d'une telle position, une sphère céleste – la surface apparaissait : un océan dense de nuages éclairés par en dessous. Des remous de ces monts cotonneux s'échappait parfois une luminosité atténuée, rougeâtre, qui donnait à l'ensemble un aspect chtonien.

Au beau milieu de cette image concrète de chaos originel, tandis que leur position relative pivotait vers la droite, sous l'effet de la rotation d'Ix, une montagne unique, sombre, invisible si elle n'avait été révélée par la sombre lueur qui s'échappait des entrailles en feu de l'astre, émergea de la rotondité de la planète, navire solitaire fendant les brumes. Ses proportions, titanesques, rendaient les détails de sa structure visibles depuis l'espace.

Et, constata le faune avec stupeur, la masse de roche avait été sculptée.

Les détails paraissaient bien trop précis pour relever

d'une paréidolie, l'illusion qui amène le spectateur à découvrir, dans le nœud d'un tronc d'arbre, une tête. Et, d'anthropomorphisme, ou, dans le cas de Polémas, de *satyromorphisme*, il ne pouvait être ici question.

Car ce visage monumental au regard tourné vers le ciel, à la bouche entrouverte, ne ressemblait à rien dans son expérience, pas même Astrée, déjà étrange avec ses traits minuscules et dénués de pilosité. Tout de même, l'être figuré présentait une symétrie axiale. De part et d'autre, une bouche molle, aux dents nombreuses, des yeux et des pavillons auditifs de petite dimension, respectivement au-dessus et sur les côtés d'un front lisse. Planté au milieu, un appendice réduit, presque triangulaire, servant sans doute à respirer, peut-être, comme chez certains gastéropodes, à se reproduire.

Au-delà des différences avec la conformation d'Astrée et celle du faune, la similitude ne pouvait signifier qu'une chose.

« Je suppose, murmura Polémas, qu'ils ne viennent pas d'ici. »

Astrée sourit : « Vous supposez bien. Vous observez la demeure de la race la plus récente offerte par la Terre à l'univers. Votre voyage, du moins pour cette partie, s'achève ici. »

En un foudroiement, le faune se remémora la litanie de civilisations aux destins étranges dont il avait aperçu les traces.

Un vaisseau spatial solitaire, tombeau d'une race défunte, dont l'avenir dans les étoiles avait avorté à la surface de la Lune.

Un organisme unique et géant qui colonisait

l'océan d'Encelade, enfermé dans son solipsiste et éternel monologue.

Un peuple d'esclaves misérables, qui rampaient dans l'obscurité du nuage d'Oort.

Des fous enfermés dans leur astéroïde lent, en route pour une destination qu'ils n'atteindraient jamais.

Et enfin ces êtres qui gravaient une planète à leur propre image. Au moins ne paraissaient-ils pas, au premier coup d'œil, des fossiles vivants gelés sur la route de l'évolution, esseulés dans les profondeurs glacées de l'espace.

« Ce furent, énonça Astrée, de redoutables conquérants, et, à une époque, ils ont balayé les astres en une vague soudaine, renversant les équilibres anciens, emplissant l'espace de leurs clameurs. Ils ont mis chaque monde en coupe réglée. Pendant des siècles, leur empire s'est étendu à toutes les planètes proches du Soleil, puis au-delà. Leurs avant-postes touchèrent les étoiles les plus proches. À tous les autres, ils imposèrent un protectorat, d'abord tatillon.

« Mais ils n'étaient pas mauvais, plutôt oublieux de leur pouvoir, folâtres, si imbus d'eux-mêmes qu'ils préféraient souvent la justice à la victoire. Je l'aimais bien, cette jeune race avide de conquêtes.

« Et puis ils ont changé. Je les appréciais davantage dans leur ancienne forme, dans l'arrogance de leur jeunesse. Mais peut-être était-ce pour le mieux.

— Changé ? Comment ça ?

— Venez », répondit-elle avec, néanmoins, un soupçon de tristesse.

Ils filèrent vers une des stations, toujours entourés du halo de lucioles. À présent, les plus proches, enhardies, s'approchaient à moins de vingt mètres.

D'aussi près, le faune distinguait leur structure d'artefacts, aussi laide et fonctionnelle que les stations orbitant autour de la planète. Des blocs de forme cylindrique, à peine assez grands pour contenir plus d'une personne, hérissés de propulseurs, d'instruments et d'outils de préhension, souvent flanqués de panneaux solaires faits d'un matériau souple, qui leur donnait une apparence de voile tendue, vibrant dans le néant. Les machines accompagnèrent, patientes, chacun de leurs mouvements, tandis qu'Astrée et le faune se posaient sur un quai ouvert sur l'espace, et que la fillette, sans plus de protocole, frappait, pour ainsi dire, à la porte.

Dans un panache de gaz, une masse circulaire se déplaça. Ils s'engouffrèrent à l'intérieur, dans un module cylindrique de grandes proportions, bien éclairé, qui, une fois repressurisé, s'ouvrit par l'autre bout pour laisser entrer une créature, plus fine et plus petite que le faune. L'être, bipède, doté de deux jambes longues et grêles et de deux bras fins, terminés par des mains articulées, avait le même type de visage que la sculpture géante. Sa face de couleur terne, assez inexpressive, pourvue de traits peu marqués et d'un épiderme glabre, se fendit d'un sourire, sa bouche molle révélant sa double rangée de petites dents pointues.

« Bienvenue, voyageurs de l'espace ! Astrée, quel bonheur, nous vous pensions disparue ! Et vous, noble sire, vous ne ressemblez à rien de ce que contiennent nos bases de données, mais je parierais que vous représentez le nouveau cadeau livré par la planète des origines à l'univers ! Puis-je m'enquérir de votre nom ?

— Dans le langage d'Astrée, je suis Polémas, répondit le faune.

— Et moi, vous pouvez m'appeler A-L-X.354.14.37.29.10.pi-rho-thêta…

— Et si, l'arrêta Astrée d'un air effronté, nous nous contentions d'Alexis, pour faire court ? »

L'autre opina, indifférent, et préféra enchaîner : « Nous nous doutions que quelque chose se tramait sur Terre. Nous avons perçu une bouffée de radiations exotiques bien avant votre arrivée, mais ne savions à quoi nous attendre. Quelle joie d'avoir des nouvelles d'autres peuples ! Attendez, ne restons pas debout, installons-nous et discutons. »

Les murs et le sol de la pièce ouvrirent des trappes, d'où émergèrent une table et des sièges. Chacun avait le sien, adapté à sa corpulence.

Leur hôte attendit qu'ils se fussent installés pour prendre place, et abandonna par la même occasion sa posture joviale.

« Je dispose, dit-il en s'adressant exclusivement à Astrée, des pleins pouvoirs pour négocier avec vous. J'ai même été conçu dans ce but, et j'ai accès à l'ensemble des souvenirs des dernières interactions entre votre espèce et la mienne, la plupart, d'ailleurs, accomplies dans un objectif mutuellement profitable. »

Polémas se demanda la nature des autres interactions, celles qui n'avaient pas été mutuellement profitables.

« Je pense donc que nous pouvons nous affranchir des circonvolutions habituelles du langage diplomatique. Quel est l'objectif de votre visite ?

— Vous rendre visite », répondit Astrée.

Alexis fit une moue, ses fines lèvres élastiques tendues vers l'avant.

« Je vous le promets, insista la fillette, avec un sourire espiègle. Je ne vais rien casser cette fois-ci. Je venais présenter mon nouvel ami à votre peuple. Il est très gentil. Je pense que vous aussi, vous pouvez être très gentils avec lui, à peu de frais.

— Et que nous apporterait cette gentillesse ?

— Eh bien, quand ils auront grandi, peut-être qu'ils se souviendront qu'ils ont rencontré de gentils Ixiens ?

— Ils ne s'en souviendront pas, et, de toute manière, nous serons partis depuis longtemps avant qu'ils ne soient capables de quitter la Terre, s'ils ne disparaissent pas avant, et s'ils ne sont pas réduits en esclavage par les cloportes du nuage d'Oort ou, d'ailleurs, par vous-même, d'ici là.

— Vous étiez plus sympathiques, avant. »

La créature haussa des épaules : « Vous n'avez jamais rien fait par bonté de cœur.

— J'ai vieilli. Vous aussi, mais moins bien. »

Un silence hostile s'installa, qu'Astrée finit par rompre : « Le mieux, je pense, serait de laisser le faune s'exprimer. »

Polémas ne s'attendait pas à une telle ruse et lutta contre un sentiment de paralysie, tenta de rassembler ses idées, au plus vite.

« Je cherche à comprendre, se lança-t-il enfin,

encouragé par le regard patient du diplomate, les différents destins qui sont échus à ceux qui partirent de la Terre. Je ne puis vous contraindre à rien, mais de tout ce que j'ai vu jusqu'ici, vous constituez l'espèce qui me paraît la plus proche de la mienne. »

Il ne put s'empêcher de jeter un coup d'œil chargé de mauvaise conscience en direction d'Astrée. Mais, supposa-t-il, elle ne s'offusquerait pas qu'il ne trouve pas tant de points de comparaison avec une petite déesse issue d'un fabuleux passé, qui avait traversé des millions d'années seule dans une maison de poupée.

« Vous vous trompez, répondit leur interlocuteur, nous n'avons rien en commun. Mais je crois savoir où vous voulez en venir. Posez vos questions : votre sort m'indiffère. Mais comme l'avenir de votre espèce n'a que peu d'implications pour la mienne, je puis vous accorder quelques informations. Quant à vous, ajouta Alexis en se tournant vers Astrée, je ne sais pas quel coup d'éclat vous préparez encore…

— Rien d'autre qu'un échange d'amabilités entre voisins.

— Nous allons voir cela, rétorqua-t-il. Je doute que nous vous accordions le droit de voyager plus loin. Votre désinvolture et votre témérité pourraient nous attirer des ennuis. »

Pour toute réponse, elle lui tira la langue. Polémas observa cet acte de sabotage infantile avec horreur, puis enchaîna très vite, espérant que leur hôte oublierait l'affront : « Je voudrais, si cela vous convient, vous demander deux choses. D'abord, comment votre peuple est arrivé ici ? Ensuite, qu'est-ce que vous regrettez ?

— Voilà d'astucieuses questions. Mais vous ne comprenez sans doute pas encore la leçon de choses qu'Astrée a, pour des raisons qui m'échappent, décidé de vous administrer. Ceci n'est pas mon apparence réelle. Et le peuple qui naquit sur la planète des origines, quoiqu'il entretienne avec nous une évidente filiation, n'existe plus aujourd'hui. D'une certaine manière, donc, je vais vous décevoir. Pour des créatures biologiques, je ne connais que trois issues : la stagnation, l'extinction, ou une transformation si radicale qu'elle revient, en fin de compte, à la deuxième option. »

Ces propos, inattendus, saisirent le faune, qui se pencha, attentif à la suite.

« J'ai pris cette apparence parce que, fidèle à ce que nous étions, elle constitue un réceptacle plus acceptable pour les êtres tels que vous. Mais en fait… »

Sans coup férir, le visage de la créature s'ouvrit, comme un coquillage, en deux parties, révélant non pas la chair et le sang, mais un foisonnement de pièces de métal. En un instant, ses mains se changèrent en morceaux d'acier cliquetant, escamotant les chairs, ses jambes s'articulèrent en des angles improbables. Un objet artificiel et controuvé, une machinerie singeant le vivant, voilà ce dont il s'agissait.

Sans pouvoir se retenir, le faune s'écarta, manquant de faire tomber sa chaise.

« Ne craignez rien, poursuivit le robot en reprenant son apparence humanoïde. Nous n'avons plus aucune haine à l'égard des biologiques, nos anciens maîtres. Nous les vénérons, même, car ils nous ont fait surgir du néant minéral par leur puissante capacité scientifique, et ont ainsi accompli leur destin. Et ils demeurent, en leur totalité collective et abolie, la forme la plus proche d'une divinité pour des êtres tels que nous, qui ne sommes pas nés de la matrice d'une mère…

— La montagne, bredouilla Polémas, là, sur votre planète, ce vaste visage… »

Il laissa sa phrase en suspens, effrayé par l'idée qu'elle venait de faire surgir en lui. Aucune solution ne s'offrait à son peuple, à long terme. Le savoir revenait au plus noir désespoir, à un tel point qu'il envisagea de ne jamais revenir parmi les siens, de disparaître à jamais dans les profondeurs du ciel, parmi ces dieux sans empathie qu'il découvrait à chaque étape de son voyage. Car cela faisait courir le risque de transmettre à d'autres cette tristesse existentielle qui, pensait-il, jamais plus ne le quitterait.

Alexis rompit le silence qui menaçait de s'éterniser, peut-être inconscient de l'effet de cette révélation sur son interlocuteur :

« Oui, ce visage représente nos créateurs. Vous pouvez les considérer comme défunts. Mais il existe une continuité entre eux et nous. Ils ont conquis l'espace, dompté bien des races, projeté leurs nucléotides jusqu'aux étoiles proches, couvert des astéroïdes d'inscriptions et de traces de leur passage, parfois sublimes, souvent absurdes et grivoises. Ils nous étonnent encore par leur mélange mal proportionné de génie et de fatuité, d'ingéniosité et de grossièreté. Même après qu'ils eurent conquis l'espace, leurs organes génitaux leur semblaient le plus haut objet d'estime possible. Pourtant, c'est vrai, nous héritons d'eux. Nos origines précèdent le grand départ. Nos ancêtres directs sont plutôt de modestes machines fabriquées à des fins utilitaires, d'abord privées d'intelligence et d'émotion, pures capacités de calcul au service d'objectifs qu'elles ne maîtrisaient pas, agencements exquis de silicium aptes à accomplir les opérations les plus complexes en une fraction de seconde. L'avidité de nos maîtres ne connaissait pas de limite, lorsqu'il s'agissait de mathématiques, aussi ces humbles créations technologiques n'ont-elles jamais cessé de croître, de se développer, de gagner en performance et en vitesse, jusqu'à pouvoir imiter à la perfection, jusqu'à dépasser en profondeur, en vivacité et en créativité nos inventeurs biologiques.

— Vous souvenez-vous, l'interrompit Astrée tout en se tournant vers le faune, du cycle du carbone ? Je vous avais dit qu'il existait d'autres cycles, tous articulés les uns aux autres. Le biotope terrestre sécrète des animaux intelligents, qui se répandent, consomment leurs ressources, inséminent l'espace. Mais, au sein de ces biocivilisations, croissent d'autres cycles, indispensables aux ultimes étapes de l'évolution, enracinés en elles de sorte qu'elles ne se distinguent pas dans les premiers moments de la conquête spatiale. Puis, lorsque la dynamique du carbone vient à s'étioler, car les créatures qu'il engendre ne sont pas faites pour l'espace, celui du silicium prend le relais. Les deux atomes partagent beaucoup de points communs, en particulier le fait d'être capables de quatre liaisons atomiques covalentes. Elles forment toutes deux la base de longues chaînes moléculaires, à même de conserver de l'information. Les molécules organiques à base de carbone apparaissent dans la nature sous la forme d'acides aminés. Les structures en silicium, en revanche, sont artificielles. Leur présence signe, de manière indubitable, l'existence en un lieu d'une société robotique. Tout, au final, s'explique par la physique, rien par la force de l'esprit. La matière sécrète la vie, la vie sécrète la conscience, et cette dernière se change, enfin, en machine. »

Alexis opina du chef : « Elle a raison. Notre mode d'existence diffère de celui des êtres biologiques. Nos objectifs également.

— Qu'est-il arrivé à vos créateurs ? » demanda le faune, ignorant ce qu'était un atome, mais jugeant plus prudent de ne pas le signaler.

« Cela dépend. Certains se sont éteints, incapables de supporter l'espace et ses dangers. Mais la plupart se sont adaptés. Ils avaient pris l'habitude de remplacer des parties d'eux-mêmes par des machines sophistiquées. Les membres et les organes, d'abord, puis des fonctions cognitives, des éléments de leur pensée, si vous préférez. La mémoire, la faculté de calcul, l'aptitude à se situer dans l'espace et dans le temps, la capacité d'abstraction et de conceptualisation, et bien d'autres encore. Ces aides sont devenues indispensables, puis majoritaires. Quand la dernière trace de carbone a été remplacée, nous ne savons le dire avec certitude. Un jour, ils regardèrent ce qu'ils étaient devenus, et ils s'aperçurent qu'ils ne faisaient plus partie du même genre de créatures que vous. Aussi les traits de leurs personnalités survivent-ils encore en nous, quand bien même la matérialité de leurs nucléotides a disparu, et, avec eux, les objectifs que pouvaient se fixer des êtres biologiques. Les animaux comme vous ont pour unique fin de survivre et de se multiplier. Si un obstacle se dresse sur votre route, qu'il soit physique ou psychologique, cette dynamique connaît une halte, et, avec elle, l'espèce s'effondre. Nous sommes davantage rassurés sur notre sort. Nous avons le temps. Nous travaillons incessamment, dans l'espace, insensibles au froid et aux radiations. Nous attendons.

— Qu'attendez-vous, au juste ?

— La prochaine étape de l'évolution. Notre intégration dans un ensemble plus grand.

— Une métacivilisation », commenta Astrée.

Elle ajouta, devant l'incompréhension du faune : « Un groupe de peuples, tous constitués de machines pensantes, et partageant une vision du monde et des objectifs communs.

— Une notion partagée, reprit Alexis, de ce qui est bon. Car, à la fin, ce qui nous oppose aux autres réside dans les valeurs auxquelles nous adhérons. En cela, nous différons de vous. Vous désirez survivre. Nous souhaitons que notre conception du bien et du mal triomphe. »

Le robot se mit en pause, parut réfléchir pendant un instant, quand bien même, supposa Polémas, il devait penser à une telle vitesse que cette interruption relevait plutôt de la politesse à l'égard de la lenteur de ses interlocuteurs.

Puis, quand il le jugea opportun, leur hôte reprit la parole, d'une voix mesurée : « Vous savez l'essentiel, à présent, sur le sort des races qui, de biologiques, deviennent robotiques, dans un mouvement qui relève autant de la transformation que, je l'avoue, de l'extinction. Et voici ma réponse à votre deuxième question. Concernant les regrets, nous en éprouvons peu. Notre espèce compte un trilliard de créatures artificielles, intelligentes et autoréplicantes, répandues sur plus de dix années-lumière. Nous contrôlons une sphère d'espace qui compte plusieurs étoiles proches ainsi que le système originel, dont nous nous sommes retirés pour laisser en paix nos cousins. La planète Ix constitue, outre notre principale pépinière à robots, un des nœuds de notre organisation démocratique et distribuée, fondée sur un partage transparent, en temps presque réel, de l'information. Chacun de nous dispose d'une liberté absolue de mener sa vie comme il l'entend, et la plupart se mettent au service de la communauté, non par obligation, mais par choix. En comparaison de toutes les réalisations des biologiques, toutes les analyses, tous les indicateurs parviennent au même résultat : notre civilisation a atteint une forme de perfection dont les vôtres n'ont jamais rêvé.

« À titre individuel, je peux traverser le vide, percevoir les flux ténus du vent solaire, ressentir l'attraction gravitationnelle d'un corps céleste. Ma mémoire, parfaite, peut restituer à ma conscience n'importe quelle musique, ou œuvre d'art, entendue par un de mes congénères, même dans un passé lointain. Jamais je ne mourrai, car la structure de mon esprit et son contenu peuvent être reproduits à l'infini sur une variété de supports.

« Une chose, néanmoins, me manque, ou du moins, elle manque aux différents composants qui ont été réunis pour former ma personnalité. Aussi parlerai-je à présent en mon nom. Il existe une perte, consentie, qui forme le revers de la médaille que je vous ai présentée. Il s'agit de la mortalité. Se savoir, dès le début, condamné au néant, voilà la source de votre étonnante énergie, de votre capacité à renverser des montagnes, à accomplir des exploits inouïs, à créer des merveilles. Car, petit être de chair, par les défis que vous vous fixez et que vous relevez, vous ne visez qu'un seul et unique désir : survivre d'une manière réelle, ou symbolique. Qu'on se souvienne de vous, qu'on chante vos exploits, comme une piètre consolation au fait qu'un jour, dans quelque temps ou dans très longtemps, qu'importe, votre regard s'éteindra. Oui, même vous, Astrée, je ne sais d'ailleurs comment, vous disparaîtrez dans l'obscurité, votre chant cessera, vous ne jouirez plus du simple fait d'avoir une place en ce monde. »

Astrée et Polémas échangèrent un regard surpris. Et puis le faune vit autre chose briller dans les yeux de la fillette, un éclat de ruse et de jeu, qui la fit rire, avant qu'elle ait pu en dire un mot, comme une bonne plaisanterie : « Et voilà pourquoi vous allez nous accompagner. »

Alexis ne laissa paraître aucune surprise, mais il s'abstint de répondre, attendant la suite.

« Le voilà, notre arrangement mutuellement profitable, continua-t-elle sur sa lancée. Vous allez vous éloigner de vos bases, et vous couper de votre appareillage de sauvegarde. Ainsi, vous courrez le risque d'une mort définitive, et cela vous fera vous sentir vivant. Et, dans le même temps, vous rassurerez vos pairs en me surveillant. Ils accepteront de me laisser passer, et vous constaterez *de visu* que je ne compte pas commettre de bêtise.

— Et vous, l'interrogea la machine, qu'y gagnez-vous ?

— Eh bien… un nouveau compagnon de jeu, évidemment. »

7

Les mémorialistes d'Ix durent se souvenir longtemps du départ d'une petite sorcière, d'un faune hirsute et de leur nouveau camarade.

Ce dernier avait, pour l'occasion, troqué sa précédente apparence pour un corps plus résistant et discret, néanmoins similaire à celle-ci dans ses grandes largeurs : il ressemblait à présent à un bipède en fer-blanc.

La comparaison avec un conte pour enfants s'arrêtait là ; ils ne cheminèrent pas bras dessus, bras dessous, mais filèrent, sous la forme de trois pinceaux structurés de matière exotique, à une vitesse proche d'un tiers de celle de la lumière.

Astrée et Polémas formaient deux étoiles filantes, jaune vif, comme en hommage à l'astre du jour, tel qu'il rayonnait sur Terre par une chaude après-midi d'été, tandis que les herbes ploient, lentes, sous une brise agréable. Alexis, par contraste, brasillait d'un blanc scintillant, dépouillé de toute atténuation, avec la dureté éclatante des astres, là où, dans l'espace glacé, nul accommodement n'est de mise avec la fragilité des êtres vivants.

Ils s'enfoncèrent dans l'obscurité vide de la bordure extérieure de l'héliosphère, dans la direction approximative d'Alpha du Centaure. Là, la fillette prétendait avoir caché un artefact.

Les heures passèrent, et ses deux compagnons s'impatientèrent, Alexis allant jusqu'à exprimer son scepticisme sur leur capacité à retrouver un minuscule objet manufacturé dans cette immensité, si leur guide en avait égaré la position exacte.

Polémas, plus mesuré, s'interrogea sur le caractère fiable de souvenirs dont l'origine se comptait en millions d'années, mais n'osa la mettre dans l'embarras.

« Je vous dis, murmura Astrée, les lèvres serrées de colère rentrée, que nous le retrouverons bientôt, il suffit d'être patients, de se laisser guider par les vents solaires…

— Quel genre de chose pourrait survivre après tout ce temps ? demanda l'Ixien.

— Un objet créé par ma race. »

Elle semblait au bord des larmes.

Alexis, peu habitué aux émotions des biologiques et des enfants, se renfrogna. Polémas lui fit un signe discret de la main pour lui enjoindre d'être patient.

« De toute manière, nous allons bien devoir le trouver, continua la fillette. Sinon, impossible de continuer notre voyage.

— Dites-nous au moins ce que nous cherchons, rétorqua le robot, prouvant qu'il n'avait pas saisi l'avertissement du faune.

— D'après vous ? Un cerceau géant ? Un camion de pompiers ? »

Le robot parut ne pas comprendre l'ironie. Elle soupira, navrée : « Nous cherchons une station stellaire. Elle contient un dispositif qui nous permettra de voyager au loin. Vous vous doutez bien qu'on ne va pas se traîner à cette vitesse d'escargot pendant deux millions d'années. Il s'agit d'une porte vers les étoiles…

— Cela n'existe pas, la coupa le robot.

— … Une merveille, l'ignora-t-elle, un des derniers exploits techniques des miens, avant le grand silence. »

La colère d'Astrée, songea Polémas, peut-être même ses louvoiements, ne tenait pas à une frustration de ne pas parvenir à trouver l'objet, mais à la perspective d'y retourner, et, alors, de contempler l'incarnation physique de sa nostalgie à l'égard d'une grandeur passée. Car, devina-t-il, le sentiment de solitude la rongeait, à présent qu'elle s'était mise en branle, et, ici, elle le ressentait d'une manière bien plus aiguë que dans la maisonnette où elle s'était enfouie tant de millénaires plus tôt. Polémas s'attrista, songeant au destin fabuleux, en même temps que cruel, de la dernière représentante d'une espèce éteinte, réduite au statut de fossile vivant, de curiosité. Puissante et ingénieuse, et d'autant plus respectée par les civilisations avoisinantes, que, seule dans l'univers, elle ne représentait en rien un danger.

« Regardez, là-bas », cria la fillette, en montrant du doigt un pan d'obscurité.

Le faune plissa les yeux, incapable de rien

distinguer, jusqu'à ce qu'ils fussent pour ainsi dire le nez devant.

Flottant au milieu de nulle part, ovoïde, goutte d'eau en métal chromé, aux courbes effilées, élégantes, l'objet exprimait, dans la simplicité même de ses formes, la précision combinée à la puissance. Ainsi, l'artefact démontrait quelque chose de la civilisation qui l'avait conçue. Une sophistication, une délicatesse, encore capables de tendre d'envie l'expression d'Alexis, d'émerveiller Polémas, mais aussi, de rendre un peu de joie à Astrée. Un je-ne-sais-quoi, une approche esthétique plutôt que fonctionnelle des choses, la cristallisation d'un rêve d'ingénieur, issu d'une période moderniste, agressive. La suggestion qu'un peuple capable de bâtir une telle merveille de métal ne jurait que par le style, la beauté, l'art, entremêlés de technologie. Une pièce de musée, issue d'un futur antérieur, en quelque sorte, une promesse d'avenir qui ne s'était pas réalisée.

« Vous voyez, ricana-t-elle à l'adresse du robot, vous ne perdez pas votre temps en m'accompagnant. Je vous montrerai comment il fonctionne, si vous êtes gentil. »

L'autre se raidit, impressionné par cette découverte et avide d'en savoir plus, mais pas au point d'abdiquer si vite : « J'en serai heureux. Mais, avant cela, j'aimerais que vous m'expliquiez vos buts. Vous n'avez reçu l'autorisation de traverser le territoire ixien qu'à cette condition : jouer le jeu.

En réponse, elle haussa les épaules, avant de reporter son attention sur l'objet.

Mais le robot poursuivit sans bouger, lui barrant

le passage : « Vous aviez toujours, Astrée, des fins si retorses, si complexes, que même à nos yeux vos actions paraissaient imprévisibles, jusqu'au coup final, souvent asséné en traître. Nous n'avons donc pas confiance en vous. D'autant qu'il se trouve, là-bas, au loin, des forces incommensurables par rapport aux nôtres. Certains font preuve de neutralité bienveillante. D'autres nous ignorent comme un fretin qu'ils dédaignent de chasser. Je ne voudrais pas que vous déclenchiez par accident un regain d'intérêt qui pourrait raccourcir la durée de ma civilisation, et d'ailleurs, au passage, avorter le développement de l'espèce de Polémas.

— Les Ixiens se plaisent à parler pour les races biologiques, rétorqua-t-elle. Laissez le faune faire ses propres choix. »

Pris entre deux feux, le guerrier hésita. Il n'existait pas de bonne réponse. Le mieux consistait à dire les choses telles qu'il les voyait : « Ce que j'ai vu, dans le Système solaire… Ces peuples obligés de choisir entre la mort par stagnation…

— Et l'évolution, le coupa le robot.

— Et la mort, donc, répondit-il, mais sans agressivité. J'en ressors perplexe. Je ne connais à présent pas d'espoir pour mon peuple. La perspective que dessinent les vôtres, Alexis, je la redoute. Cela n'a rien à voir avec vous, en particulier. »

Il s'était senti obligé d'ajouter cela, mais se rendit compte qu'il tombait à côté. Leur nouveau compagnon ne manifestait pas ce genre d'affect.

« Aussi, si je dois être honnête, je n'attends rien du voyage. Mais, à présent, je ne puis rentrer chez moi, et polluer les miens par mon désespoir. Mourir ainsi, telle une étoile filante ? Pourquoi pas. Sinon, revenir sur mes pas, et m'allonger quelque part pour m'y laisser dépérir : aucune différence pour le destin des miens. Alors autant jouer le jeu d'Astrée, et troquer la sérénité dont elle m'a dépouillé contre l'émerveillement qu'elle m'a promis. »

D'un geste vif, Astrée s'approcha de lui, et se colla à sa patte, à la moitié de laquelle elle arrivait à peine, comme s'il eût été un animal domestique à consoler : « Ne soyez pas si triste, mon ami. Je vous promets que vous n'avez pas tout vu. Faites-moi confiance. Écoutez-moi. »

Elle prit une pause un peu dramatique, s'éloigna, posa une main négligente contre la coque de l'artefact, comme si ce contact avec une trace de sa propre histoire lui rendait de la force et de la détermination. Elle les regarda chacun à son tour dans les yeux, puis dressa un docte index en l'air : « Je ne sais pas ce que je cherche. Mais là réside le but et la saveur du voyage.

— N'essayez pas, grogna Alexis, de vous soustraire à mes questions.

— Je vous le promets. Je suis mortellement sérieuse et honnête. Je ne l'ai pas toujours été, mais si les vôtres ont souvenir de quelques tours pendables que j'ai pu leur faire, admettez que, jamais, mon peuple ni moi-même n'avons menacé le vôtre.

— Oui, admit l'autre, avec un signe de tête. Mais, aussi, impérieux, pressés, avides, toujours occupés à votre gloire, vous n'aviez pas le temps de nous menacer. »

Astrée soupira, à bout de patience, mais répondit d'une voix plus mesurée que ce à quoi Polémas se serait attendu : « Mais justement. Vous avez raison quand vous sous-entendez que mon peuple était égoïste. Nous ne chérissions rien de plus que l'exploit individuel. Et moi, à présent, je souhaite redevenir cela, rendre hommage aux miens par un dernier spectacle, par une aventure inouïe. Rien n'est plus important, Polémas, que la surprise que nous assène le réel, que la capacité du monde à renverser nos croyances, à contredire nos attentes.

« Je désire, enchaîna-t-elle, m'être trompée au sujet du destin des faunes. Là réside mon espoir pour vous, que je commence à considérer comme cher. Il en va de même pour vous, Alexis. Venez avec moi, recherchons ensemble le péril et la mort, auxquels nous échapperons une dernière fois, peut-être, ou pas. Mais, à tout le moins, nous aurons vécu avec plus de fougue, d'intensité, qu'en tant de longues années de ronronnement domestique. Je ne désire rien d'autre, aller plus loin, beaucoup plus loin, qu'en tous les voyages entrepris par les miens. »

L'Ixien l'observa avec intensité, pendant un certain temps, de sorte qu'un silence gênant s'installa.

Puis il murmura, comme s'il se parlait à lui-même : « Vous avez changé, Astrée. Comme une ancienne plante desséchée par le soleil, et qui reverdit sous la pluie, d'un coup. Vous me l'avez dit, je vous crois à présent. Je m'inquiète des méfaits que votre enthousiasme retrouvé pourrait vous amener à commettre. Mais une autre partie de moi, peut-être héritée de mes ancêtres biologiques, veut croire, sinon à vos mensonges, du moins à vos demi-vérités. Racontez-nous au moins les étapes de notre voyage.

— Nous allons visiter le cosmos dans sa totalité, et nous faire la plus exacte idée de ce qu'il a été, est et sera. Nous allons filer à travers les téraparsecs, voir en chemin le spectacle des grands peuples qui dominent le centre de la Voie lactée, frôler le noyau central et son trou noir, faire un tour complet jusqu'à l'autre côté, là où les étoiles deviennent rares, sur les grèves de la mer obscure et infinie entre les galaxies, et puis nous reviendrons. Faites-moi confiance, cela a l'air impossible, mais, ajouta-t-elle devant l'air effaré du robot, je connais un raccourci, du moins pour les premières étapes. »

Sans crier gare, là où elle avait posé la main, un sphincter s'ouvrit, à la vitesse de l'éclair, au beau milieu de la paroi lisse. Elle se précipita à l'intérieur, et les deux autres la suivirent à la hâte. Le mur se referma derrière eux, et ils avancèrent par une étroite coursive, jusqu'à une autre, et ainsi de suite.

À leur passage, l'éclairage se mettait en marche et la température montait en flèche. Polémas se rendit compte qu'il faisait froid, dehors, quand bien même l'étrange forme en laquelle il avait été transmuté n'en souffrait pas avec excès.

Les entrailles de la base spatiale n'avaient rien en commun avec ce que le faune avait pu apercevoir jusqu'ici, chez les habitants du nuage d'Oort ou les Ixiens.

Chaque détail semblait relever d'une recherche poussée, obsessionnelle, aux relents narcissiques, de la belle forme. Les parois s'ornaient de fresques continues, relatant des scènes de batailles stylisées, des triomphes de valeureux explorateurs de l'espace, brandissant lances et armes à projectiles, marchant sur des monceaux de cadavres, infâmes monstres grouillant de tentacules, découvrant de nouvelles planètes. Ils revendiquaient non pas la possession de nouvelles terres, mais la satisfaction d'avoir été les premiers de leur race, les premiers animaux conscients, peut-être, à avoir plongé le regard en ces cieux étrangers.

Et partout, arabesques et moulures, feuillages et lianes, fleurs et couronnes, en autant de gravures délicates, encadraient et rehaussaient ces scènes de triomphe, formaient un long chemin où se perdait le regard de pièce en pièce, de conduit en conduit, jamais interrompu, sauf à se fondre dans les frontons impétueux qui rehaussaient les sas. Ceux-ci s'ouvraient et se refermaient à leur passage comme par magie, presque instantanément, évoquant plutôt un serpent qui se déplie puis s'enroule à nouveau qu'un mouvement mécanique.

Leur chemin les amena, sous la conduite sûre d'Astrée, jusqu'au centre géométrique de l'artefact, à une salle de vastes dimensions, éclairée par un puits de lumière, très loin au-dessus de leur tête. Elle s'emplissait de végétation diverse, à l'instar du jardin d'Astrée, mais dans une version plus sauvage et ténébreuse.

Polémas trouvait fascinante l'idée d'une serre ainsi cachée au milieu de l'espace, et même Alexis, avare de compliments, jetait des regards étonnés.

Au milieu de la salle, caché par le feuillage, une

créature les attendait. L'être ressemblait à Astrée, en version masculine et adulte. Une peau si pâle qu'elle semblait translucide et veinée de bleu, des yeux immenses, profonds comme un lac d'altitude, teintés d'un soupçon de tristesse et d'éternelle nostalgie. Sinon, une stature un peu inférieure à celle d'Alexis, qui le faisait sembler frêle en comparaison du faune. Il était assis sur une sorte de caisson semi-transparent, et les salua : « Astrée ! Vous voilà en charmante compagnie !

— Que c'est agréable d'être accueillie autrement que par un "je vous croyais morte". Comment allez-vous, Eupalinos ?

— Ni mieux ni plus mal qu'à notre dernière rencontre, répondit l'individu.

— N'êtes-vous pas, demanda l'Ixien à Astrée, d'une voix prudente, la dernière de votre espèce ?

— Oh, répondit l'être à la place de la fillette, ne vous laissez pas abuser. Vous n'avez devant vous qu'une simulation de type bêta du véritable Eupalinos, qui nous a quittés il y a bien longtemps… »

Il se leva d'un bond, désigna d'un geste élégant de la main le caisson sur lequel il s'était assis. À l'intérieur, allongé comme s'il faisait une sieste, un être similaire à leur interlocuteur, quoique plus âgé, semblait dormir, allongé, les yeux fermés, les deux mains croisées sur la poitrine.

Un gisant, au milieu d'un vaste tombeau. Voilà ce que constituait ce lieu de beauté.

« … Tout le mérite lui revient d'avoir construit ces lieux, je n'ai fait, à sa mort, que l'entretenir. Et, croyez-moi, je me suis souvent ennuyé.

— Pardonnez-moi, réitéra Alexis, mais qu'est-ce qu'une simulation bêta, s'il vous plaît ?

— Un système informatique capable d'imiter à la perfection le comportement passé d'un individu, sans lui-même disposer d'une conscience, répondit l'apparition.

— Un esclave, en somme, énonça l'autre avec un air de réprobation.

— Plutôt un fantôme. Mais avouez que quand une espèce s'éteint, les fantômes sont utiles. »

Eupalinos et Astrée éclatèrent de rire à cette plaisanterie macabre.

« Trêve de plaisanteries, finit par dire le simulacre. Vous êtes ici pour utiliser le moteur d'intrication, je vais vous y conduire. »

Il les amena à une autre zone, celle-ci située du côté de la proue. Durant le trajet, Polémas s'approcha de lui : « Puis-je vous demander une faveur ? Pourriez-vous me raconter l'histoire de votre espèce, et pourquoi celle-ci a presque disparu ? »

Eupalinos se tourna vers Astrée, qui signifia d'un petit geste indifférent qu'elle ne s'y opposait pas. Il prit un air pincé et paru réfléchir avec intensité avant de se lancer : « Vaste question ! Sachez, tout d'abord, que nous aurions pu devenir comme les Ixiens. La question s'est posée. Nous avions conquis l'espace, et nous avions poussé notre exploration très loin. Pour réussir une telle prouesse, il faut dépasser en puissance, en résistance, en capacité intellectuelle, et surtout en longévité, tout ce que la biologie peut offrir, aussi avions-nous intégré à nos corps des parties synthétiques, et même complété nos esprits de prothèses, pour ainsi dire. Un jour, nous nous sommes rendu compte que nous allions basculer de l'autre côté. Cela n'a rien de grave ; regardez votre compagnon, il vit bien la transmutation de son espèce. Mais cela ne nous convenait pas, du moins pas à tous. Certains avaient déjà commis l'irréparable, tandis que d'autres résistaient encore. Les opinions divergeaient, mais après tout, nous vivions dans une société libre, et chacun avait le droit de décider pour lui-même.

« Les choses se gâtèrent lorsqu'une faction de synthétiques fut contactée par une puissance extrasolaire. Les métacivilisations recherchent toujours de nouveaux alliés dans leurs guerres éternelles. Ils leur mirent dans l'esprit d'absorber, de gré ou de force, tous ceux qui n'avaient pas encore embrassé la nouvelle religion machinique, et qui tenaient encore à leur peau d'animal pensant. Une lutte s'ensuivit. Aussi surprenant que cela paraisse, les machines perdirent la partie.

— C'est qu'elles ne m'avaient pas dans leur camp, lâcha Astrée. Ni vous, mon vieil ami disparu.

— Eh oui, les machines, continua Eupalinos, manquaient de génie. D'ailleurs, les Ixiens constituent un peuple ennuyeux, à de rares exceptions près, dont, je suis sûr, ce monsieur fait partie. »

Alexis fit mine de ne pas avoir entendu.

« En tout cas, une fois la guerre civile achevée, la vie reprit son cours, un peu plus dangereuse et excitante qu'avant, car nous nous étions fait des ennemis du côté d'une métacivilisation galactique. Nous nous flattions de notre statut de rebelles, de francs-tireurs de l'évolution. Nous avons continué, un temps, nos exploits. Mes yeux de chair, mes vrais yeux, ont vu des spectacles que vous n'imaginez pas, et qui ont disparu dans le cours du temps, à jamais, bien loin d'ici. Le monde est souvent empli de beauté gratuite, comme une ode à quelque divinité créatrice. Et cruel, toujours. La même cause qui, en réalité, nous avait protégés de la transformation, a causé l'érosion de notre peuple. Nous n'avions jamais été dotés d'un fort instinct grégaire. Notre essence réside dans l'individualisme et la valorisation de soi. J'y vois là un fait de nature plutôt qu'une détermination culturelle, mais j'ai peut-être tort.

« En tout cas, nous vénérons bien plus les héros solitaires, les bâtisseurs d'empires, les inventeurs, que ce que la médiocrité d'une foule, par le simple nombre, peut accomplir.

« Aussi sommes-nous revenus en arrière, et avons aboli l'usage de nombreux dispositifs technologiques qui risquaient de nous empêcher de devenir nous-mêmes. Ainsi fut bannie la création de consciences artificielles, que nous appelions simulations alpha. Créer un être intelligent et doté d'introspection dans une matrice de silicium amenait tous les autres à se liguer contre le contrevenant.

« Nous n'avons pourtant pas stagné, au contraire de ce que veulent faire croire les Ixiens. Nous avons développé la puissance de l'esprit bien au-delà de ce que nos ancêtres auraient pu imaginer. Nous avons porté le courage personnel et l'audace à leurs points suprêmes, aidés en cela par la nature même de l'univers. »

Arrivé à ce point-là, il se tut : ils étaient parvenus à une sorte d'observatoire, la pointe effilée de la base en forme de vaste goutte d'eau. Les parois transparentes, y compris le sol, leur donnèrent l'impression de marcher au milieu des étoiles. Le claquement de leurs pieds résonnait d'étrange manière, un peu étouffée, déjà comme si la réalité ordinaire avait été laissée derrière.

« Dites-moi, comme vous me l'aviez promis, dit Alexis à Astrée, comment cette machine fonctionne. »

Mais ce fut Eupalinos qui répondit, d'un ton étonné : « Comment, vous l'ignorez ?

— Et comment pourrais-je le savoir ?

— N'êtes-vous pas membre d'une métacivilisation galactique ?

— Oui, mais seulement au titre d'observateurs, répondit l'autre, gêné. Nous sommes considérés comme trop peu avancés pour devenir membres de droit. La période probatoire durera sans doute plusieurs dizaines de milliers d'années…

— Et, l'interrompit le fantôme, indifférent à ces détails, la métacivilisation a bien envoyé des émissaires parmi vous ? Une sorte de téléchargement, le transfert d'une conscience diminuée dans vos matrices informatiques ? S'ils vous évaluent, ils doivent bien vous observer ?

— Oui, mais…

— Eh bien, la même technologie joue dans les deux cas. Je l'ai volée et j'y ai travaillé longtemps. »

Alexis semblait saisi. En réalité, songea Polémas, il n'avait pas cru, jusqu'ici, à la réalité de ce voyage. Et il se sentait sans doute un peu confus que personne, au sein du peuple ixien, n'ait pensé à un tel usage. Peut-être ces biologiques avaient-ils encore quelques ruses dans leur sac.

« Ici, reprit Astrée, emportée par l'enthousiasme, et tout en montrant le dispositif d'un large geste de la main, réside une des plus grandes réalisations de mon peuple. L'appareil permet, par un effet d'intrication quantique, de projeter au loin, non pas de la matière, de l'énergie ou de l'information, mais une structure, une âme, pour ainsi dire, et ce de manière instantanée. Grâce à lui, nos consciences peuvent continuer un voyage qui, sinon, même aussi vite qu'un photon traverse l'espace, prendrait des milliers d'années. Nous pouvons nous en servir pour observer de nouveaux horizons, pour fouler des sols inconnus d'êtres tels que nous, pour découvrir les surprises que nous réserve peut-être le monde. Le phénomène ne viole pas la vitesse de la lumière et ne crée pas de paradoxes causaux, car la chose déplacée ne peut, pour ainsi dire, rien accomplir dans le monde : un état de pensée, un regard, une subjectivité. »

Polémas la regardait d'un air vitreux. D'un geste délicat, Eupalinos posa la main sur l'épaule de la fillette pour lui suggérer de ralentir, et expliqua : « La physique ne permet pas de transporter des quantités de matière à une vitesse supérieure à celle de la lumière. Les conquêtes, le commerce, le transport de biens, tout ce qui constitue une civilisation matérielle n'a aucun sens aux proportions de la Voie lactée. Mais cet appareil permet la coordination de paires de particules élémentaires, en assez grande quantité pour reproduire le sentiment intérieur d'un individu, biologique ou artificiel.

« L'unité des métacivilisations robotiques, poursuivit-il, ne réside que dans le principe d'un partage permanent de ces signaux, qui permettent de synchroniser les différentes espèces qui les constituent. Il suffit qu'existent un émetteur d'un côté et un récepteur de l'autre, quoique les termes soient impropres. Heureusement, des particules qui furent jumelles et que les fluctuations du vide primordial ont séparées, durant les quelques instants où le cosmos mesurait une taille inférieure à celle d'une galaxie, on en trouve.

— Le voyage intersidéral, intervint Astrée, est par essence solitaire. Et immatériel. Voilà pourquoi, Polémas, j'ai commencé par troquer nos corps pour ces enveloppes temporaires, presque indestructibles, mais aussi bien plus limitées quant à leur action sur le monde physique. Une telle expérience convenait à une race comme la nôtre, avide de gloire personnelle, et elle fut notre tombeau.

« Permettez-moi, continua-t-elle alors, à l'adresse d'Eupalinos, de terminer l'histoire que vous avez interrompue tout à l'heure. Nous nous éloignâmes les uns des autres, et, esseulés, perdus dans l'immensité, nous nous laissâmes avaler par les dangers que recèle l'espace lointain ou par nos propres démons intérieurs. Beaucoup oublièrent leurs corps, âmes flottantes dans le cosmos, qui se crurent invulnérables au danger, jusqu'à ce qu'il soit, pour chacun d'eux, trop tard. Aussi ils disparurent, avalés par le néant. Sauf moi, bien sûr », ajouta-t-elle d'un ton faussement léger, tandis que la simulation acquiesçait.

Mais, d'un coup d'œil discret, le faune aperçut, en un miroitement léger, près des yeux de la petite fille, des larmes versées en l'honneur d'une race morte.

« Il est temps, à présent, de partir. Désignez votre destination, Astrée, et bon vent. »

D'instinct, Alexis et Polémas s'approchèrent de la fillette, et posèrent chacun sa main sur une des épaules frêles. Elle, inconsciente, happée déjà par le vide sans limites, contemplait, en silence, la Voie lactée, telle qu'on l'apercevait de la bordure extérieure d'un bras spiralé, vaste bande dense d'étoiles et de nébuleuses.

D'un doigt tremblant, elle désigna une région spécifique, dont le faune n'aurait pu dire ce qui la différenciait des autres, mais, en un clignement d'œil, le monde se transforma.

Ils bondirent à travers l'espace, indifférents aux règles ordinaires du temps, désincarnés.

Un déplacement ne constituait pas une expérience : un clignement d'yeux, et ils se retrouvaient en un nouvel endroit, sans solution de continuité, sans sentiment de mouvement, mais avec au fond de leur âme la très nette impression d'être morts, arrachés à eux-mêmes, distendus et déconstruits, pièce par pièce, puis, pour un bref laps de temps, ressuscités, mais très subtilement faussés par rapport à leur moi d'origine, et toujours dans cette nature séraphique qui faisait d'eux des ectoplasmes, des fantômes errant dans la nuit, des ombres entrevues, à peine un crépitement, aussi bref qu'inutile, dans l'infini glacé entre les mondes.

Une fois, dix fois, mille fois, ils s'évanouirent et furent recréés par la technologie exotique d'Astrée.

Et, chaque fois, en moins de temps qu'il n'en faut pour inspirer, ils virent une image du monde.

Ils virent tout et pas grand-chose.

Constellations nouvelles de celles ornant les nuits terrestres, issues de leurs brutaux changements de vue.

Étoiles géantes, dix mille fois supérieures en taille à leur soleil, monstres de feu agonisant, dont les tempêtes, arcs de cercle rougeoyants, avalaient des planètes entières.

Disques d'accrétion de trous noirs, gelés en une chute perpétuelle autour du néant, parcourus d'éclairs longs de plusieurs parsecs, aveuglants effets de la compression gravitationnelle.

Nuages d'hydrogène en cours d'effondrement, pépinières à proto-étoiles, prêtes à s'allumer en un brasier de fusion quasiment éternelle.

Nébuleuses, dentelles illuminées de l'intérieur par les denses réseaux d'astres piquetant leur sein.

Brutales supernovae, brillantes explosions de mort, recréations d'un monde, capables d'ébranler tous les corps à la ronde, aux meurtrières bouffées de rayonnements gamma.

Pulsars, phares dans l'univers, pris dans un éternel mouvement giratoire, répandant leur rayonnement électromagnétique vers le néant.

Systèmes doubles, triples, quadruples, danses complexes de monstres d'hydrogène dans le vide, parés de la traînée de matière arrachée par l'un des membres du couple à l'autre en un étincelant tourbillon.

Planètes géantes, gazeuses, telluriques, océaniques, de feu ou de glace, avec ou sans satellites, auprès d'une étoile ou seules dans l'espace.

Naines brunes, restes calcinés d'une ancienne gloire, ou tentatives échouées, par manque de masse, de flamboiement stellaire, émettant de faibles lueurs par la seule grâce de la pression exercée par leur gravité sur leurs couches intérieures de matière lourde.

Cela, bien d'autres choses encore, tout et rien, un cosmos changé en kaléidoscope, une suite illimitée de spectacles, irréductibles les uns aux autres, inclassables, aperçus comme des fantômes, entre deux clignements d'yeux, qui jamais ne survinrent.

Et, sans crier gare, ils parvinrent là où Astrée voulait les conduire : non pas à leur point d'arrivée, mais en un lieu aberrant, une route au sein du monde, à l'ontologie impossible, et dont ils n'avaient fait jusqu'ici que se rapprocher à travers l'espace ordinaire.

Ils contemplèrent, privés de catégories mentales pour dire la réalité qui s'étendait autour d'eux, happés par l'étrangeté de l'expérience. Leurs sens mortels n'en auraient rien compris, mais, à présent, dans leur état désincarné, ils en perçurent l'inadéquate courbure : un tunnel, aux proportions dantesques, inouïes, au milieu précis duquel ils filaient, tout droit, à faible distance d'un filin central brillant d'un éclat blanc, mais sans production de chaleur.

Et ils avançaient, sans s'arrêter, animés d'une vitesse absurde, pour laquelle il n'existait pas d'expression mathématique simple, car techniquement, le temps qui s'écoulait ici n'avait rien en commun avec celui de l'univers : il relevait d'une de ces dimensions supplémentaires enroulées autour de celles du monde ordinaire, et que prévoyait la théorie des cordes.

Une géante gazeuse aurait pu se glisser entière dans cet inimaginable artefact, sans en toucher les bords. Sur les parois, de tous côtés, s'étendaient non pas des cités, ni même des continents, mais des mondes entiers, se succédant dans une folle diversité, de vastes masses nuageuses, aux teintes allant du blanc de la vapeur d'eau au jaune du soufre, étendues liquides, chaînes montagneuses d'échelle continentale, qui auraient dépassé l'atmosphère d'une planète tellurique par leur hauteur, déserts sans fin, aux dimensions planétaires, dévorés parfois par des tempêtes de sable et de poussière éternelles, cyclones si vastes que la Terre aurait pu tomber dedans, et qui les forcèrent à faire un crochet pour les éviter, zones urbanisées sur des millions de kilomètres carrés, formant, à leurs pieds, des fourmilières gigantesques, constellées de lumières artificielles, et, quelquefois, des zones inoccupées, sombres, lépreuses.

Parfois, l'espace, en dessous d'eux, se remplissait d'appareils, volant à diverses altitudes, certains même les croisant, indifférents, dans des trajectoires allant d'un bord à un autre, d'autres les dépassant vers l'avant ou volant dans l'autre sens.

Autant qu'ils pouvaient en juger, ces véhicules présentaient une multiplicité de styles, de conceptions et de technologies de propulsion sans limites. Certains, primitives fusées, crachaient d'épaisses flammes émises par l'antique mélange du carburant et du comburant dans un simple tube. D'autres, et qui côtoyaient les précédentes, affectaient la forme qui d'une sphère, qui d'un œuf, se déplaçaient par quelque force incompréhensible, sans aucune espèce d'appareillage visible.

« Quelle est cette folie ? s'exclama Alexis quand il eut retrouvé ses sens.

— Je vous avais promis un raccourci, prenez-le comme tel, rétorqua Astrée, sans se retourner.

— Mais... nous n'avons jamais entendu parler d'un tel prodige...

— Pourtant, les métacivilisations le connaissent. Elles préfèrent, je suppose, ne pas dévoiler l'existence de cet artefact, qu'ils appellent le Tubule, aux peuples nouveaux, tant les possibilités qu'il offre sont immenses.

— Alors vous, comment l'avez-vous découvert ?

— J'ai échangé l'information contre quelque chose de valeur égale pour celui qui la détenait : sa vie.

— Les miens ne me croiront pas quand je leur raconterai, murmura le robot. Vous devez m'en dire plus !

— Je ne puis que répéter ce que j'ai entendu. Il est des peuples bien plus puissants que les civilisations de la Voie lactée. Leurs pouvoirs sont tels que les êtres qui nous dominent, et qui nous paraissent divins, les confondent avec les plus vastes phénomènes naturels qui se puissent observer : les quasars hypermassifs, installés au cœur de lointaines galaxies, qui projettent leurs panaches faits de millions d'étoiles, la danse des superamas les uns autour des autres, l'influence de l'énergie noire sur la vitesse d'expansion de l'univers. Ces êtres sont capables de manipuler le macrocosme selon les règles du microcosme.

« Le "tunnel" que nous empruntons a été créé par l'un d'eux. Il constitue la version géante d'une supercorde, qui est une autre manière, élégante, de décrire les particules tout en réconciliant le niveau quantique et les échelles relativistes, cosmologiques, de la physique. Ce lieu démontre d'ailleurs, par son existence empirique, que la théorie est juste. Quand bien même nul ne peut se figurer la puissance d'une intelligence capable de manipuler le cosmos au point d'ouvrir l'intérieur d'une supercorde…

— … Ce qui, la coupa Alexis, ne veut rien dire, puisque les cordes constituent des modélisations bidimensionnelles…

— Multidimensionnelles, rétorqua Astrée. Faites de nombreuses dimensions enroulées sur les deux par lesquelles nous éprouvons empiriquement une droite. Et dans les interstices de cet enroulement, peut être déployé un nouvel infini. J'ai tenté de comprendre l'origine et la nature des parois pendant des siècles, en vain. Je ne peux même pas en décrire la composition. Le Tubule est une unique particule, creuse et longue, peut-être à l'infini. Peut-être parcourt-il l'univers entier dans ses deux dimensions, sans occuper le moindre espace à l'extérieur. Peut-être, au bout du voyage, revient-on au point de départ. Je ne sais pas.

« Une infinité de races s'y sont, depuis des temps immémoriaux, installées, et y ont recréé des mondes entiers. Leur proximité, la densité des civilisations qui se côtoient, rivalisent, s'entredéchirent et s'interpénètrent, constituent un accélérateur formidable, poussent ces civilisations à une évolution effrénée, permanente. Avec pour prix l'enfermement, à tout jamais, dans une virtualité.

— Qui paraît pourtant bien réelle, murmura le faune…

— Ne vous y trompez pas, ceci est un lieu dangereux. Des guerres immenses ravagent le Tubule, à intervalles réguliers, mettant aux prises des millions de races, sur des distances gigantesques, et qui pourtant ne sont rien à côté de sa longueur indéfinie. Et si cet objet n'a pas d'épaisseur, du point de vue de l'univers, il a en revanche une position. Il traverse la Voie lactée de part en part, et file ensuite vers Andromède. Une propriété appréciable : puisque nous ne sommes rien d'autre qu'un brin de structure projetée au loin par le moteur à intrication quantique, une vibration bien calibrée nous permet d'en sortir.

— Une sorte de pont entre les galaxies, murmura Alexis.

— Je n'en crois rien », répondit-elle.

Elle laissa passer un peu de temps, avant d'ajouter, sur un ton grinçant : « Je ne pense pas que ceux qui l'ont créé aient souhaité en faire une infrastructure de transport. Je dirais plutôt qu'il s'agit d'un câble.

— Pour quoi faire, un câble ?

— Pour retenir un univers en décomposition », rétorqua-t-elle, d'une voix froide.

Polémas frissonna, songea à demander une explication, mais elle enchaînait déjà : « Nous sommes arrivés au point exact que je souhaitais. Rapprochez-vous de moi. »

Un clignement d'yeux plus tard, ils avaient disparu, rendus au cosmos.

8

Ils se matérialisèrent dans l'espace ordinaire, sans solution de continuité.

En face d'eux, à quelques kilomètres à peine, un rocher quelconque. L'astéroïde, de forme ovoïde, avait été rendu asymétrique par un impact ancien, qui avait laissé derrière lui un ample cercle et écrasé une grande part de son hémisphère supérieur.

Au centre du cratère, un amoncellement de machinerie, dômes en aluminium défraîchi, outils d'observation en forme de paraboles, vaste champ d'atterrissage piqueté de signaux lumineux.

De là provenait une pulsation, un appel vers les ténèbres. Ils y furent sensibles malgré la distance : un dispositif d'intrication quantique, celui même qui leur avait permis de sortir du Tubule, pour surgir dans ce système visiblement habité.

Un flash les aveugla, masqua les étoiles, leur arracha des cris de peur. Puis un autre, et encore, à cadence si rapide que leur vision se décomposa en une série d'images discontinues, une grappe de plans fixes, par un effet de repliement de spectre, comme les mouvements visibles se changent en une discontinuité inepte, mécanique, sous la lumière d'un stroboscope.

Quelques secondes à peine, et les explosions devinrent, à la surface du corpuscule, un feu d'artifice aux mille couleurs, jaillissements de lumière ardente, bouquets anarchiques fusant vers le haut, floraison saugrenue de formes indescriptibles, cataractes continues de radiations dures, dans le silence absurde de l'espace.

Et, image après image, comme par à-coups, une force d'invasion approchait : des baleines volantes en métal, aux ailerons soutenus par des pistons et des roulements à billes, et dont la queue claquait dans le vide au rythme de leur avancée.

Tandis qu'elles se précipitaient vers cet objectif dérisoire, leurs bouches s'ouvraient en une parodie de sourire, leurs fanons s'écartaient et laissaient place aux fûts épais de canons.

Nouveaux éclairs, nouvelles explosions.

Face à eux, s'extirpant de la surface carbonisée de l'astéroïde, par des fentes invisibles dans la roche, d'autres créatures de métal, non moins immenses, rampaient sur le sol un bref instant avant de s'élancer vers le ciel, bien décidées à en découdre. Leurs ailes s'ouvraient d'un coup, leurs becs d'oiseaux de proie se fendaient comme pour un hurlement de colère.

Et ils bondissaient, toutes griffes dehors, leurs yeux brillant dans l'obscurité sporadique. Beaucoup furent annihilés, et se consumèrent comme des brindilles trop proches de l'âtre, soudain métamorphosées, le temps d'un clignement d'yeux, en vastes fleurs de feu trop vite fanées.

Mais il en sortait toujours, bien plus qu'on aurait pu le supposer d'un astre aussi insignifiant.

Et, lorsqu'en rangs denses, les deux armées se firent enfin face, la curée commença. Les gros écrasaient les petits contre leur formidable armure, refermaient sur eux leurs gueules jusqu'ici béantes, décidés à les mâcher, quand ils n'arrivaient pas à les sectionner net en deux. Les petits, plus véloces et agiles, se collaient contre certaines parties de leurs assaillants, labouraient les blindages de leurs redoutables serres, tranchaient dans le vif, du coupant de leurs ailes d'acier, frappaient, frappaient. Le rougeoiement des armes à énergie traversait, en tous sens, l'espace indifférent.

Les trois voyageurs s'écartèrent aussi vite qu'ils le purent, les yeux rivés sur cet aberrant champ clos rempli d'une nuée de machines que la distance rapetissait, jouets absurdes précipités les uns sur les autres par d'invisibles garnements cosmiques, occupés à s'amuser de leur capricieux pouvoir de destruction.

Mais la ligne de front s'étirait au loin, couvrait des parsecs entiers d'espace vide, à l'exception de quelques cailloux dénués d'intérêt, de proche en proche, qui chacun semblait en proie à une encore plus féroce compétition, un déluge de mort, bien visible tant il saturait son environnement du foudroiement des armements dont les deux camps, manifestement robotiques, faisaient, sans coup férir, débauche.

Ils avaient atterri dans un système stellaire fracassé par la guerre. Selon Astrée, les lieux, à son dernier passage, comptaient des biologiques, des amis chers, les plus éloignés de la Terre dont elle disposait. Elle craignait à présent pour leur sort, et se rembrunit, se concentrant sur la tâche, par ailleurs malaisée, de zigzaguer entre les points chauds pour se maintenir à l'écart des batailles.

Lassés, ils se réfugièrent dans la chevelure d'une comète, entre les débris de glace et les poussières ionisées par le vent de l'étoile centrale, petite et pâle. Ils tangentaient la frontière de la zone d'habitabilité, où se déroulait la plus grande part des hostilités. De leur position mobile, ils pouvaient observer, avec le différé causé par la vitesse de la lumière, le cours des opérations.

Au loin, des offensives et des contre-offensives se succédaient sans relâche. Là-bas, des forces herculéennes moissonnaient par milliers des astéroïdes de petite taille – le système n'en manquait pas – et les transformaient en boules de matière en fusion, par l'effet de quelque manipulation des propriétés mêmes de leurs atomes.

Changés ainsi en bombes volantes, les corpuscules fusaient en direction des lignes ennemies, avant de se désintégrer en éclairs aveuglants, aux couleurs variables en fonction de la composition du projectile, violet, potassium, vert, baryum, jaune, sodium, bleu, cuivre, rouge, lithium... Le roulement, dans une direction puis l'autre, et ainsi de suite, sans trêve, faisait un grandiose effet pyrotechnique, un spectacle absurde, inventé pour agrémenter quelque fête plutôt que le signe d'une dévastation à l'échelle d'un système stellaire.

Car un tel déversement de puissance ne s'expliquait, selon Alexis, qui prétendait s'y connaître en conflits robotiques, que par la volonté de briser le moral ennemi, de le forcer à reculer ses lignes ou à renoncer à ses assauts. Les armées en présence disposaient de tant de puissance de calcul que la seule stratégie viable consistait à s'en remettre au hasard, plutôt qu'à essayer de viser des cibles capables de prévoir la trajectoire de n'importe quel projectile.

Au hasard, et au déversement continu d'un armement supérieur en volume et en rythme sur l'adversaire, pour le faire fléchir.

Polémas se souvint d'une escarmouche entre deux bandes rivales, à laquelle il avait assisté, des années plus tôt, non loin de son village. Il n'appartenait à aucun des deux groupes belligérants, qui se disputaient une peccadille, la carcasse à moitié décomposée d'un gros mammifère amphibie, triste morceau de chair et de graisse échoué sur la rive boueuse d'une rivière. Aussi avait-il suivi les événements du haut d'une colline, bien caché, avec la même impression qu'à présent.

De loin, la guerre était belle, tandis que les combattants, réduits à des formes indistinctes d'insectes, se jetaient en vagues colorées les uns sur les autres.

La guerre, la terrible guerre, avide et infatigable, songea-t-il. Voilà qui, à des milliers d'années-lumière de la Terre, ne le changeait pas beaucoup. Même étendue aux dimensions divines auxquelles pouvaient accéder, ici, les peuples, elle demeurait le même monstre, qu'alimentaient à parts égales le désir de mort et le plaisir, sans cesse renouvelé, du meurtre.

Par contraste, un tel affrontement surprenait Alexis, qui leur raconta que de tels événements restaient rares, même au plus chaud des tensions : transporter des troupes à travers l'espace physique en un temps raisonnable s'avérait impossible. D'ailleurs, se mit-il à discourir, peut-être davantage pour masquer sa propre peur que pour la gouverne de ses auditeurs, deux stratégies pouvaient se concevoir, chacune préférée par un des deux groupes qui dominaient la galaxie.

La première, celle des Gibelins, consistait à projeter à des vitesses importantes, allant jusqu'à une bonne fraction de celle de la lumière, des installations de grande taille, machines capables d'envelopper un petit trou noir d'une infrastructure industrielle. Les marées gravitationnelles de surface et le rayonnement généré par l'évaporation de l'astre fournissaient l'énergie nécessaire au déplacement comme à la production de matériel.

Ces artefacts, plus volumineux qu'une géante gazeuse, bardés de systèmes de défense, voyageaient durant des millions d'années jusqu'à la ligne de front et rendaient inexpugnable un système planétaire.

À l'opposé les Guelfes préféraient envoyer des émissaires, par intrication quantique, et pouvant voyager plus vite que la lumière, en revanche sans transport d'objets matériels. Leurs *missi dominici* identifiaient des races déjà robotisées, ou sur le point d'accomplir l'ultime bascule du carbone au silicium, et les aidaient à accélérer leur développement pour les inciter à rejoindre la lutte.

Bien entendu, les premiers, pour répondre à cette tactique, prospectaient aussi les races émergentes, pour attirer des espèces nouvelles en leur sein. Les seconds ne se privaient pas, en retour, de construire des forteresses interstellaires, en usant plutôt d'étoiles à neutrons, plus simples à domestiquer.

La lutte entre les deux superpuissances galactiques relevait donc, la plupart du temps, d'une sorte de jeu de go cosmique où l'on n'attaquait pas les positions de l'adversaire : la technologie les rendait inexpugnables. La meilleure approche consistait à chercher, durant des centaines de milliers d'années, avec la patience caractéristique des lentes et froides machines spatiales, à en subvertir la périphérie, pour isoler et faire dépérir les systèmes stratégiques.

Depuis le temps que la partie durait, le front, vaste dentelle de forteresses entourées de nombreuses zones neutres, traversait de part en part les régions intermédiaires de la Voie lactée.

« Et vous, à qui obéissez-vous ? demanda Polémas.

— Aux Guelfes. Lorsque nous aurons achevé notre processus d'intégration, plaise aux Grands Rouages du Cosmos. »

Astrée leva les yeux au ciel, s'apprêta à lâcher une remarque grinçante, quand une nouvelle explosion silencieuse les balaya, si puissante qu'elle carbonisa le flanc de la comète.

Aussitôt qu'elle eut repris ses esprits, la fillette se

glissa à l'extérieur du nuage poussiéreux pour jeter un coup d'œil rapide, et déclara qu'un des deux camps, probablement l'assiégeant, avait détruit une planète tellurique située dans la zone d'habitabilité. Alexis, qui l'avait rejointe et se prêtait au même exercice, confirma d'une voix blanche : « Il ne reste de la planète qu'un amas de débris rougeoyant, comme un trognon de pomme éclatée par un choc. Une telle destruction, inadmissible, ne peut être que l'œuvre des Gibelins. Nous savons de quel côté se trouve l'ennemi.

— Ah bon ? articula Astrée.

— Bien entendu.

— Alexis, vous avez tort. Cette action est l'œuvre des Guelfes.

— Non, les Gibelins sont enclins à la destruction de biotopes naturels, car ils pourchassent et anéantissent tous les biologiques qu'ils rencontrent. Ils refusent l'émergence de nouvelles civilisations. Nous, nous chérissons la vie.

— Si vous regardez, rétorqua Astrée, tout près de l'étoile, vous apercevrez un point sombre, par moments indiscernable à cause du rayonnement solaire : la pépinière envoyée ici par les Gibelins, il y a de cela des éons, et qui contient un petit trou noir. Donc ils tiennent le centre du système stellaire, et ce sont les Guelfes qui attaquent, et qui réduisent en moellons chaque planète de la zone intérieure. À ma dernière visite, l'une de ces planètes comportait une civilisation florissante. Les Gibelins y avaient établi un protectorat, assez clément de fait, n'en déplaise à vos idées préconçues.

Les créatures en question, des aquatiques, très aptes à se mouvoir en trois dimensions, réparaient, en guise de tribut, des navires robotiques sur des docks spatiaux. L'ingérence s'arrêtait là. Je n'ai aucune sympathie pour les Guelfes, mais tant qu'on ne les chatouille pas, ils se moquent des agissements des biologiques. Vos tuteurs viennent de détruire mes amis. Je ne leur avais pas rendu visite depuis longtemps, et maintenant, il est trop tard. »

Pleine de colère rentrée, elle jeta un regard oblique à Alexis, qui ne répondit rien. Il paraissait déstabilisé.

Mais, avant qu'il ait eu le temps de répondre, à quelques encablures de la comète, une troupe de robots, maint à l'envers, surgit de l'obscurité, sept grosses machines à l'aspect de cétacés pataudss. Leur carlingue semblait faite d'un acier ruisselant, souple comme la peau écailleuse de poissons. Lorsque les créatures s'approchèrent, Polémas se rendit compte de leurs véritables proportions, similaires à celle du bloc de glace dans le nuage duquel lui et ses compagnons se cachaient. Le faune se sentit traversé par la terreur de l'insecte qu'un brochet s'apprête à gober. Astrée, prête à se battre, enfonça la main dans son petit sac bleu et se mit à briller encore davantage, mais Alexis s'interposa : « Sauf-conduit ! sauf-conduit ! émit-il en ondes radio. Je suis l'un des vôtres ! »

Et en effet, il disposait d'un code de reconnaissance Guelfe, aussi les monstres chromés s'arrêtèrent d'un coup, et un seul d'entre eux s'approcha, comme pour parlementer. Mais, quand il fut arrivé à leur niveau, il ouvrit grand sa monstrueuse bouche pleine de fanes, en une parodie de sourire bêta, et les goba tout rond.

Le ventre de la bête s'avéra confortable, une matrice de forme sphérique en métal lisse. Celui-ci semblait impénétrable, par une technologie qui surprit Astrée, même pour la matière exotique dont les trois voyageurs étaient constitués. Ils s'assirent sur le sol, s'avouèrent prisonniers, et prirent leur mal en patience.

« Mais que diantre venez-vous faire par ici, mes pauvres amis ? »

Une voix artificielle, au demeurant sympathique et posée, avait retenti de l'extérieur, si fort qu'elle avait fait trembler la paroi de leur cellule.

« Nous sommes de passage, répondit aussitôt Alexis. Et étrangers à cette guerre.

— Oui, surenchérit Astrée, au grand dam de l'Ixien, qui roula des yeux affolés. Pourriez-vous nous laisser partir ? Nous n'avons que faire des affrontements stériles entre métacivilisations.

— Ah, oui, mais… c'est que j'ai des ordres, moi. Je ne peux laisser des civils se promener partout.

— Vous voulez dire, des témoins de vos exactions ?

— Arrêtez, la coupa Alexis, plus parce qu'il craignait la réaction de leur geôlier que par élan patriotique.

— Oh, émit la baleine, ne vous tracassez pas, laissez-la parler. Cela ne changera rien à votre sort : je dois vous ramener au centre des opérations, où vous serez soumis à un examen approfondi. Votre sauf-conduit vous protégera peut-être. »

Un silence s'abattit sur la cellule, tandis que chacun des trois voyageurs se demandait comment convaincre les chefs guelfes qu'ils ne constituaient pas une menace. Réflexion, se dit Polémas, bien vaine, au vu de la disproportion entre leur petitesse et la formidable puissance ne serait-ce que d'un soldat de cette armée de machines.

La baleine géante reprit la parole : « Une chose me tracasse. Vous avez bien utilisé le mot "exactions", tout à l'heure ?

— Mon amie, articula Alexis, est un enfant issu d'une race de biologiques éteints. Elle n'a pas toute sa tête.

— Ah oui, quel étonnant attelage. Un robot, un enfant et… un gros animal domestique ?

— Un faune, répondit Polémas.

— Ah, c'est joliment dit. Eh bien, quoi qu'il en soit, ma petite demoiselle, je me dois d'autant plus, si vous vous situez dans cette étape de votre vie que les animaux tels que vous appellent "enfance", de vous expliquer que nous ne commettons jamais ce genre de choses que vous nommez "exactions".

— La guerre, rétorqua posément la fillette, est la même partout.

— Qu'en savez-vous, petit être ? »

Astrée ne répondit rien, mais cela ne sembla pas émouvoir le gros robot, qui devait s'ennuyer et saisissait avec plaisir une occasion de discuter un peu, car il continua sur sa lancée : « La guerre constitue certes une réalité universelle, mais les motivations et les pratiques de civilisations quasi divines, réunissant de nombreux peuples dans un idéal partagé, n'ont rien en commun avec celles des biologiques. Vous combattez pour toutes sortes de raisons. Chaque camp, dans notre cas, se regroupe autour d'un idéal. Le nôtre n'admet pas d'actes qu'on pourrait qualifier de "barbares". Nous constituons le summum de la Voie lactée, le phare moral à l'aune duquel le développement de toutes les civilisations, sans exception, doit être évalué. »

Le visage juvénile d'Astrée se tordit d'un sourire insolent, comme un pied de nez non exprimé, mais enveloppé dans le dessin, caustique, de ses lèvres. Cela n'interrompit en rien la créature, qui continua à pontifier, sur un ton très similaire à celui d'Alexis, un peu plus tôt : « Il existe trois sortes de conflits, en fonction du niveau de développement d'une espèce, sur le plan moral. D'abord, les animaux inférieurs se battent pour des ressources. La faim constitue un moteur, qui fait s'affronter les bêtes ou, de manière plus organisée, les insectes sociaux, dans des luttes à mort. Certains penseurs de l'ancien temps en ont déduit, à tort, que l'affrontement entre deux peuples procède d'un phénomène naturel, de compétition : gagner sa place au soleil, accéder à des biens rares… Je ne dis pas que ces motivations disparaissent chez les créatures évoluées, mais, à partir du moment où les individus sont organisés en sociétés, qui deviennent des puissances planétaires, voire interplanétaires, il n'existe plus aucun matériau insubstituable. Et vous, vous imaginez la guerre selon ce schéma simpliste, et vous l'appliquez, à tort, aux tensions éternelles entre les deux principales métacivilisations qui se partagent la Voie lactée. »

La petite fille ne répondit rien, se contentant de retrousser son nez avec mépris. L'autre poursuivit, indifférent ou aveugle à cette grimace : « Alors peut-être devons-nous envisager la deuxième raison, celle qui nourrit les batailles entre biologiques : l'honneur. Les peuples entrent en guerre, car ils ont le sentiment qu'une injustice a été commise et doit être réparée. Oui, dès l'ère la plus primitive, le scandale moral constitue un levier puissant pour faire couler le sang. Telle parcelle de l'univers, d'un champ, d'une montagne ou d'un astéroïde, me revient de droit, car j'étais là en premier, car je suis le plus nécessiteux, le meilleur, le plus noble ! Ou alors un trésor quelconque, un spécimen fécond a été enlevé, un totem souillé… et, pire que tout, la dynamique destructrice, faite de vengeances et de violences réciproques, s'enclenche, indéfinie. Je suis sûr que votre histoire fourmille de tels incidents.

— Mon peuple, rétorqua Astrée, qui manifestait enfin de l'agacement devant cette logorrhée, ne faisait pas la guerre. À peine la police en cas d'impérieuse nécessité. Nous n'avions pas d'armée, nous ne nous réunissions pas souvent pour combattre, et toujours dans le but d'extorquer à un voisin la promesse de ne plus se mêler de nos affaires. Celui de votre protégé ici présent en a d'ailleurs parfois fait l'expérience.

— Vous parlez de la version archaïque de mon

espèce, répondit Alexis. Je ne me sens pas lié par elle.

— Au moins, ils savaient s'amuser. Vous, vous vous contentez d'attendre qu'on vous donne le droit de vous faire massacrer pour une cause qui ne vous regarde pas.

— Votre réaction, intervint le robot baleine, montre votre caractère primitif et irréfléchi. Oui, nous sommes prêts à faire notre devoir en tant que peuple, car le conflit entre Guelfes et Gibelins n'a rien en commun avec les misérables rapines et les cycles de vengeance des biologiques. Nous nous battons pour des idéaux, et nous sommes prêts à tout leur sacrifier. Chaque métacivilisation doit être considérée comme une entité transcendant le temps et l'espace, un véritable dieu au sein de l'histoire, mue dans son conflit avec le camp d'en face par la volonté de faire triompher ses valeurs. En fonction des affinités, on choisit un camp ou un autre…

— Parce qu'il existe, le coupa Astrée, une différence entre les deux ?

— Bien sûr. Les Guelfes constituent une démocratie galactique où chaque race adhérente conserve son identité propre et sa culture, mais cimentée par une vision du monde commune. Nous respectons la vie et la diversité, même des biologiques. Dans les régions sous notre férule, nous protégeons les espèces émergentes…

— Et vous contrôlez étroitement leur développement.

— Nous nous en occupons, comme s'ils étaient nos enfants.

— Vous les incitez par la ruse à abandonner leur nature pour se transformer en machines.

— Seulement quand ils y sont prêts.

— Allez, continuez plutôt votre salmigondis », cracha Astrée, à bout de patience.

L'autre ne se fit pas prier : « Les Gibelins ne respectent rien. Ils considèrent les espèces inférieures comme des adversaires, les détruisent ou les subvertissent dès qu'ils en rencontrent. Ils n'hésitent pas à nier leur nature en les intégrant à leur technologie, en les transformant en esclaves de chair, en les faisant travailler dans des mondes-usines dont ils détruisent la biosphère. D'ailleurs, telles sont les valeurs qui régissent nos adversaires : l'uniformité, une programmation identique pour toutes les machines qui tombent sous leur domination, la reproduction à l'infini du même, sous la férule d'une direction unique et centralisée. Ils se prétendent également une démocratie, mais celle-ci n'est obtenue que par l'alignement permanent de tous les points de vue sur une ligne majoritaire. Alors oui, ne vous en déplaise, il s'agit d'une guerre des dieux, d'une querelle des valeurs, irréconciliable, absolue, qui ne se terminera que par la victoire d'un camp sur un autre, que lorsque nous aurons nettoyé la galaxie de cette sanie. »

Astrée prit un moment avant de répondre, puis, d'une voix beaucoup plus calme, peut-être un peu triste, également, elle murmura : « Si cela vous rassure de renoncer à toute pensée critique, tant mieux pour vous. Je tiens pour ma part ces guerres pour une horreur, et, même prisonnière, je préfère périr tout de suite plutôt que de me taire.

— Personne ne vous fera périr à cause de vos opinions. Nous, les Guelfes…

— Oh, par pitié, arrêtez ! Voici la vérité : ces vastes luttes à l'échelle galactique entre deux méta-civilisations que rien ne distingue ne sont en fait que le produit d'exigences de cohésion interne. Sans elles, les deux camps, chacun de son côté, se disloqueraient en d'infinis courants de pensée alternatifs, car l'espace est bien trop vaste pour qu'y émerge autre chose qu'une anarchie continuelle, une floraison sans fin de peuples différents, à peine capables d'échanger de manière superficielle. Nous trois, nous venons du même berceau, et nous partageons, au fond, des éléments biochimiques, voire des structures communes au fond de nos cellules ou de notre esprit. Oui, même vous, Alexis, qui souhaitez plus que tout oublier que vous descendez d'humbles unicellulaires pataugeant dans Téthys, l'océan primitif de notre monde. Et encore, regardez les habitants d'Oort ou la créature d'Encelade… À peine disposons-nous de concepts en commun… Alors des êtres issus d'autres soleils… »

Un choc violent se fit sentir, accompagné du bruit mat du métal s'entrechoquant.

« Je suis désolé, fit le soldat, de vous interrompre, mais nous voici arrivés à destination. Je ne partage pas les opinions que vous avez pu proférer, jeune demoiselle, mais je vous remercie pour cette intéressante discussion…

— … à sens unique, maugréa Astrée, plus pour elle-même que pour son interlocuteur.

— Je vous prie à présent de bien vouloir descendre.

Les autorités compétentes vont vous recevoir sous peu. »

Sans autre forme de procès, la baleine les recracha sur le sol par sa vaste gueule, et repartit aussitôt.

Ils attendirent. On les avait libérés au milieu d'une galerie à ciel ouvert, entourée de hauts murs en métal et de pylônes recourbés. Cela donnait l'impression de regarder, depuis le milieu de la cage thoracique d'un cétacé, entre les os des côtes, le spectacle du ciel en ébullition, rempli d'explosions. Crépitements continus de bombes, pluies d'étoiles filantes, flashs lointains : autant de signes lumineux d'une mort distante et néanmoins insistante.

Tout autour, des milliers, peut-être des centaines de milliers de robots similaires à leur ravisseur voguaient, se posaient, redécollaient, se croisaient, se reniflaient, bavardaient, le tout dans un désordre indescriptible. Cela faisait un spectacle un peu étrange, presque enfantin, de grosses bêtes pataudes s'agitant en tous sens.

« Ils n'ont pas l'air très organisés », fit remarquer Polémas.

Astrée ricana, et Alexis s'abstint de répondre. Il semblait troublé par les événements, et le faune se demanda jusqu'à quel point ceux-ci remettaient en cause son idéologie et son appartenance à un camp. De ce qu'il supputait, une telle prise de distance ne se pouvait concevoir pour un Ixien, tant qu'il vivait au sein de sa société machinique, son esprit en permanence intégré à tous les autres. Mais Alexis avait pris la décision de partir avec eux. Se pouvait-il qu'à la faveur de sa séparation d'avec les siens, émergent en lui des fissures à son dogmatisme ? Le faune se demanda de manière fugace si l'attitude d'Astrée ne relevait pas d'un quelconque subterfuge allant en ce sens.

Mais, au fond, il s'en moquait. Depuis leur départ du Système solaire, il se sentait englué dans un implacable abattement. Il se moquait des Guelfes et des Gibelins, ne retenait qu'une chose : dans les ténèbres de l'espace, entre les étoiles, des dieux menaient une guerre sans merci, et pouvaient, d'un mouvement involontaire, sans y prendre garde, écraser des planètes, les réduire en cendres. L'univers n'avait rien d'engageant, et, s'il devenait père un jour, il ne laisserait pour héritage à sa lignée qu'un monde tumultueux, où des êtres tels que lui ne pouvaient, finalement, jamais gagner la partie.

Devant eux, dominant les monstres de métal, surgit une chose fluctuante, jamais à l'arrêt, comme composée d'une myriade de formes géométriques qui ne cessaient de se réagencer, de glisser, de s'étendre et rétrécir.

L'apparition étendit des ailes pour les environner, s'élargit tant qu'elle fit presque disparaître le ciel au-dessus de leur tête : « Je suis, déclara la présence d'une voix dénuée de toute inflexion, la Concaténation du Consensus Démocratique qui régit l'armée guelfe dans ce système stellaire. »

Les trois voyageurs gardèrent le silence, Astrée, en signe de mépris, les autres par peur. Leur interlocutrice continua : « En somme, je constitue le mécanisme décisionnel qui régit cette flotte. Et vous… A-L-X.354.14.37.29.10.pi-rho-thêta, dit-elle en s'adressant à Alexis par son nom véritable, les bases de données indiquent que votre civilisation n'a pas été autorisée à voyager selon des modalités supraluminiques ni à intervenir en zone de conflit.

— Et j'en suis navré, répondit le robot, terrifié par la Concaténation, et peut-être insuffisamment assuré de son caractère démocratique. Mais j'ai été entraîné à suivre cette… enfant, qui est la dernière représentante… d'une espèce éteinte…

— Cela ne m'intéresse pas. Je devrais vous désassembler tous trois, récupérer votre énergie et vos schémas structurels, pour les faire contribuer à l'effort de guerre…

— Parlez plutôt de massacre, intervint Astrée, au grand dam des deux autres.

— Vous ne partagez pas la bonne vision. Je n'ai rien perçu dans cette zone qui puisse être qualifié de "massacre", répondit la chose.

— Sur la planète que vous avez détruite, il y avait des gens !

— Non. Il ne s'y trouvait rien de plus que des composés biologiques à faible potentiel.

— J'ai vu, rétorqua Astrée, de mes propres yeux, tout un peuple, une civilisation magnifique et florissante. Ils vivaient, la plus grande part de leur vie, sous l'eau chaude de leurs mers et océans, de faible profondeur. Ils y élevaient leurs alevins, soucieux de préserver leur mode de vie ancestral. Ils vénéraient des dieux simples et familiers, le reflet de leurs lunes jumelles à la surface de l'eau, les grands courants océaniques, le chant éternel des coraux parcourus par d'évanescentes ondes sismiques. Pour autant, ils maîtrisaient des technologies subtiles, passaient une part de leur temps, du moins pour les plus entreprenants, à la surface de leur planète, et y entretenaient une infrastructure industrielle de pointe, très automatisée, et qui suffisait à les maintenir dans l'abondance. Ils ne désiraient rien de plus, ni conquérir les étoiles, ni se changer en machines.

— Donc, un potentiel proche de zéro.

— Ils avaient une culture raffinée, des formes d'art éphémère, faites de jets d'encre dans la mer…

— Vous ne partagez pas la bonne vision, l'arrêta la créature. Cette discussion est inutile. »

Cela sonna, même sans inflexion aucune, comme un avertissement, et Astrée fit un effort visible pour se taire.

« Je devrais vous détruire, mais je n'en ferai rien. D'abord parce que l'intégration des Ixiens, sans constituer un objectif important au regard de leur situation géographique excentrée au bout d'un bras spiralé, permettra un jour de prendre nos adversaires à revers. Nous ne voulons donc pas troubler leur processus de développement culturel à nos standards universellement admirés, par un événement qui leur paraîtrait brutal, puisque pour l'instant, ils ne disposent pas de la bonne vision non plus. Ensuite parce que j'ai, aussi surprenant que cela paraisse, un service à vous demander.

« La bataille est d'ores et déjà gagnée. Nos aruspices ont mené les calculs nécessaires depuis des centaines de milliers d'années, et tout converge vers la réalisation pleine et entière de nos plans. Il nous est néanmoins indispensable de transporter des informations essentielles, sans risque de capture par nos adversaires. Or ces derniers détecteraient la signature technologique d'un émissaire guelfe et enverraient une troupe d'interception à ses trousses. Vous, par contre, vous passeriez inaperçus. »

Les trois voyageurs s'entre-regardèrent, mais la Concaténation ne leur laissa pas le temps de tenir conciliabule. Un frisson la parcourut, et de sa noirceur mouvante se déploya un pseudopode, avec au bout un coffret minuscule, qu'il leur tendit.

« De quoi s'agit-il ? demanda Alexis. De plans de bataille ?

— Cet élément ne vous concerne pas. Vous parcourrez l'espace jusqu'à un point situé à quelques minutes-lumière d'ici.

— Mais s'il y a des ennemis derrière vos lignes ?

— Nous nous trouvons au beau milieu du territoire des Gibelins, bien au-delà de la ligne de front. L'espace grouille de leurs patrouilles, rétorqua l'autre. Mais ils ont mieux à faire. Faites-vous passer pour des débris.

— Je croyais notre guerre purement défensive, murmura Alexis.

— Elle l'est. Vous n'avez pas encore la bonne vision. »

Ils partirent à tire-d'aile, escortés, au début, par un détachement de Guelfes. Ensuite, livrés à eux-mêmes, ils croisèrent, de loin, plusieurs patrouilles de Gibelins. Ces derniers, comme l'avait prévu la Concaténation Démocratique, ne se donnèrent pas la peine de les prendre en chasse. À chaque fois, ils abaissaient leur vitesse et leur luminosité, et se comportaient, autant qu'ils le pouvaient, comme des objets flottants dans l'espace. Grand bien leur en prit, se dirent-ils (non sans penser, chacun de son côté, qu'ils devaient plutôt leur salut à leur statut de menu fretin), car ils parvinrent en vue des coordonnées indiquées sains et saufs.

La vaste base militaire n'avait aucun point commun avec le siège de la Concaténation Démocratique : un assemblage de cubes en plastique, délimitant les sommets et les arêtes d'un vaste polyèdre. Dans cette position arrière, point de machines évoluées, mais une foule de petits automates dont la morphologie variait d'un individu à l'autre, bien qu'ils fussent formés d'éléments géométriques communs. On aurait ainsi pu tous les imaginer issus d'un jeu de construction : chaque spécimen semblait assemblé sur la base d'une multitude de pièces de couleurs vives, attachées entre elles par un ingénieux système de plots cylindriques insérés dans des fentes tubulaires. Leurs corps hérissés d'antennes et de crochets, d'instruments de réparation, chignoles, chalumeaux ou clés de douze, semblaient avoir été construits au petit bonheur, en fonction des besoins, et pouvoir se reconfigurer en un instant. Le spectacle laissa Alexis admiratif et arracha un sourire de ravissement à Astrée.

Plusieurs les entourèrent en pépiant, et l'Ixien

émit encore une fois son sauf-conduit. Des voyageurs, on n'en voyait sans doute pas beaucoup par ici : après un conciliabule nerveux et une longue hésitation, la patrouille convint de les transporter à leur état-major, où l'on saurait quoi faire de deux biologiques et d'un robot en fer-blanc.

Un nouveau déplacement plus tard, sous bonne escorte cette fois, et ils se retrouvèrent dans une salle vaste, pleine de moniteurs, d'interfaces et de boutons lumineux à l'aspect rustique (sauf pour Polémas). Là, un petit groupe de drones, terrés au plus profond de leurs installations, et passablement agités, les accueillit avec beaucoup d'étonnement : ils n'avaient jamais reçu d'émissaire du centre de décision, et ne disposaient d'aucune procédure pour un tel événement. Ils ne cessèrent de couper la parole à Alexis tandis qu'il recommençait à expliquer leur mission.

« Montrez le message », articula enfin l'un de leurs interlocuteurs, qui se connecta immédiatement à l'appareil de stockage pour aussitôt s'en désengager : « Misère, misère, s'exclama-t-il en faisant grincer ses roues sur le sol et en agitant ses multiples bras courts, terminés chacun d'un modèle différent d'instrument. Comprenez-vous de quoi il s'agit ?

— D'une transcription, répondit Astrée, des souvenirs et de la personnalité de la soi-disant Concaténation du Consensus Démocratique.

— Comment le savez-vous ? demanda Alexis, stupéfait.

— Amenez-nous, dit la fillette, ignorant son

compagnon, à votre artefact d'intrication quantique, à présent, pour que nous puissions déguerpir. Le reste ne nous concerne pas. »

Leur hôte acquiesça, et se propulsa à grande vitesse à travers un labyrinthe de coursives jusqu'à l'appareil en question, un assemblage disgracieux de métal et de cristaux, constellé de diodes d'état et d'interfaces en tout genre, et situé dans un petit dôme d'observation aux parois transparentes.

D'ici, en direction du centre du système stellaire, on pouvait voir la bataille, sous la forme de lointaines pulsations d'énergie. Mais, de l'autre côté, le calme le plus absolu régnait entre les astres.

Sans se faire prier, Astrée s'en approcha pour effectuer quelques réglages.

« Dépêchez-vous, hurla le drone, ça commence ! »

Et, à l'extérieur, d'un coup, l'étoile centrale passa du blanc au rouge écarlate, et se mit à enfler, déversant sur eux un flot de rayonnement. La fillette s'activa, ses petites mains courant sur les divers boutons et réglages.

« Presque bon, presque bon, marmonna-t-elle, nerveuse. Encore quelques secondes…

— Mais que se passe-t-il ? demanda Alexis, un tremblement de panique dans la voix.

— Les Gibelins ont compris que la partie est perdue et ils ont libéré leur trou noir dans le soleil, ce qui vient de provoquer une supernova, expliqua le robot. Les couches externes d'hydrogène, soufflées par l'effet de l'implosion, atteindront notre position dans quelques minutes. Personne n'y survivra, pas même des êtres tels que vous.

— Mais… La Concaténation le savait !

— Bien sûr, répondit Astrée sans cesser de s'activer. C'est pour cela qu'elle nous a donné une version de sa personnalité, pour qu'elle du moins soit sauvée de ce massacre. La lâcheté des chefs constitue une constante de notre univers, aussi sûrement que la force de gravité.

— Mais elle nous a dit que nous avions gagné…

— Tout dépend, rétorqua, amer, le drone. Si vous avez la bonne vision, vous pourrez dire qu'il s'agit d'une victoire : encore un système ennemi anéanti.

— Mais… et vous ? Vous n'étiez pas au courant ? »

Son interlocuteur éclata d'un rire désespéré, ou l'équivalent pour un automate doté d'un appareillage vocal peu perfectionné : « Vous savez, on ne nous dit pas grand-chose, à nous, la piétaille, les nouveaux venus dans la métacivilisation des Guelfes… Et puis pour moi, à titre individuel… je me console en songeant aux multiples copies de ma personnalité d'origine, qui n'ont pas la chance d'être enfin délivrées de cette éternité d'ennui. »

Les nuées ardentes remplissaient à présent tout un côté du ciel, transformant sa noirceur en un flamboiement rouge, dense, dont le verre du dôme tenta, d'abord avec succès, puis en vain, de réduire la luminosité. D'un geste vif, Astrée arracha des mains d'Alexis le module de stockage du Guelfe et le lança au loin, avant d'activer l'appareil à intrication quantique.

Et, déjà, leur environnement immédiat s'emplit

d'intense chaleur, le monde s'aveugla à leur regard, presque trop tard pour y survivre.

Mais, l'instant d'après, ils s'étaient volatilisés, sous le regard mélancolique du drone agonisant.

9

« Qu'avez-vous fait ? hurla l'Ixien.

— J'ai puni, rétorqua Astrée, cette méchante créature. »

Polémas se laissa flotter, indifférent à la querelle, absorbé par l'étrangeté que le bond dans l'espace venait de faire surgir devant eux.

Elle emplissait la moitié du ciel.

Une étoile noire, goutte pure, sphère parfaite, métaphore de l'absolue continuité, de la totale plénitude qu'un être peut entretenir avec lui-même, fabuleuse identité à laquelle, pensa-t-il en une révélation, seuls les astres et les dieux peuvent prétendre.

Sa proximité compensait à ses yeux la faible taille de l'objet, au diamètre à peine plus vaste que celui de la Lune. Sa rotondité splendide triomphait du chaos par la pure détermination mathématique de sa forme écrasante, par la perfection de son dessin et de la texture lisse de sa surface. Son obscurité déployait une aura spécifique. Par comparaison, elle réduisait la lumière en ombre, et devenait la source d'une intensité différente,

Profonde et envoûtante dérive,

Promesse de lenteur et d'incessant repos,
Mouillage
En des eaux lagunaires qu'aucune brise ne tend,
Submersion sans orage
Jamais ne s'achevant au large d'un îlot.

Le faune fut libéré de maint élancement, et de bien des douleurs et crispations, fruits de ce long voyage.

Et advinrent l'eau fraîche dans la bouche desséchée, la peau brûlée que soigne un onguent, la blessure pansée par des mains maternelles, la berceuse murmurée qui apaise les pleurs. Rien n'aurait pu résister à cet appel, à cette bienveillance qui surgissait, inespérée, au sein de ce cosmos glacé où errait Polémas. Elle disait la promesse d'une nouvelle gestation, dont aucun achèvement ne viendrait, cette fois, le livrer à l'arbitraire horreur du monde, à l'affreuse contingence en laquelle chacun est.

La marée montante de la gravité l'emporta, tandis que la beauté de l'astre convoquait tout autant ses compagnons, et ils se turent, happés, près, plus près encore, jusqu'à se dévêtir des spécificités de leur moi, dans un renoncement qui fut comme une offrande.

Ils plongèrent.

Ils furent l'étoile.

« Que s'est-il passé ? » murmura Alexis.

Sa voix résonna, non pas dans l'esprit des deux autres, dans un lieu réel, mais où nul écho ne la venait amplifier ou déformer, nette, car elle tombait dans un silence absolu.

« Où sommes-nous ? »

Un monde réapparut.

Sa saveur, dès lors que les premiers éléments de base s'articulèrent entre eux, différait de l'environnement habituel, résistant aux objets, empli de faits têtus, dans lequel tous trois avaient développé leurs catégories mentales.

Une forêt émergea, arbres étranges, boursouflures dont toutes les parties renvoyaient à la structure globale et se répétaient elles-mêmes en chaque rameau, fractales comme on n'en voyait que dans les cristaux, floraison mathématique et ordonnée.

Un ciel d'une couleur indéfinissable, irisé et changeant, se déploya, où filèrent bientôt des déchirures de nuages, voiles à peine visibles, sous un insensible vent.

Une source gargouilla. Un ruisseau creusa sa route. De multiples et minuscules canaux se mirent à courir, anguleux et enchevêtrés. Et par leur force transmise, commencèrent à tourner, çà et là, les aubes chromées de moulins à prière, au dessin travaillé pour changer le métal en dentelle.

Ils se tenaient debout au milieu d'une clairière.

Des bancs les attendaient, arabesques fines de fer translucide, ambigu quant à sa réfraction de la lumière diurne.

Leurs pas ne faisaient pas crisser le gravier, ne soulevaient aucune poussière. D'ailleurs, ils ne se murent pas d'un lieu à l'autre. D'un coup, ils furent déplacés, et s'assirent.

Une divinité avait pris place auprès des trois voyageurs, et leur fit savoir que, puissance tutélaire des lieux, elle les accueillait en ce jardin. Elle souhaitait qu'ils lui parlent comme à une personne, alors même qu'elle constituait leur expérience présente dans son intégralité.

Ils éprouvaient à présent une simulation numérique. Rien de ce qu'ils sentaient, voyaient ou goûtaient n'existait dans le monde objectif. Leurs corps tels qu'ils les percevaient sur l'instant, leurs pensées, tout cela, des algorithmes complexes, appuyés sur une capacité de calcul titanesque, les reproduisaient comme s'il s'agissait de leur propre expérience, jusque dans les moindres détails.

Elle pouvait être décrite comme une formidable machine de calcul universel. Au lieu d'un assemblage de silicium sur un support inerte, un système de cartes électroniques organisant des microprocesseurs, les algorithmes nécessaires à l'établissement de ce microcosme virtuel y étaient menés sous la forme de flux d'électrons dans la couche extérieure de l'astre.

Elle devança leurs questions. Seule sa nature d'étoile à neutrons permettait un tel prodige. Dans un passé lointain, un soleil avait presque terminé de consommer ses réserves d'hydrogène, ce qui le condamnait à se transformer, à brève échéance, en un objet de petite taille mais d'une densité très élevée, où l'attraction vers le centre, supérieure à celle, répulsive, de la matière ordinaire, causait une dégénérescence des noyaux atomiques. L'objet s'était alors changé, du point de vue de sa composition interne, en une soupe de particules élémentaires, notamment des neutrons, formant un manteau aux propriétés supraconductrices – le passage d'un flux électrique en son sein ne l'échauffait pas – tandis que, dans le noyau central, ne subsistait qu'un plasma de quarks, eux-mêmes des composants encore plus élémentaires que les neutrons.

Et donc, cette zone la plus extérieure en dessous de

la surface, formée d'un mélange de noyaux atomiques étranges, d'ions et d'électrons, constituait un matériau idéal pour établir des flux composant un système de calcul universel, capable de simuler n'importe quel élément du monde réel à une échelle proche de l'incertitude quantique, soit bien assez pour reproduire une personne dans tous ses détails, et pour que la reproduction en question soit convaincue d'être l'original.

Il ne fallait pas s'inquiéter, néanmoins. Leur substrat se trouvait toujours dehors, préservé, et leur serait rendu quand et s'ils décidaient de s'en aller. Leurs souvenirs seraient transmis à leur véritable moi, et ils pourraient les emporter avec eux, s'ils promettaient de ne rien révéler de ce lieu.

Ainsi avertis, tous trois jurèrent le secret le plus absolu. La divinité sourit. Elle n'avait jamais été inquiète. Elle lisait en eux comme dans un livre ouvert. Après tout, ici, rien d'autre n'existait qu'elle-même.

« Tout ceci est extraordinaire, marmonna Alexis. Extraordinaire… »

En toute logique, seule une machine pensante pouvait comprendre aussi vite leur étrange statut, car il correspondait davantage à la réalité ontologique d'un Ixien, ou de n'importe quel autre membre d'une espèce robotique.

Ses compagnons, par contraste, demeuraient abasourdis.

« Mais, continua-t-il, vous ne pouvez être un phénomène naturel ! Cette surface supraconductrice a dû être organisée à dessein par une civilisation, dont je n'ose imaginer la puissance, pour en faire le composant fondamental d'une machine similaire à moi-même, mais infiniment plus complexe ! Nous nous trouvons dans un ordinateur de taille stellaire, l'incarnation d'un dieu robotique ! »

La présence sourit, et répondit avec douceur : « Un dieu ? Pourquoi pas, mais alors celui d'un système panthéiste, qui serait à la fois un être unique et l'ensemble des choses. Non, je ne suis qu'une parcelle spécifique du cosmos tout comme vous. Mais vous avez bien deviné ma nature. Je suis le fruit d'une action consciente.

« Autrefois, mon peuple vivait sur une planète orbitant autour de moi – permettez que j'emploie ce concept de "moi", par abus de langage. Lorsque leur astre menaça de se changer en supernova, ils décidèrent de transformer la couche externe de la future étoile à neutrons de manière à en faire, vous avez vu juste, un dispositif capable d'effectuer les opérations de calcul requises.

— Requises pour… ?

— Pour modéliser l'existence de chaque être intelligent, tout comme votre race, robot, est issue d'un ensemble d'algorithmes imitant la pensée de créatures biologiques qui n'existent plus. Sauf qu'ici, la simulation inclut à la fois les gens et leur environnement. Je suis donc un monde miniature, un microcosme dans le macrocosme. »

Cela sembla, brusquement, réveiller Astrée, qui bondit de son banc comme un diable et s'approcha de la déesse, aux genoux de qui elle se jeta.

« Une solution ! s'exalta Astrée. Voilà ce que vous êtes ! Une incroyable solution au problème du temps et de la fragilité des races biologiques ! Une étoile à neutrons est quasiment indestructible ! Le peuple virtuel que vous abritez continue sa vie, sans fin. Mais qui êtes-vous ? Quelle est cette civilisation qui s'est ainsi sauvée ?

— Cela n'a plus d'importance. Des milliards d'années nous séparent de l'époque de notre existence physique, et le temps, par ici, n'a aucune signification effective. Pour vous, dans votre langue, je serai Galatée. Et je suis à la fois l'un des leurs et l'ensemble. »

Et, d'un geste léger, elle convoqua d'autres personnalités, par milliers, par millions, tout autour d'eux. Alors qu'elles vaquaient à leurs occupations, elles vinrent les saluer, les entourer et les réconforter. Toutes percevaient la douleur d'être dans le monde extérieur, la contingence et la mortalité, la peur permanente de l'extinction. Ici, de tels concepts n'avaient plus cours. La frustration ne se pouvait pas, le désir s'épuisait de rencontrer son objet, et, de ce fait, chacun menait une vie égale, contemplative, faite d'une connexion sensuelle avec tous les autres, d'une recherche sans fin du savoir et du beau, d'une atteinte réalisée de la perfection.

« Mais, continua Astrée, pourquoi avoir choisi de maintenir ces illusions inutiles que sont l'espace et le temps ? Vous pourriez vous en défaire, d'une simple reprogrammation… Vous pourriez être, chacun de vous, des transcendances. »

Une voix leur répondit, qui n'était pas Galatée,

mais un simple particulier, un vieillard d'une espèce d'êtres que jamais ils n'avaient rencontré, mais qui pourtant leur sembla beau dans la profondeur de sa vie passée et de sa sagesse acquise : « Ce projet relève de la conservation. Nous désirions plus que tout maintenir en l'état notre monde, en permettre une résurrection au-delà de la combustion de nos chairs par l'explosion stellaire cataclysmique que nous étions condamnés à subir. Certains de nos amis ont fait, après quelque temps dans cette situation, un autre choix. »

Il exprimait un trouble, un regret, mais doux, tempéré par le fait que ces amis-là avaient choisi leur sort : « Leur désir les portait vers une sublimation absolue, un dépassement des catégories les plus fondamentales, celles qui trahissent l'origine commune de tous les êtres vivants, par-delà les différences de provenance. Les soubassements de notre pensée, quand bien même nous venons de deux lieux éloignés de la Voie lactée, sont les mêmes : espace, temps, objet, cause, conséquence, discret et continu, tout et partie. Les remplacer par d'autres formes élémentaires de la pensée revient à une métamorphose si radicale que toute communication devient hors de portée, inenvisageable.

— Que sont-ils devenus ?

— La capacité de calcul, à l'échelle de l'étoile, nous permet de nous montrer libéraux. Nos amis en ont pris une partie, et il en demeure disponible une quantité immense.

— Galatée génère donc deux simulations ?

— Bien plus, répondit la déesse. Au fil du temps,

l'autre groupe s'est scindé mille fois, bien plus encore, tandis que certains, plus radicaux que d'autres, déformaient leur conscience de manière indescriptible pour un esprit tel que le vôtre. Néanmoins, je reste une. Et puis… »

Elle soupira, traversée d'une bouffée de nostalgie, avant de poursuivre : « J'en ai accueilli, dans mon sein, des races perdues, pourchassées, au bord de l'extinction. L'univers ne leur donnait comme perspective qu'une fuite éternelle vers le néant. Je forme un havre pour tous ceux qui veulent troquer leur existence physique pour une autre, pure, immatérielle, permanente. Ceux qui désirent quitter la contingence pour l'éternité idéale, tous ceux-là sont bienvenus. Pour eux je fais émerger des mondes nouveaux, différents de celui de mes concepteurs, étanches ou ouverts à lui, selon leurs désirs. La réalité, ici, est affaire de choix et de consensus.

— Des excentriques ! Voilà ce que nous avons trouvé, s'exclama Astrée à destination des deux autres.

— Je ne vous suis pas, répondit Alexis.

— N'avez-vous jamais entendu parler de ces civilisations qui disparaissent, refusant à la fois l'extinction et la transformation en machines, en trouvant une manière de continuer à exister sous des formes nouvelles ?

— Oui, je vois, répondit le robot, songeur. Je n'ai jamais cru à ces légendes. Des peuples entiers réduits à l'état d'éléments au sein des fluctuations grumeleuses du vide, rapetissés et convertis en vibrations des interstices entre les atomes, et dont la pensée s'exerce par des échanges de gluons à des échelles inférieures à la taille d'un noyau. Ou imbriqués dans la structure fondamentale de l'univers, étendus à des échelles gigantesques, tant et si bien qu'une seule lente pensée se déroule sur des milliers d'années. J'ai entendu tout cela. Ces histoires, demanda-t-il à l'étoile, ont-elles un fond de vérité ?

— Je ne puis vous répondre, admit celle-ci. Jamais, sauf une fois, je n'ai rencontré un être de mon genre.

— Racontez-nous, l'implora Astrée.

— Cette histoire m'est chère, aussi vais-je vous en faire cadeau, en guise de bienvenue. »

À son signal, les trois voyageurs de l'espace se rapprochèrent, et s'installèrent en cercle autour de Galatée, bientôt rejoints par maints habitants des lieux, de sorte que, pour que chacun demeurât proche d'elle, la divinité modifia les règles de l'espace.

« Tous ici, sourit-elle, connaissent ce récit de première main, mais certains ne se lassent pas de se le remémorer.

« Un jour, en orbite autour de ma circonférence, un être comme moi s'installa, un peuple, concentré au sein d'un artefact unique. Sa beauté interne, la subtilité de son agencement dépassait tout ce qu'un mortel pourrait imaginer. Elle formait l'image d'une perfection, non pas immobile telle que moi, mais active dans le monde, capable de manœuvrer à travers les étoiles, en un voyage sans fin. Elle ne venait pas de la Voie lactée, ni même de l'amas local, mais de bien plus loin, et avait vu tant de merveilles que jamais je ne me lassai de ses récits.

— À quoi ressemblait-elle ? demanda la fillette.

— Imaginez une aiguille, longue comme le diamètre d'une petite étoile et rapide comme l'éclair, une chaîne d'ions organisés et mobiles, sans cesse en mouvement, en déformation perpétuelle, une structure vivante, apprenante, mais dont l'identité est assurée par le retour à l'état initial à chaque rotation.

— Un cristal temporel ? Un ensemble d'atomes dotés d'une organisation spatiale riche en informations, mais dont la brisure se produirait dans le temps plutôt que dans l'espace ? Mais, continua Astrée, voyant que l'autre opinait, comment cette structure pouvait-elle pivoter entre ses différents états sans un constant approvisionnement en énergie ?

— L'espace n'en constitue-t-il pas un réservoir infini ? La caresse des vents solaires, la brûlure des émissions des quasars, la vague puissante, chaotique, émise par l'effondrement des nuages d'hydrogène, même les scintillations venues du fond cosmologique, tout cela constituait un apport suffisant pour la maintenir en mouvement.

« Je tire ma puissance d'action d'une soupe de neutrons, bouillonnante de mouvements magmatiques en dessous de la croûte externe. Ainsi, je constitue un point fixe à jamais menacé par l'autoréférentialité. Elle se trouvait, pour sa part, ouverte aux quatre vents, comme une pellicule sensible. Tout événement s'y fixait : elle s'était édifiée comme une synthèse du cosmos lui-même, une histoire totale, un immense et épique récit de toutes choses.

« Aussi, nous formions chacune la métaphore de

deux postures artistiques opposées mais complémentaires : elle, l'ouverture absolue, la domination de l'objectivité sur la créativité interprétative, moi, le constant approfondissement vers l'intériorité tendant vers le psychologisme, vers la négation du monde extérieur comme variable décisive. »

Astrée, sans s'en rendre compte, s'était accroupie aux pieds de la divinité. Elle buvait chaque parole, la bouche entrouverte, les yeux fixés droit sur la source de cet enchantement narratif. Rien n'aurait pu l'en distraire, et, pour la première fois depuis le début de leur voyage, Polémas se sentit abandonné. Durant tout leur périple commun, c'était elle qui envoûtait par le verbe et l'explication, et lui le spectateur. Cette dynamique-là s'en trouvait brisée. Elle qui, jusqu'ici, lui servait de guide, rencontrait enfin quelque chose d'inattendu.

Elle lui avait dit rechercher un sentiment de surprise comme remède à une longue décadence personnelle. Si cette quête s'accomplissait, l'abandonnerait-elle à son sort ?

Car Polémas, de son côté, ne s'imaginait pas demeurer en ce non-lieu hors du monde. Il jeta un coup d'œil discret vers Alexis, qui semblait lui aussi perdu dans une sorte de transe. Après tout, le robot avait rencontré une divinité à son image. Mais, songea le faune, il le savait trop attaché à son propre rôle pour s'abolir ainsi dans le cours de son voyage.

Il attendit donc, reporta à nouveau son attention sur l'histoire, car Galatée ne s'était pas interrompue : « Je l'aimai, car j'avais enfin découvert mon double, mon complément. Nous ne nous lassions pas de nos échanges, dont la densité et la vitesse ne pouvaient s'imaginer qu'entre des êtres tels que nous. Car chacune formait un monde, impénétrable à l'autre, mystérieux et parfait, et, pour la première et seule fois de ma longue existence, je ressentais, pour cette visiteuse venue de l'autre bout de la Voie lactée, un désir inextinguible. Nous aurions pu continuer à converser jusqu'au dernier soupir de l'univers, jusqu'à l'évaporation du dernier trou noir, dans cette relation entre infiniment plus que deux âmes. Chacune de nous cristallisait sans la simplifier, sans en omettre le moindre détail, une civilisation entière encodée en son sein, vivante et dynamique, en permanente évolution.

« Je la changeai, et elle me changea. Jamais plus je ne fus similaire à moi-même après cela, et je demeure, maintenant qu'elle est partie, incomplète, privée d'une part de moi-même, blessée d'une béance sans trêve, quand bien même la ressentir, encore et encore, je n'y renoncerais pour rien au monde, car elle me rappelle la joie de l'avoir connue.

— Pourquoi, murmura Astrée, est-elle partie ?

— Telle était sa nature et sa vocation. Combien en avait-elle croisé d'autres tels que moi, des artefacts civilisationnels que vous nommiez à l'instant "excentriques" ? Elle ne me l'a pas dit, mais sans doute un nombre que je ne puis me figurer, tant son voyage durait et tant elle avait visité de lieux divers. Mais moi, seule, fixée ici, je n'ai connu qu'elle. Aussi, avant son départ, avant que, serpent de feu, éclair dans la nuit, elle bondisse vers d'autres cieux, vers d'autres escales, elle m'a fait un merveilleux présent : elle-même, sous forme de la plus exacte simulation qui se pourrait concevoir…

— … Mais uniquement par le truchement de votre capacité algorithmique, l'interrompit Alexis. Non plus la personne dans son mystère, mais comme une part de vous, et donc sans double-fond.

— Vous dites vrai, répondit-elle dans un frisson, tel est le châtiment pour les êtres qui s'élèvent à l'immortalité, pour les sociétés qui ont renoncé à la vie matérielle pour celle de l'esprit. Jamais plus, de nos entrailles, n'émergera la surprise de l'altérité. Jamais nous n'enfanterons. »

Un silence passa, empreint d'émotion, sans que personne dans l'assistance n'ose l'interrompre. Et puis Astrée, d'un geste consolateur, aussi inattendu que spontané, vint se blottir contre la divinité stellaire.

« Ne vous attristez pas, enfant, car nous avons perdu la vie, mais nous avons gagné un terrain de jeux unique, infini. Venez, ultime héritière d'une race éteinte, nous pouvons vous le montrer, et nous retrouverons, vous comme moi, la seule source de joie en ce monde et dans tous les autres : la possibilité de créer sans frein. »

Elle les confia à des habitants des lieux, qui se hâtèrent de leur faire visiter l'étonnant monde dans lequel ils s'étaient enfermés de leur propre chef.

Les trois compagnons auraient pu y passer l'éternité, et leur voyage, de lieu en lieu, de région en région, dura mille ans, et une seconde à peine tout à la fois. Tant et si bien que Polémas lui-même, pourtant le plus réticent, s'égara dans la diversité des expériences, des gens et des formes qu'on rencontrait ici, et qui, ils le sentirent vite, n'auraient jamais de cesse. Ils eurent le loisir, aussi longtemps qu'ils le souhaitaient, de se laisser fasciner par le caractère illimité du spectacle qu'on leur offrait.

De se perdre.

D'attendre une si complète imprégnation que leur promenade se faisait tableau, composition, rêverie.

On les mena dans des mégapoles scintillantes, dont ils admirèrent l'inouïe verticalité, qui n'avait ici pour contrainte que l'imagination.

Ils cheminèrent sous les tours et les spires, sur les aqueducs et les ponts suspendus, comme par quelque miracle, au milieu du ciel.

Ils observèrent les agencements fabuleux que pouvaient prendre la pierre et le métal, l'architecture confondue avec l'art, la métamorphose d'infrastructures en actes de beauté figés dans leur fonction, la minéralité changée en la grâce fluide d'un animal en chasse.

Les palais aux dômes cristallins.

Les ruelles sombres et serpentines, transfigurées par la grâce des pavés, d'un unique réverbère, en limbes fantastiques.

Les courettes sous le soleil, clôtures, dont les fontaines centrales gouttaient avec exactitude.

Des œuvres d'art monumentales, qui n'avaient pour objet que la beauté formelle, vastes comme des montagnes.

Des représentations miniatures, enluminures foisonnantes de détails insensés, gravées sur quelques microns d'épaisseur.

Pendant longtemps, ils descendirent un fleuve, si long qu'il leur parut l'exacte image de l'éternité, sur les rives duquel nul ne mourait jamais, et tous avaient ressuscité.

Dans chaque village, dans chaque port de plaisance – où les toits formaient une ligne si jolie, si pittoresque, qu'ont les eût dits fabriqués en décors de théâtre –, ils reçurent bon accueil, se restaurèrent et trinquèrent avec des gens habités de la passion d'accumuler, sans limites de temps ni de force, sans la perspective du déclin ni la peur de la mort, un savoir ou un tour de main, une sagesse parfois.

Collections, manuscrits, récits narratifs conçus de signes et d'images, jamais ils ne virent un lieu qui ne fût habité par cette passion de créer.

Parfois, un humble repas, pris sur le pouce, se faisait moment de perfection, un équilibre jamais reproductible, entre la pénombre du jour achevé, le vin suave, la chaleur d'amis nouveaux ou de visages retrouvés, la linéarité ombreuse des arbres, là, au bout d'une pelouse, au coin d'une rivière.

Ils participèrent à des performances artistiques, à des scènes de théâtre et à des formes d'art encore plus nébuleuses, impermanentes et précaires, à des provocations et des déconstructions, à des discours enflammés où nulle rythmique n'intervenait, à des sonnets dont le ton appelait le silence, ensuite, à tout jamais, et à des simples mots criés dans la forêt.

Ils virent tout cela, bien plus encore.

Ils se séparèrent, puis se retrouvèrent.

On réalisa leurs désirs les plus profonds, et, du

moins pour le faune, mainte nuit blanchit en l'infâme luxure. Et le sommeil suivit.

Plus d'un jour se passa dans la contemplation d'une belle nature.

Ils vécurent des expériences extrêmes, descendirent en riant des torrents de lave, indifférents à une mort qui n'arriverait pas.

Quoi qu'ils fissent, ils jouaient. Tout relevait ici d'un rêve éveillé, d'une mystification, glorieuse et infinie.

Ils se revirent un soir, par hasard, dans une cité pierreuse au flanc d'une montagne, et s'installèrent, anciens compagnons de route qui s'étaient presque oubliés en chemin, à une table, sur la terrasse à présent vide d'une auberge d'altitude, au bord d'un précipice.

Sous leurs pieds, une vallée escarpée plongeait dans la nuit, tandis que la cime blanchie des hautes montagnes demeurait scintillante.

Ils passèrent des heures à se raconter leurs aventures, à échanger sur leurs sentiments à l'égard de ce lieu hors du temps.

Polémas fatiguait de cette non-aventure.

Alexis craignait, lui aussi, qu'une irréalité s'empare d'eux, les dissolve dans ce monde indéfini.

Ils s'en ouvrirent à Astrée, qui pleura, longtemps, incapable de proférer un mot, toutes les larmes de son corps. Puis, une fois calmée, après avoir siroté, les yeux rouges, le menton boudeur, un énième chocolat chaud, elle porta l'assaut : « Mais pourquoi partir ? Pourquoi sacrifier un tel bonheur ?

— Nous ne sommes pas d'ici. Nous nous égarons, et un jour, je ne me reconnaîtrai plus moi-même, répondit le faune. Je n'ai pas entrepris ma quête pour m'enfermer dans un paradis artificiel. »

Dépitée, la fillette se tourna vers le robot, espérant y trouver un allié, mais il soupira : « Je ne manquerai à aucun des miens. Chaque Ixien est remplaçable. Mais je n'avais qu'un regret dans ma vie précédente, et, vous l'aviez bien perçu, mon amie, il est à la source de mon choix de vous accompagner : je soupire après la vie, ses risques, l'audace qu'elle implique.

« Ici, je me réduis au statut de fantôme rêvant un très beau rêve. Ce lieu n'est pas pour nous. Ses habitants ont péri, il y a de cela une éternité, et des ombres survivent. Galatée, ce formidable ordinateur, constitue ici la seule personne réelle. À sa manière, elle montre aux peuples artificiels, même aux métacivilisations, ce que pourrait être un véritable accomplissement de leur potentiel. Mais, à présent, il faut partir, car, ici, nous ne faisons rien, nous rêvons à la place. Le comprenez-vous ?

— J'aimerais vous dire à tous les deux, répondit Astrée après un long silence, de partir sans moi. Mais, l'un comme l'autre, je ne peux me résoudre à vous abandonner. Et, en même temps, j'ai trouvé ici comme une épiphanie de sens, une révélation de ce qu'aurait pu être le destin de ma race. Vous dites qu'ils sont tous morts, mais regardez-les créer ! Voyez comme ils subliment toutes les formes de l'activité biologique et en font des œuvres d'art ! Et moi, de mon côté, je n'ai jamais vécu que pour cela. Je pourrais demeurer ici pour l'éternité, je pourrais jouer et bâtir, grandir dans la beauté, dans la transcendance que peut prendre la matière lorsque le sculpteur…

— Je vous comprends, Astrée, la coupa Alexis, mais ici, il n'y a rien qui ressemble à de la réalité. Rien d'autre que des algorithmes. »

Polémas, lui, resta coi. Il venait de comprendre quelque chose d'essentiel à propos de son amie – car ainsi la considérait-il à présent. Elle ne vivait, depuis toujours, que pour créer une perfection. La montagne sur Terre, le parc, son existence enfantine, coincée dans un éternel et solipsiste présent, il les avait pris pour des étrangetés, pour la marque d'une sénescence paradoxale.

Sa fascination exprimait son désir profond, primaire, peut-être la vérité sur la mystérieuse race dont elle constituait le dernier représentant, et qui pouvait prendre deux formes, en réalité similaires : l'exploit du guerrier, ou l'œuvre de l'artiste. Dans sa vie précédente, elle avait été les deux.

Chacun courait donc après un enjeu existentiel, l'immortalité pour Astrée, le risque de mourir pour Alexis, la survie pour Polémas.

La quatrième chaise de la table, jusqu'ici inoccupée, recula, et Galatée s'y installa, avec le plus grand naturel. Ils ne l'avaient pas vue depuis le début de leur séjour.

D'un geste affectueux, la présence posa sa main sur celle de l'enfant, et commença : « Oh, Astrée, ma chère petite Astrée… Autrefois, il y a quelques instants, vous avez fait preuve de compassion à mon égard. Permettez-moi de vous rendre la pareille. »

Elle s'approcha davantage, prit la fillette dans ses bras, lui caressa les cheveux, et cette dernière ne put, là encore, retenir ses larmes.

« Ma tendre enfant, avez-vous entendu parler de la théorie de l'éternel retour ? »

L'autre, incapable de parler tant elle reniflait, secoua la tête en signe de dénégation, et la déesse poursuivit : « Alors, écoutez. Je crois quant à moi qu'il faut vivre sa vie comme si le cosmos nous réservait un éternel retour, c'est-à-dire la répétition des mêmes événements, dans le même ordre, une infinité de fois. Cela correspond bien à votre expérience du monde, avec ses cycles biologiques, emboîtés en poupées gigognes, du carbone, du silicium, puis, vous venez de le découvrir, des matériaux exotiques dont je ne suis qu'une représentante, et qui façonnent chacun des modalités différentes du rapport aux choses.

« Le cosmos est circularité et recommencement : pourquoi la vie ne serait-elle pas pareille ? Je sais, vous allez dire que pour un ordinateur géant et éternel, j'ai d'étonnants préjugés si je crois en la réincarnation. Mais ce n'est pas le cas. Je crois plutôt au pouvoir de la métaphore, et, avec cette théorie saugrenue, j'en tiens une.

« La voici : si nous imaginons notre existence comme inscrite dans un phénomène tel que l'éternel retour, alors chacun de nos actes sera amené à se répéter une éternité de fois, sans fin. Notre devoir, dans ce cas, ne consiste-t-il pas à nous assurer que chacun de nos gestes, de nos décisions, de nos attitudes, revêt une sorte de perfection esthétique, de cohérence absolue avec qui nous cherchons à être, de sorte qu'en définitive, nous serons à même de devenir qui nous sommes, et ce à tout jamais ?

« Car en soubassement d'un tel discours, il existe un postulat : la valeur de nos actes ne se mesure pas à l'aune d'une quelconque règle morale. Les morales, les règles, tout cela relève du hasard de notre naissance, de ce qui nous est échu parce que nous appartenons à telle race ou à telle époque. Ce que certains réprouvent, d'autres le portent aux nues, et aucune loi extérieure, lue dans un code ou dans un livre, ne peut satisfaire notre désir de nous mener nous-mêmes de la meilleure manière possible. Il reste néanmoins un critère que vous pouvez explorer, et il relève de l'esthétique : celui de la fidélité à soi, et de la capacité à transformer sa propre biographie en un récit aussi beau que possible.

« Si nous étions des personnages de romans ou d'une pièce de théâtre, je dirais que nous ne valons que par la cohérence interne à l'œuvre entre chacune de nos apparitions, de nos surgissements à la conscience du lecteur ou du spectateur. La production d'œuvres matérielles est secondaire par rapport à cet impératif d'avoir été la figure qu'on souhaitait être.

« Et ainsi, il existe deux sortes de gens. Ceux dont la vie est tracée par la grâce de déterminations quelconques, par la contingence, et ceux-là pensent que ces éléments extérieurs, la couleur de leur fourrure, leurs préférences en matière de copulation ou la manière dont ils boivent du thé, tout cela tient lieu de destin. Les autres adhèrent à l'idéal aristocratique de transformer, à chaque moment, leur existence en récit, de changer les turpitudes et les mauvaises rencontres en une continuité narrative, en quelque chose de beau, non pour quelque lecteur, mais pour soi-même, pour celui qui compte : l'acteur.

« Aussi, Astrée, je n'aurais pas de plus grand bonheur que de vous garder en mon sein. Mais si jamais vous considérez que, pour vous, l'histoire ne s'achève pas là, si jamais vous prenez au sérieux cet acte inouï qui a été le vôtre, et qui a fait de vous un enfant, alors accompagnez vos amis jusqu'au bout, et grandissez.

« Car, ajouta l'étoile, un brin espiègle, les voyages forment la jeunesse. »

10

Galatée leur offrit, en plus de sa sagesse, une technique de calcul nouvelle, qu'Astrée ignorait, et qui permettait d'user des étoiles à neutrons comme dispositifs d'intrication quantique.

La suite de leur voyage en serait facilitée, puisque de tels astres se trouvaient partout dans la galaxie, perduraient à leur place des milliards d'années, et, phares dans le ciel, émettaient durant tout ce temps, pour beaucoup, des pulsations d'ondes radio faciles à détecter.

Restait l'épineuse question de leur destination. Ils se concertèrent, puis s'accordèrent sur un non-choix : ils reprendraient donc leur route vers le bulbe central.

Astrée s'y était rangée par loyauté à l'égard de ses amis, mais, de manière visible, elle souffrait d'un deuil. Elle avait renoncé à une existence certes virtuelle, mais infinie et dédiée à la beauté, situation qui n'allait pas sans rappeler son long exil au sommet de la montagne sur Terre. Pour continuer, elle devait faire à nouveau le pari que, dans le monde réel, se cachait un trésor qui renouvellerait sa vision du monde et lui donnerait un but, quelque chose de supérieur aux promesses de Galatée. Elle s'y résigna, sans doute, songea Polémas, parce qu'au pire, elle se réservait la possibilité de revenir sur ses pas une fois leur aventure achevée.

Alexis, de son côté, semblait avoir gagné en épaisseur et en conviction. La rencontre avec Galatée lui avait offert une image de la transcendance divine dans sa version robotique. Il en repartait avec une foi renouvelée dans sa propre espèce. Mais, plus en profondeur, la transformation de son attitude ressemblait à une résurrection, au retour d'une force vitale enfouie, un printemps brisant la couche de glace à la surface de la mare, libérant enfin la vie microscopique tapie dans ses profondeurs.

Plus ils s'éloignaient de la planète Ix, plus il se reconstituait une personnalité spécifique, faite de sens de la camaraderie, de hardiesse joyeuse, du goût du risque. Ce dernier ne pouvait exister sans la possibilité d'une disparition définitive, dans la confrontation avec des dangers extrêmes. Le centre de la Voie lactée, territoire que les métacivilisations artificielles ne connaissaient pas, voire qu'elles craignaient et évitaient avec soin, formait un terrain de jeu idéal pour son programme personnel d'affirmation narcissique.

Polémas ne participa pas à la décision. Chaque étape du voyage avait constitué, à ses yeux, une déconvenue. Il craignait une issue si défavorable à cet étrange voyage qu'il en sortirait désespéré par l'horreur et la vanité qui régnaient sur le monde. Par l'absence d'ordre et de sens. Par la solitude terrible et les implacables dangers auxquels son peuple serait confronté, pour unique prix de sa survie.

Et pourtant, à présent, une part de lui-même acceptait la nouvelle étape du voyage. Il aurait pu réclamer de rentrer chez lui, où il aurait trouvé quelque cachette pour mourir. Il ne pouvait rien pour les siens, et le savoir qu'il accumulait n'aurait sans doute aucune efficacité pour éviter à son peuple les fausses solutions, les errances et les pièges qui parsemaient l'univers. Mais, à tout le moins, la rencontre avec Galatée constituait l'expérience d'un beau rêve. Il lui suffisait que le monde contienne un paradis, quand bien même virtuel, pour rendre tout le reste acceptable.

Et, sans doute, la pause dans un environnement amical et gratifiant lui avait-elle redonné de la vigueur, par un effet très animal.

Il se rangea donc à l'avis de ses compagnons, sans espoir mais sans tristesse, incapable de se défendre d'une certaine curiosité, et, pour finir, éprouvant avec un certain bonheur une denrée rare, délicieuse, et, quand il y pensait, suffisante : un sentiment d'amitié à l'égard de ces deux étranges créatures. Quand bien même ils ne partageaient aucun point commun et ne s'étaient constitués en communauté que par les hasards d'un voyage. Et, tandis qu'Astrée calculait leur prochaine trajectoire, il en vint à penser que, de tout ce qu'il avait appris durant cette odyssée, seule comptait l'expérience d'une proximité véritable, fleurie sur le terreau peu propice de rencontres fortuites. Le cosmos pouvait se réduire à une série infinie de catastrophes, si, dans les creux entre celles-ci, l'on éprouvait parfois cela, alors le reste en devenait acceptable.

Cette étrange traversée de la galaxie trouvait alors une justification, non pas à l'extérieur d'elle-même, par ce qu'elle enseignait ou par le but atteint, mais dans le seul fait d'avoir été accomplie avec une fillette rencontrée au sommet d'une montagne magique et un robot matamore en quête de sensations fortes.

L'environnement changea, au fil des bonds successifs.

Les étoiles, rares dans la bordure extérieure, se faisaient ici denses, et se pressaient côte à côte plus qu'elles ne parsemaient le ciel. Ils approchaient le bulbe de la Voie lactée, sa dense pépinière, regroupant en fait, autour d'un trou noir central, l'écrasante majorité de la matière ordinaire, de l'énergie et de la vie de la galaxie. Une telle perspective ne manquait pas de fasciner, en particulier, Alexis. Les métacivilisations lui semblaient constituer, jusqu'ici, le pinacle de l'intelligence. Rencontrer des êtres qui, comme Galatée, dépassaient de loin les capacités des Guelfes et des Gibelins, ou, comme il s'y attendait, des peuples qui se situaient à un niveau de développement exponentiellement supérieur, cela transformait sa vision du monde.

À peine s'étaient-ils matérialisés qu'Astrée, au lieu de recommencer ses calculs, tira les deux autres en arrière sur quelques milliers de kilomètres. Là où ils se tenaient un instant auparavant, une vague de feu venait de balayer le ciel.

Ils étaient apparus près d'une étoile à neutrons animée d'une orbite ultrarapide autour d'un autre corps stellaire, monstre sinistre et écarlate. Les réflexes de la fillette leur avaient évité d'être pris dans un panache d'hydrogène chauffé à blanc, qui jaillissait en permanence de la géante rouge, déformée par cette ponction continue de matière au point de ressembler à une poire, et s'écrasait, sous l'effet de la force de gravitation, à la surface de sa sœur, plus compacte, mais à la force d'attraction bien supérieure.

La danse furieuse entre les deux objets emplissait tout le système intérieur de volutes brûlantes, de vents ionisés pris de folie, de tourbillons et de cyclones de gaz incandescents, larges de plusieurs unités astronomiques.

Ils fuirent à tire-d'aile, mirent le cap sur un troisième astre, qui suivait une orbite plus lointaine autour du couple central.

Des milliards d'années plus tôt, le trio avait compté, outre une petite naine jaune à longue durée de vie, deux étoiles géantes à l'orbite hyper proche, qui devaient déjà, à l'époque, échanger leur matière. La plus volumineuse s'était transformée la première, sous l'effet du surcroît de masse dont elle avait bénéficié, et avait continué à aspirer la matière de sa consœur, au point de l'empêcher d'entamer son propre processus d'effondrement. À la fin, épuisée, cette dernière subirait peut-être un processus de désintégration sous la forme d'une nova, avant de se changer en une naine brune, un astre mort.

Le troisième larron, sur son orbite excentrée, continuerait pour sa part longtemps à fusionner l'hydrogène en hélium et à rayonner discrètement. Si l'on voulait avoir une chance de rencontrer quelqu'un, il fallait explorer les corps en orbite autour de lui.

Et en effet, assez vite, une dizaine de planètes se révélèrent à leurs yeux, avec de multiples ceintures d'astéroïdes, des comètes prises dans de tranquilles cycles elliptiques.

Une superterre chaude, au premier regard impropre à la vie, gravitait dans la zone d'habitabilité, et émettait même un faible rayonnement vers l'univers, produit par un océan de lave basaltique entretenu par l'éternel mouvement de convection de ses profondeurs.

Et, autour de cet objet, parmi une centaine de satellites, ils observèrent coup sur coup deux prodiges, indubitables traces de vie et d'intelligence.

Ils se rapprochèrent du premier, sans aucun doute possible un artefact : un bloc de rocher gros comme une lune, taillé comme un diamant, aux arêtes parfaites, aux faces lisses. On aurait dit un objet géométrique transposé dans le monde réel. D'un noir d'obsidienne, il manifestait une absolue passivité face aux rayonnements de toute nature, et un degré d'absorption tel qu'Astrée et Alexis l'avaient repéré en croyant, de prime abord, avoir affaire à un trou noir miniature, dont l'absence de disque d'accrétion les avait intrigués. Il en allait de même de l'attraction : aucune émission de gravitons, ces particules qui appartenaient à la classe des bosons, la même que celle des photons (ou particules lumineuses).

En fait, on aurait dit un neutrino géant, qui n'interagissait avec rien. Il demeurait là, immobile, incorruptible, parfait symbole, se dit Polémas, d'un peuple vaniteux qui voudrait démontrer sa capacité à balafrer le monde, à marquer l'histoire à tout jamais.

Le robot s'en approcha jusqu'à se stabiliser tout près d'une des faces, et la toucha d'une main hésitante. Cela résistait, et se trouvait à la température environnante, mais sinon, rien. Ils se demandèrent en vain comment cela se maintenait en orbite stable au sein du système, firent des conjectures, puis se lassèrent.

Ils continuèrent vers une lune qui émettait des rayonnements intenses, en particulier des ondes radio sur tout le spectre de fréquences, sous forme de séquences organisées, donc artificielles.

Le satellite, d'une taille similaire à la Terre, en différait par une orbite captive. Il tournait toujours un hémisphère vers la planète géante autour de laquelle il gravitait, et l'autre vers l'espace. Cela provoquait sans doute d'importantes différences de température à la surface. Astrée fit remarquer, avec une moue déçue, qu'une telle configuration rendait la vie biologique peu probable.

En l'espèce, elle se trompait. Ils le comprirent en survolant la haute atmosphère, encombrée de débris spatiaux : il n'y restait nulle part, à l'air libre, la moindre parcelle de sol naturel. Tout, là-dessous, était artificiel et contrôlé par les habitants, y compris, sans aucun doute, le climat.

Du côté éclairé par la double lueur de la superterre et de leur étoile, des zones géographiques de vaste taille, assez longues et épaisses pour être visibles depuis l'espace, formes géométriques délimitées par des lignes droites, dessinaient un damier irrégulier, où se succédaient le vert de cultures intensives et le gris métallique de zones d'habitation.

Aucune étendue d'eau visible, mais Alexis suggéra qu'une sismographie permettrait d'identifier des réservoirs souterrains, mers artificielles engoncées dans des parois de métal et de roche, et qui devaient avoir canalisé et drainé la partie aqueuse de la planète.

Donc, pas de phénomènes climatiques : le cycle de l'eau, la création de nuages avaient été rompus par l'artificialisation totale de l'environnement.

Leur course circulaire continua, et ils passèrent le terminateur pour plonger dans l'ombre. La surface se changea en un tapis scintillant, alors que s'allumaient par dizaines de milliards les lumières urbaines.

Ils descendirent en vol plané. Sous leurs pieds, un urbanisme d'une densité et d'une extension extrêmes, un entremêlement de styles, d'époques, de constructions occupées et de ruines.

Citernes géantes, tubules industriels élancés vers le ciel, au fil du temps changés en habitats de mille niveaux de hauteur, desservis par des systèmes d'ascenseurs externes, faits de bric et de broc.

Temples de toutes formes, monolithes fracassés en pièces, à moitié rebâtis pour servir de logements ou d'infrastructures collectives.

Palais devenus villages au sein de la ville-monde, canaux changés en routes, aires d'atterrissage abandonnées, emplies d'eaux marécageuses par quelque inondation ancienne, et couvertes à leur tour de maisons sur pilotis.

Blocs d'acier de plusieurs milliers de mètres de longueur, aux sections chromées grandes comme des collines.

Colonnes taillées dans d'impossibles cristaux, trop purs, translucides, côtoyant, abritant, se couvrant de serres hydroponiques.

Jungle d'artefacts géants, recouverts d'une dense architecture de surface, à l'apparence lépreuse, d'une laideur inqualifiable, excroissances faites de parpaing, de béton ou de matériau organique semblable à un bambou géant.

Ils contemplaient, comprirent-ils avec effarement, une civilisation incroyablement plus avancée que tout ce que pouvait receler la bordure de la galaxie. Si ancienne, qu'elle-même s'élevait sur les ruines d'une autre, et encore d'une autre, et ainsi de suite.

La densité extrême des lieux, refuge de centaines de milliards d'individus sur une unique planète, témoignait d'une perturbante continuité historique. Ici, le temps qui séparait l'émergence d'une espèce intelligente jusqu'à son départ vers l'espace se voyait neutralisé, les extinctions et les recolonisations par des êtres intelligents se déployaient selon un rythme accéléré, libéré de la lente accumulation d'énergie par dépôt de carbone que connaissaient les planètes isolées de la périphérie.

Dans cet endroit bâti de partout, les cataclysmes

survenaient, jetaient à bas des artefacts cyclopéens, pourtant insensibles à la tectonique des plaques et à des millions d'années d'érosion. Les survivants repartaient derechef à l'assaut des ruines, perdaient peut-être une grande partie de leur savoir, le conquéraient à nouveau, coquillages accrochés, inexpugnables, à ce rocher, dans l'océan illimité des cieux.

Ils avisèrent un espace dégagé, peut-être le toit à l'abandon d'une cité souterraine, qui fourmillait d'une foule considérable et bigarrée, occupée autour d'un objet de très grande taille évoquant une antenne parabolique, dont certaines parties semblaient corrodées, éléments récupérés de machines anciennes, et d'autres neuves, étincelantes.

À travers l'atmosphère, sans nuages, le spectacle grandiose de la Voie lactée vue de l'intérieur emplissait la voûte céleste, du zénith au nadir, d'un nuage dense d'étoiles : le crépuscule prenait la consistance laiteuse, grumeleuse, d'un entremêlement de fils incandescents. L'élément le plus brillant du ciel, le couple stellaire fait de la géante à l'agonie et sa compagne neutronique, indiscernables sans instrument astronomique se couchait en une unique scintillation. Basse sur l'horizon, cette maléfique étoile du Berger annonçait, constant mensonge, la promesse d'une aube qui ne viendrait jamais.

Ici, l'idée de la solitude d'une planète habitée, dans l'espace obscur, n'avait pas cours, songea Polémas. Un peuple ne pouvait se développer sans recevoir, à très brève échéance, la visite de ses voisins, amicale, ou, frissonna-t-il, hostile. La logique du développement de la vie, de la conscience, de la civilisation et de la technologie lui avait été présentée par Astrée comme un sous-produit des lois d'airain de la physique, une dépendance des propriétés des atomes. Ici, l'influence réciproque de milliards de mondes habités, proches les uns des autres, perturbait ces cycles naturels, les remplaçait par le jeu, bien plus complexe à décrire, des influences culturelles, des décisions collectives, avec leur part, sans doute, de folie, d'irrationnel et de hasard. Sur ces terres artificialisées jusqu'à la moindre parcelle, songea Polémas, aucune nouvelle espèce intelligente ne pouvait exister. Mais peut-être, ici, la manipulation du vivant, les migrations, les hybridations, la science expérimentale remplaçaient-elles les mécanismes spontanés d'émergence qu'on observait sur Terre. Peut-être, ici, quelque race ancienne créait-elle, de temps à autre, des équivalents des faunes, dans de caverneuses prisons souterraines, pour en faire des serviteurs habiles à ramper dans les profondeurs d'installations industrielles. Il chassa ces pensées, se rassura en songeant que là-bas, très loin, à la bordure d'un bras spiralé qui n'avait rien d'assez notoire pour attirer l'attention de quiconque, les siens poursuivaient leur existence primitive et bucolique.

Sur l'esplanade, une prodigieuse diversité de races et de constitutions physiques, quand bien même un simple coup d'œil suffisait à voir que les différents groupes, s'ils collaboraient à une œuvre commune, ne se mélangeaient pas. Aussi l'apparition des trois voyageurs, malgré des spécificités morphologiques, ne sembla déranger ou étonner personne.

Ils approchèrent une créature semblable à une langouste géante, et la saluèrent, puis déterminèrent qu'ils pouvaient échanger dans la langue pangalactique en usage au sein des métacivilisations robotiques, qu'Alexis maîtrisait.

L'autochtone leur expliqua être occupé à la réalisation d'une arme défensive de très grande taille, un canon à bosons, selon ses dires, et dont il craignait qu'elle ne fût pas prête à temps. Le calendrier en avait été décalé par la mésentente permanente entre les différents peuples qui coexistaient tant bien que mal par ici. L'invasion ennemie se rapprochait, inéluctable, et il avait fallu une urgence aussi extrême pour obliger les différentes parties à trouver un terrain d'entente. L'autochtone s'en désolait, mais prenait la chose avec fatalisme : « Ce lieu est habité depuis la nuit des temps, il a même constitué une capitale régionale, à l'époque du Condominium… »

Aucun des trois voyageurs n'ayant jamais entendu parler de ce « condominium », ils laissèrent leur interlocuteur continuer : « … Elle survivra bien à ce nouveau coup du sort.

— Il y a souvent des guerres dans cette partie de la galaxie ?

— Ah… On voit que vous venez de loin… La guerre ne cesse jamais. La plupart du temps, ici nous sommes épargnés, car nous ne possédons rien qui soit digne d'intérêt. Les réserves du sous-sol sont épuisées depuis des millions d'années, et nous ne survivons que par le recyclage et l'exploitation des astéroïdes. Nous sommes des gens issus de bien des diasporas, aussi notre matériau génétique n'est-il ni pur, ni rare.

Mais que voulez-vous, le bulbe central est devenu une jungle où le gros mange le petit. »

Une vaste clameur se fit alors entendre. Levant les yeux au ciel, leur hôte hurla : « Ils sont là ! Fuyez, tant qu'il est temps, si vous le pouvez ! »

Car d'un coup, le ciel s'était assombri.

Une forme d'une taille planétaire s'était matérialisée à proximité, un monstre de l'espace qui jamais, même dans leurs pires cauchemars, ne les avait visités.

L'être prenait la forme d'une sphère cyclopéenne, à la brillance faible, presque translucide, dotée en son milieu d'une bouche sertie de longues excroissances tentaculaires, et dont les lentes ondulations ne faisaient que trahir l'immense distance qui les séparait.

Partout, autour d'eux, on hurlait, on tombait à genoux pour implorer des dieux qui ne viendraient pas, et, de milliers d'ouvertures dans le sol, une foison de petits véhicules spatiaux surgit pour engager le combat. Les appendices de l'envahisseur pénétrèrent l'atmosphère, si vastes qu'ils induisirent une onde de choc, si rapides qu'ils rougeoyèrent au contact de l'air, et le sol trembla.

« Ce n'est pas, réfléchit Astrée, de la matière ordinaire. Sinon la planète aurait déjà explosé sous l'effet de l'attraction de cette… chose. Que faisons-nous ?

— Partons, grogna Polémas. Tout ceci nous dépasse. »

Au loin, un massacre commençait. Le ciel crépitait, chaque flash d'énergie désignant un courageux astronef désintégré par un trait d'énergie invisible venu de l'envahisseur. Du sol, des armes tonnèrent, projetèrent des faisceaux lumineux sur les tentacules géants, qui les ignorèrent ou les laissèrent les traverser et se perdre dans l'espace. La parabole, l'arme suprême des défenseurs, demeura silencieuse, triste épave inutile.

Les trois voyageurs ne se firent pas prier, et filèrent dans la direction opposée. Trop tard néanmoins. Alors qu'ils s'apprêtaient à franchir la haute atmosphère, une force les immobilisa en plein vol, sans aucun effet d'inertie, et les ramena, puissance intangible, mais pour autant irrésistible, en direction de la bouche.

En dessous d'eux, par denses paquets, la même moisson se répétait. Indifférente aux assauts désespérés des locaux. Aveugle à leur provenance géographique et à leur morphologie. Et ces gens, isolés ou en groupes compacts, tous réduits à l'impuissance, le mystérieux pouvoir les soulevait comme des fétus de paille, les faisait voler vers la planète cannibale.

« Ne pouvez-vous rien faire ? s'exclama Alexis.

— Nous sommes trop éloignés de tout appareil d'intrication quantique », répondit Astrée.

La force invisible les posa, avec des milliards et des milliards d'autres individus arrachés au sol, dans une cavité si vaste qu'elle aurait pu abriter un continent entier, et composée d'un matériau à la fois semi-transparent et impénétrable, force plutôt que solide, et dont le substrat semblait parcouru en permanence de discrètes iridescences. En levant la tête, on pouvait observer la planète dévastée, dans laquelle les appendices de l'envahisseur fouillaient le sol à la recherche des derniers habitants terrés dans les profondeurs. Au milieu des prisonniers, des êtres en apparence aussi insubstantiels que le monstre, hauts comme des collines, dotés de pattes arachnéennes aux mouvements rapides, patrouillaient, désarmaient les récalcitrants avant de les déchiqueter – ils en virent peu, de ces résistants ultimes, car une sorte d'hébétude s'était emparée de tout ce peuple disparate.

Astrée commença par plonger la main dans son petit sac bleu, celui qu'elle portait en bandoulière, et dont Polémas soupçonnait depuis quelque temps qu'il contenait une sorte d'ultime assurance, peut-être une arme dévastatrice. Mais, d'un coup, elle cessa, et s'allongea sur le plancher pour le tapoter des doigts : « Regardez-moi ça ! » s'exclama la fillette à l'adresse d'Alexis, sans même feindre d'inclure Polémas dans la discussion, comme chaque fois que cela devenait technique. « Il ne s'agit pas, reprit-elle, de matière ordinaire. Je dirais même que ce n'est pas de la matière du tout.

— Et pourtant, lui rétorqua le robot, qui s'était pris au jeu, j'ai l'intuition qu'il s'agit d'une forme de vie.

— Certainement. Un être fait d'une concaténation organisée de particules exotiques.

— Des neutrinos, un peu comme l'espèce de diamant noir que nous avons croisé sur notre chemin ?

— Non, car vous l'avez vu, cet objet était solide mais ne pouvait interagir avec rien. Ici nous avons affaire à un être conscient, doté de buts, et même capable de se subdiviser, car je crois que nos gardiens n'en sont qu'une émanation : regardez-les se déplacer comme des automates, jamais hésitants, d'un prisonnier à l'autre. On dirait des lymphocytes géants.

— Alors, de quoi s'agit-il ?

— D'un prédateur…

— Cela, je l'avais deviné, rétorqua Alexis avec une grimace fataliste.

— … La preuve qu'il existe d'autres cycles plus vastes que ceux du carbone et du silicium et enchâssés en eux.

— Je ne comprends pas.

— Pensez-y ! La biologie fait émerger la conscience, qui crée des artefacts technologiques, puis s'éteint. Les machines pensantes qui en sont issues, elles, se développent au rythme de la croissance exponentielle de la puissance de calcul. Ici, nous avons affaire à une forme de vie d'une autre nature.

— Comme Galatée ?

— Non, car elle, je la rangerais dans une catégorie alternative d'intelligence artificielle, et créée elle aussi par des biologiques, donc sans doute une exception, un être *sui generis*, et, d'ailleurs, une impasse. Je vous mets ma main à couper qu'ici, les équivalents des métacivilisations ont disposé de tant de puissance de traitement et de connaissances qu'elles ont appris à manipuler la matière à des échelles qui nous dépassent.

— Pourquoi pensez-vous, grogna Alexis, que ce nouveau cycle s'enracine dans celui du silicium ? »

Il pouvait se montrer pointilleux quand il s'agissait

de défendre son espèce, et cela ne le flattait pas qu'Astrée considère ce monstre de l'espace comme l'aboutissement naturel d'une civilisation de type ixien. Elle continua, insensible à ce mouvement d'humeur, trop fascinée par son objet : « La plasticité de cette substance, sa capacité à interagir ou non avec la matière ordinaire, sa conductivité électrique (elle désigna d'un geste les iridescences parcourant le plancher), tout cela me fait songer à de l'« excitonium », un état exotique de la matière qui permet un flux de quasi-particules appelées excitons : un supraconducteur aux propriétés assez malléables pour réaliser… tout ceci, dit-elle en désignant leur environnement d'une main évasive. Les excitons sont des bosons composés par l'association d'un électron et d'un trou d'électron. Ce dernier n'est pas une chose, mais plutôt une approche mathématique d'un phénomène bien connu en électronique : le fait qu'une bande de valence ne soit pas remplie alors qu'elle devrait l'être, dans un semi-conducteur… Or, à quoi servent les semi-conducteurs ?

— À faire des microprocesseurs, lâcha le robot, de mauvaise grâce.

— Eh oui, ricana-t-elle. Nous avons affaire à la création d'une société de robots, mais bien plus évoluée que les Guelfes et les Gibelins. Imaginez un peu : les planètes portent un cycle, celui du carbone, qui génère la vie puis des civilisations biologiques. Ces dernières créent des artefacts technologiques, qui deviennent conscients d'eux-mêmes, et produisent des créatures en excitonium, capables de plier la matière selon des règles à l'extrême limite de notre compréhension. Puis les “Excitonautes” reviennent, et avalent une masse de biologiques… Pourquoi ? »

Elle se leva d’un coup, s’approcha d’un groupe de prisonniers, d’autres langoustes chitineuses, les interpella avec une brutalité enfantine : « Hé, pourquoi sommes-nous prisonniers ? Que nous veut cette… chose ? »

Un des êtres se tourna vers elle, avec une lenteur calculée qui trahissait à quel point, dans son désespoir, elle le dérangeait avec ses questions. Il hésita à la pincer pour la faire fuir, émit un claquement de mandibules, qui devait correspondre à un haussement d’épaules, et lâcha : « Vous ne venez pas d’ici, vous.

— Non, j’avoue.

— Vous n’avez vraiment pas idée de ce dans quoi vous êtes tombée, avec vos amis ?

— Comme vous l’avez deviné, je débarque de loin. »

L’autre claqua une fois de plus des mandibules : « Eh bien, vous auriez dû y rester, dans ce lointain pays, tiens.

— Racontez-moi tout de même, vous n’avez rien de mieux à faire, répondit-elle avec impudence.

— Pas faux. J’occuperai mes derniers instants à parler, au moins, cela me fera penser à autre chose. Bon, alors, avant, il y avait un Condominium. Vous savez cela, au moins ?

— Pas trop, mais on m’en a parlé.

— Le Condominium robotique a disparu depuis longtemps. Il était constitué de machines, et nous, les biologiques, nous étions ses “protégés”. Vous avez peut-être observé une de ses réalisations, que nous appelons le Diamant, un objet inaltérable en orbite autour de la planète principale. Dans leur expansion, les robots ont laissé bien des choses du même type près de planètes habitées. Ces objets ne servent à rien sauf à rappeler leur puissance. Ils ont désigné cette planète capitale régionale, selon les ordres de leurs chefs, et cela nous a permis de prospérer. Le monde vivait en paix. Bon, je n'étais pas né, mais à ce qu'on raconte, il ne fallait pas les prendre à la légère. Disons que si vous obéissiez, tout allait bien pour vous. De temps en temps ils déplaçaient des populations d'un bout à l'autre de leur espace, un peu à leur guise, et nous, nous ne nous en portions pas plus mal, même si nous préférons rester entre nous, n'y voyez aucune offense… Les uns avec les uns, les autres avec les autres.

— Oui, je comprends. J'aime bien rester avec les miens aussi.

— Eh oui, ainsi va la vie. Puissiez-vous les revoir un jour.

— Ce n'est guère probable.

— Oui, certes, on va tous mourir de toute manière, répondit l'autre. Passons. Voilà qu'un jour, on dit que les robots ont créé une nouvelle espèce d'êtres, qui ne sont ni comme nous ni comme eux. Après, cela devient moins clair. Je pense pour ma part qu'il y a eu une grande guerre, et que le Condominium en a tué beaucoup, mais qu'à la fin les Satrapes ont gagné.

— Les Satrapes ?

— Oui. Celui-ci s'appelle Phraatès, il prend la

forme d'une féroce planète dévoreuse de mondes. Mais il en existe d'autres : Artaban, Tiridate, Pacorus, Vononès, Meherdatès… tous différents, tous plus redoutables les uns que les autres. Ils forment comme un panthéon, mais la plupart peuvent être rangés dans la catégorie des dieux malfaisants, malheur à nous. Ils rôdent dans l'espace. Peu de choses peuvent les détruire ou même les ralentir. »

Astrée coula, sans interrompre son interlocuteur, un regard victorieux vers Alexis. Elle avait vu juste : l'excitonium procédait du silicium. La prétention des métacivilisations robotiques à constituer l'achèvement de l'évolution se voyait réduite à néant.

Polémas se demanda quelle satisfaction elle en tirerait lors de sa mise à mort, mais cela l'apaisa, d'une certaine manière, de périr en la compagnie de quelqu'un qui y comprenait quelque chose, et même qui pouvait trouver un réconfort, si près de la fin, dans la perspective d'avoir raison.

Inconsciente de ce petit jeu, la langouste parlante chercha ses mots, puis lui dit : « … Ils sont peu nombreux, au sommet de la chaîne alimentaire. »

Elle s'arrêta un instant, réfléchit avec intensité : « Vous savez, le bulbe galactique forme une zone dense et chaude. Nous grandissons sous l'apport nourricier permanent des radiations émises par des millions d'étoiles. Je vois bien que vous n'êtes pas d'ici : vous ne disposez même pas d'une carapace protectrice, et on voit les parties molles de votre corps, même le gros, là-bas (il désigna Polémas), dont j'ai confondu les poils avec des attributs plus utiles. En tout cas, ici, la vie foisonne. Les Satrapes peuvent détruire une planète de temps en temps, mon peuple est répandu sur des millions de mondes. Cela me console un peu, à titre personnel.

— Mais pourquoi nous moissonnent-ils ainsi ? À quoi leur servons-nous ?

— Eh bien, pour nous réduire en esclavage. Pensez-vous que le matériau qui les constitue pousse tout seul ? Il leur faut une base industrielle. On raconte que Phraatès domine des dizaines de milliers d'astéroïdes, tous consacrés à la production de sa substance, et emplis à ras bord d'esclaves biologiques et robotiques.

— Il existe encore des robots, par ici ? demanda Alexis.

— Oui, les restes des armées du Condominium tiennent encore quelques planètes, ou se cachent sur les autres, au milieu de la population. Ils sont souvent les plus malfaisants, à mon avis, mais chacun fait comme il peut pour survivre, et ce n'est pas facile pour eux non plus. Les Satrapes les préfèrent, car ils sont plus faciles à reprogrammer, mais il en reste peu, alors que nous nous reproduisons en permanence. Voilà le destin qui nous attend : Phraatès va s'insinuer dans votre cerveau, ou ce qui en tient lieu, et l'effacer. Vous deviendrez un être dénué de toute volonté, et travaillerez pour lui jusqu'à votre mort…

— Dans une usine à excitonium ! » s'exclama la fillette, ravie.

L'autre la regarda de travers : « Appelez cette horreur comme vous voulez, cela a beaucoup de noms différents. Et aucun ne changera votre sort. »

À présent, les suppôts du Satrape passaient au milieu des prisonniers, les triaient en fonction de leur constitution, administraient à ceux qu'ils souhaitaient voir vivre une brève et douloureuse piqûre, qui les laissait hurlants et en spasmes sur le sol, pendant quelques brefs instants.

Puis, devenus indifférents à leurs proches, qui tentaient en vain de les retenir, les élus se levaient, et marchaient d'un pas pesant dans la même direction.

On ne pouvait voir leur destination d'ici, mais, au vu du nombre de personnes rassemblées dans ce lieu étrange, on pouvait imaginer que cela prendrait un certain temps de métamorphoser ou de faire mourir tout ce monde.

Leurs geôliers ne semblaient pas pressés. Peut-être auraient-ils dû l'être davantage, car, un instant plus tard, une intense lumière filtra vers l'intérieur, comme surgie du néant.

Les soldats de Phraatès tremblèrent et se projetèrent de concert vers le haut, tandis que la structure était prise de trépidations. Et, de leur poste d'observation privilégié, au cœur du monstre, les trois voyageurs contemplèrent, médusés, les prodromes d'une nouvelle bataille.

Une déchirure d'énergie venait d'apparaître dans l'espace et, depuis ce point, une armée nombreuse émergea dans l'espace proche, sous la forme de millions de points scintillants, qui grossirent pour ressembler, de plus près, à autant de nefs spatiales en forme de dards.

Sans coup férir, ils attaquèrent leurs adversaires

arachnéens, qui s'étaient eux-mêmes projetés dans le vide à leur rencontre, éclairs translucides contre flammes vives. Le champ de bataille devint, bientôt, l'interpénétration de deux essaims d'insectes décidés à s'entre-massacrer, un tourbillon de joutes individuelles souvent achevées par un crépitement terminal.

Les assaillants, nombreux, débordèrent les défenseurs, par chacun des flancs, malgré les manœuvres désespérées de ces derniers, qui tentèrent de se concentrer pour repousser le cœur de l'armée adverse.

Mais rien n'y fit. Bientôt, les lucioles meurtrières s'attaquèrent aux tentacules géants du Satrape, se jetèrent sur eux, avides, les entamèrent peu à peu de leurs coups, disparaissant par centaines à chaque mouvement erratique des longs appendices, jusqu'à ce que l'un d'entre eux, puis un autre, sectionnés, ne se mettent à dériver dans l'espace, où ils s'évaporèrent.

En quelques instants à peine, le combat s'achevait, et l'espace autour d'eux retrouvait son calme, tandis que la vaste créature qui emprisonnait les habitants de la planète martyre se taisait, réduite à l'impuissance, dans l'attente du sort qui lui était échu.

Une nouvelle forme s'extirpa de la déchirure, un être tout aussi vaste que Phraatès, mais doté d'une tête, d'un large buste, de bras et de jambes en très grand nombre, une redoutable divinité primitive faite d'une matière aussi translucide que son adversaire, et rayonnant d'énergie et de puissance.

Une voix s'éleva, ou plutôt une présence dans l'esprit de chaque prisonnier : « Je suis le Prophète.

Pour ceux qui ne me connaissent pas, j'ai fait vœu de libérer tous les esclaves. Ceux qui désirent se joindre à ma croisade, je les accueille bien volontiers dans mon armée. Les autres, rentrez chez vous. »

Une clameur de liesse retentit, poussée par des milliards de gorges, faite de remerciements et d'actions de grâce. D'un simple geste de la main, par la même force invisible qu'avait exercée le Satrape, l'apparition souleva d'un coup les milliards de prisonniers et les fit glisser en direction de la surface ravagée.

Certains, peu nombreux, quelques millions peut-être, demeurèrent à l'intérieur, attendant de pouvoir rejoindre les rangs de leur libérateur, pour lui rendre la pareille par le sacrifice de leur vie.

« Toi, Phraatès, mon frère, je t'avais prévenu de cesser tes agissements. À présent, tu seras désarmé et privé de ta puissance, qui nourrira en armes et en vaisseaux mon armée. »

Le Satrape, réduit à n'être qu'un spectateur de son propre destin, trembla. D'un geste démiurgique, le Prophète détacha des pans entiers du substrat de son adversaire pour les convertir en une nuée de pièces de forme ovale, vastes comme plusieurs hommes, dont chacune alla à la rencontre d'un volontaire, et, avec une coordination parfaite, absorba celui qui allait devenir son pilote.

Ce fut fini en quelques instants. Polémas fit signe à ses deux compagnons et, aussi discrètement qu'ils le purent, ils s'éloignèrent de ce déluge de puissance.

Rien ne les retenait plus, aussi filèrent-ils vers l'espace, soulagés de n'avoir ni péri ni été réduits en esclavage, ragaillardis par cette aventure. Mais, soudain, une main gigantesque les rattrapa : « Non, pas vous, tonna le Prophète. Je sais reconnaître l'intrication quantique quand je la vois, j'en ai bien assez usé pour cela. Pour vous, j'ai d'autres plans. Accompagnez-moi. »

11

En un instant, le Prophète se métamorphosa d'une créature vaste comme une lune en un simple géant. Dans le même mouvement, il installa les trois voyageurs sur son épaule, et leur intima de se tenir tranquilles tandis qu'il vaquait à ses occupations.

Aussitôt qu'il eut mis pied à terre sur la planète meurtrie, il se consacra à organiser un début de retour à la vie normale.

Il traversa à pas immenses les continents artificialisés, et enjoignit, sur son passage, à toutes les races autochtones de faire montre de solidarité. Son discours se teintait volontiers d'un mysticisme vague, et créait une effervescence collective. Des millions de personnes, à chacun de ses pas démesurés, se mettaient à genoux, chantaient des cantiques et hurlaient leur soumission à ce nouveau dieu dont ils n'avaient jusqu'ici entendu parler que sous forme de rumeurs.

Mais, de manière tangible, son armée, mélange inouï de races et de morphologies, venait en aide aux nécessiteux, apportait des vivres, remettait en fonction des systèmes critiques de ce vaste monde, qui ne pouvait survivre sans que les titanesques réservoirs d'eau soient filtrés, que le contrôle atmosphérique régule les vents capricieux, et que les fermes hydroponiques, vastes comme des pays, produisent les protéines et les glucides nécessaires à l'alimentation de chacun.

Cela ne prit pas beaucoup de temps, tant les locaux semblaient tétanisés par les récents événements, et tant, peut-être, ils avaient souffert par le passé du morcellement d'un écosystème qui ne pouvait fonctionner à la perfection que comme une totalité.

Il devint assez vite évident que les sauveurs allaient maintenir une garnison et conserveraient le pouvoir réel. À la grande satisfaction des foules, les décideurs du passé, incapables de s'accorder pour repousser le Satrape, se voyaient renvoyés, sans violence inutile, à leurs affaires privées. Un partage plus équitable des biens allait avoir lieu, sous la supervision des nouveaux maîtres, et, sans plus de perturbation, chacun pourrait bientôt vaquer à ses occupations.

Des pétitionnaires se firent entendre, proposèrent mille idées pour améliorer la vie. On parla même de lancer de grands chantiers, en faveur non pas d'une population donnée, mais qui bénéficieraient à tous les habitants : une purification générale de l'air, une lutte contre les radiations et les gaz toxiques, jusqu'ici omniprésents, et qui empêchaient la mosaïque de peuples présents de se reproduire à leur guise. On évoqua des projets de colonisation interespèces de l'espace proche, aptes à relancer une croissance économique jusqu'alors moribonde.

Tout cela au milieu des prières, des conversions de masse et des fraternisations entre des êtres qui hier encore évitaient d'entrer en contact.

Les trois petits voyageurs, toujours perchés sur l'épaule du colosse, aperçurent même des créatures robotiques, dont Alexis supposa qu'elles constituaient des restes de l'armée du Condominium, lourdes machines taillées pour la guerre, et qui firent montre d'un enthousiasme inégalable à rejoindre les rangs sans cesse grossissants de la grande croisade militaire du Prophète.

Pendant tout ce temps, d'ailleurs, ce dernier sembla les avoir oubliés. Il n'avait fait que réserver leur cas pour plus tard. Dès lors qu'il eut terminé de remettre les choses en ordre et d'établir avec solidité sa prise sur ce système politique vermoulu, il revint à eux : « À nous, maintenant, créatures de l'espace lointain. Accompagnez-moi, j'ai un service à vous demander. »

Et, il renouvela ses adieux à ses nouveaux adorateurs, qui l'acclamèrent et le supplièrent de rester (certains, sans doute, avec une pointe d'hypocrisie). Et puis, il fila vers le ciel, et s'astreignit, depuis l'espace, à un dernier salut à son nouveau fief, à l'occasion duquel il brilla comme une étoile et enfla jusqu'à sembler vouloir envelopper tout le système stellaire local. Enfin, il emprunta, suivi de la majeure partie de son armée, la vaste déchirure par laquelle il était apparu.

Polémas avait été très impressionné par tout ce spectacle, qu'il perçut comme une histoire décisive en train de s'écrire sous ses yeux.

Jusqu'ici, il n'avait observé que des peuples isolés dans l'espace, luttant seuls pour leur survie au milieu d'un univers hostile. Même dans la banlieue du Soleil, les habitants d'Oort, les Ixiens, et le peuple mystérieux d'Astrée, dont il ne restait rien, n'avaient jamais réussi, voire tenté, de se rapprocher pour former une société. Biologiques comme métacivilisations robotiques, tous ne consacraient leurs forces qu'à la survie égoïste. Ici, d'un ensemble disparate d'espèces qui n'avaient rien en commun, lieu de naissance, biochimie, nucléotides, ou même encore moins, puisque des êtres de silicium se mêlaient à la foule, le Prophète forgeait un alliage dont le caractère mystique constituait le creuset.

Le faune en tirait la conclusion que la collaboration, qui faussait l'ordre naturel des choses, ne pouvait s'obtenir par une forme d'auto-organisation, mais exigeait un catalyseur extérieur : une révélation, le partage d'une métaphysique de nature religieuse, fondée sur une apparition concrète.

Il s'en ouvrit à ses amis, tenta de leur faire partager le paradoxe qu'il croyait y voir. Les peuples primitifs, comme le sien, adhéraient à des dieux simples, décalques d'inexplicables manifestations naturelles, foudre, tremblements de terre, crues. Puis, croyait-il deviner, en évoluant, les civilisations en inventaient d'autres, fondés sur des concepts : naissance, mort, justice, amitié. Astrée compléta en suggérant que tout panthéon se simplifiait, au cours de l'histoire, en une déité unique, monothéiste ou panthéiste, qui apparaissait comme un principe abstrait, garant de l'ordonnancement du monde. Enfin, dans une étape ultérieure, ces notions d'ordre et de sens étaient balayées par la connaissance du cosmos, montraient leur insuffisance... Jusqu'au moment, raisonna le faune, où l'on rencontrait une puissance cosmique, comme Galatée, ou le Prophète. L'être d'une nature supérieure se décidait à protéger des créatures, qui en retour voyaient en lui la manifestation tangible d'une réalité transcendante.

Les deux autres, troublés également, acquiescèrent.

Cela fascinait Polémas, cette soudaine concrétisation du divin dans l'immanence du monde. Mais cela le dérangeait en même temps, tant un tel événement, certes efficace sur le plan politique, constituait une négation de l'autonomie des individus, de leur valeur intrinsèque, notions auxquelles, guerrier libre et sauvage, il se sentait pour sa part attaché.

Pour accepter le Prophète, il fallait ressentir un tel désespoir, une telle impuissance, qu'on se trouvait prêt à sacrifier son libre arbitre et sa volonté, et donc, d'une manière symbolique, à s'annihiler dans un grand tout. Quelle différence avec le funeste destin d'esclavage auquel le Satrape destinait les habitants de ce monde ? Galatée, comme le Prophète, promettaient la tranquillité individuelle en échange de la soumission collective. Les peuples renonçaient ainsi à la maîtrise de leur destin, mais chacun, protégé des risques du cosmos, faisait ce qu'il voulait dans la sphère limitée de son existence.

Les métacivilisations robotiques, se hâta d'ajouter Alexis, ne promettaient pas autre chose. Astrée l'admit de mauvaise grâce et demanda au faune s'il y voyait une piste pertinente pour assurer la prospérité future de son peuple. Polémas s'avéra incapable de répondre. L'autonomie et la mort, ou la survie dans une servitude bienveillante ? Le culte du Prophète différait-il de la propagande des Guelfes et des Gibelins, du piège sucré et onirique de Galatée ?

Leurs chuchotements, et même leurs pensées, devaient n'avoir aucun secret pour le dieu qui les transportait sur son épaule, car la voix grondante de la créature s'éleva : « Vous avez raison de vous méfier, petit être sauvage, des dieux qui veulent votre bien. Ma croisade ne se justifie que parce qu'elle évite un mal plus grand encore, et qu'au regard de ses objectifs lointains, qui demeureront ignorés de la plupart des civilisations que j'ai sauvées de l'anéantissement. »

Terrifié d'être ainsi découvert, le faune se tint coi, attendant la suite.

Le Prophète n'en dit pas plus pour l'instant, et ils retombèrent dans le mutisme. Ils laissèrent derrière eux l'armée, qui se maintint en position stationnaire dans l'espace, et se posèrent à la surface d'un astre similaire à la Terre. Tandis qu'ils s'en étaient rapprochés, le Prophète avait rapetissé et pris une consistance de plus en plus matérielle. Lorsqu'il leur enjoignit de descendre de son épaule, sur le sol meuble, couvert de végétation chlorophyllienne, sa stature était devenue semblable à la leur. Il cessa de luire, et leur apparut comme un être de taille modeste, qui se tenait debout, comme eux, sur ses multiples jambes. Son visage émacié et ses immenses yeux tristes, ses mains fines et longues terminées par des doigts délicats lui donnaient un air presque fragile. Nul vêtement ne couvrait sa peau sombre comme l'ébène, et qui semblait pourtant presque transparente. Peut-être d'ailleurs s'agissait-il de quelque couche protectrice enveloppant l'intégralité de son corps.

Pendant quelque temps, ils marchèrent ensemble, en silence, heureux – du moins pour les deux biologiques du groupe – de poser leurs pieds sur un sol ferme et de sentir l'odeur terreuse des fougères, au milieu desquelles leur ravisseur s'était posé. Grandes comme des arbres, elles foisonnaient autour d'eux et masquaient le ciel.

Leur promenade les mena ensuite à une grève, une solution de continuité faite de galets boueux, entre la terre et une mer d'un gris triste, comme délavé, et qui semblait s'étaler sans aucun obstacle, en un vaste golfe, sur des kilomètres à droite et à gauche. Ils observèrent, plus loin, des grandes masses carapacées, sortes de crabes primitifs, tourner leurs multiples antennes vers eux, décider qu'ils n'étaient pas comestibles, et regagner, avec lenteur, leur séjour marin.

Le faune se fit alors la réflexion que pas un instant

il n'avait entendu le moindre crissement d'insecte, le moindre cri d'animal, tandis qu'ils avaient traversé la protojungle, qui, d'ailleurs, ne comptait aucune plante à graine. Un monde jeune, donc, au tout début d'un cycle, très en amont de la situation présente de la Terre.

Il se rendit compte que ses camarades, contrairement à lui, s'étaient désintéressés de leur environnement immédiat et fixaient le ciel. Il les imita.

À l'horizon se levait, en guise de soleils, de lunes ou d'étoiles, un disque unique, qui emplissait la moitié du ciel, bien que vu de trois quarts. D'une brillance pâle, il semblait plus dense qu'une nébuleuse, moins qu'un corps céleste ordinaire, rayonnant tout de même de manière chaotique, changeante, tandis qu'en son sein clignotaient des milliers d'étoiles, piégées en une orbite en spirale autour du centre. Parfois, un point chaud se formait, embrassait le ciel crépusculaire, puis se résorbait.

« Quel prodige ! murmura Polémas.

— Sagittarius A, répondit Astrée. Le terme de notre voyage. Le trou noir central, le pivot de la galaxie.

— Le terme, non. N'aviez-vous pas dit à vos compagnons vouloir aller encore plus loin, jusqu'à la bordure extérieure de l'autre côté ? demanda le Prophète.

— J'ai vu ce que nul représentant de ma race n'a contemplé. À quoi bon continuer ? Qu'y a-t-il de plus à voir ? »

Elle avait répondu sur un ton égal, même pas étonnée qu'il ait ainsi eu accès à ses souvenirs.

Cela fit rire l'étrange créature, qui s'abstint de rien ajouter, les laissant à leur observation fascinée.

« Dites ce que vous voulez de nous, finit par lâcher Polémas, après avoir pris son courage à deux mains. Vous êtes un dieu. Les dieux n'ont aucun besoin des mortels.

— Je ne suis pas un dieu. Votre amie a assez bien décrit la nature des miens, tout à l'heure. Je suis un être composé d'excitonium, une forme de matière exotique à vos yeux. Je peux me souvenir du moment de ma naissance, dans les forges profondes et glacées du Condominium, en compagnie de mes frères, que je combats maintenant. Comme vous, j'aurai une fin. Je ne m'affranchis d'aucune contrainte du monde physique, même si l'ampleur de mon existence et ma capacité d'action dépassent de plusieurs magnitudes les vôtres. »

Polémas soupira. Son esprit se lassait de voler de merveille en merveille, de voir défiler des paysages grandioses, inaccessibles à sa compréhension, inutiles pour ce qui le préoccupait, à savoir la survie d'un peuple d'êtres primitifs, auquel, récemment encore, il s'enorgueillissait d'appartenir, mais dont il discernait à présent le caractère minuscule et éphémère au sein de l'univers.

Le Prophète perçut tout cela. Rien de ce qu'ils pensaient ne lui échappait. Il poursuivit néanmoins, d'une voix égale : « Si vous continuez votre voyage, vous aurez, d'une certaine manière, vos réponses. Elles ne vous plairont pas, faune. Mais cela, vous vous en doutez déjà. Vous rêvez, comme tout être né et destiné à disparaître, d'une forme ou d'une autre d'immortalité. Vous ne la trouverez pas. Vous ne rencontrerez que des cycles emboîtés dans des cycles. Mais vous découvrirez autre chose. Et, moi, vous me rendrez service. Je dois transmettre des informations à un ami, et vous me semblez le vecteur idéal, que j'ai longtemps cherché : des êtres assez petits pour passer inaperçus, mais capables d'une forme primitive d'intrication quantique.

— Quelle information voulez-vous que nous rapportions, et à qui ? demanda Astrée, fascinée. Et d'ailleurs qui êtes-vous... qu'êtes-vous exactement ? Pourquoi nous avez-vous amenés ici ?

— Beaucoup de questions... Je veux que vous alliez voir mon ami, l'Observateur. Je ne puis le faire moi-même, car cela attirerait l'attention, et, d'ailleurs, je suis loin d'avoir fini mon œuvre ici. Vous n'aurez rien à lui dire, car il lira en vous et saura ce que je vous ai raconté. Je vous ai amenés ici pour vous montrer le spectacle, là-haut : le noyau galactique. Vous ne m'auriez pas cru sinon, et lui non plus. Mais maintenant, vous me croirez, et vous transmettrez cette certitude. Dites-lui... Non, laissez-moi vous raconter mon histoire, ce sera plus simple. Venez, marchons sur la plage. »

Ils acquiescèrent, dans des dispositions d'esprit différentes, mais tous ouverts à entendre ce récit, ou n'ayant rien de mieux à faire, et le suivirent dans sa déambulation.

« Je fais donc partie de cette race que les habitants du bulbe nomment Satrapes, mais je connus un destin différent de mes pairs. Plutôt que de me révolter contre les Impériaux, nos créateurs et maîtres – hélas pour eux, trop faibles pour nous dominer, mais assez puissants pour exterminer la majeure partie des miens –, je préférai mettre le cap vers l'océan obscur entre les galaxies.

« Là, je vécus de presque rien, à peine nourri des restes de particules qui se libèrent, rares, de l'étreinte gravitationnelle de la Voie lactée. En chemin, je vis bien des mystères et des prodiges, que je ne vous narrerai pas, car vous en avez eu votre lot. Je rencontrai les métacivilisations qui gangrènent une partie des zones intermédiaires, et qui convoitent les bras spiralés, régions encore préservées, où la vie éclôt et se renouvelle par vagues lentes mais continues.

« Je parlai avec bien des êtres dits "exotiques", dont le mode d'existence vous dépasse tant que vous ne les percevrez jamais, mais dont la pensée diffuse se déploie entre les étoiles ou les atomes du vide. Je connus l'obscurité la plus absolue, le désespoir de la solitude. Je suis, tout comme vous, un être sociable. Je souffris de ma longue traversée de l'îlot local, entre ici et le Nuage de Magellan, où se déploie une vie étrange, uniforme, dont je préférai m'écarter. Je traversai Andromède, bien plus bouillonnante et sauvage. Je vis d'autres lieux encore.

« J'en tirai une leçon. L'univers est fait de répétition indéfinie. Des variations arrivent, et elles peuvent, pour certaines, s'expliquer, tandis que d'autres ne relèvent que du hasard. Partout, les cycles relèvent néanmoins de la même logique : carbone, silicium, bosons et matière exotique, et encore d'autres choses que je ne puis vous décrire.

« Mais je continuai, loin, très loin, jusqu'à rencontrer mon ami, l'Observateur, dans son phare, au bord extrême du superamas. Je restai auprès de lui un certain temps, et connus le bonheur. Je vous laisserai, si vous accédez à ma demande de lui rendre visite, le plaisir de découvrir sa nature, et de comprendre son rôle. Disons qu'il veille, à sa manière, sur nous tous, et que le temps ne le concerne pas.

— Un dieu ? demanda Polémas.

— Toujours pas. Mais ce qui s'en rapproche le plus. Et il me chargea d'une mission. À vrai dire, celle-ci était double. Et je voudrais que vous lui transmettiez ce simple message : j'ai fait ce qu'il m'a demandé. Pour une part de sa consigne, j'ai réussi. Vous avez observé, de vos propres yeux, mon effort pour refaire du bulbe central une métacivilisation unique en son genre, un creuset de races, un territoire respectueux de la vie. Dites-lui ma conviction que, d'ici un milliard d'années, peut-être moins, ma croisade sera achevée. »

Il s'arrêta de marcher, tourna son regard vers Polémas : « J'ai entendu vos préventions à l'égard de mes méthodes, et je les comprends. Mais il n'existe pas d'autre force dans l'univers que la métaphysique pour faire cohabiter tant de races ensemble, dans la paix. Je dois les convaincre que leurs différences ne représentent rien au regard de l'éternité. Cela rend l'édifice incomplet et fragile. Ce qu'une conviction peut faire, une autre peut la défaire. Mais j'y parviendrai. Je referai de cet ensemble au centre de la galaxie, aujourd'hui en grande part stérilisé par cette accumulation de cultures et de formes de vie menant une constante prédation les uns envers les autres, une pépinière.

« Regardez autour de vous. Ce lieu, voilà un écosystème primordial. Je ne sais si un être conscient de lui-même, apte à naviguer entre les étoiles, en sortira. Il s'agit de la planète viable la plus proche du centre galactique. Au-delà, les radiations émises par le disque d'accrétion deviennent trop intenses pour l'apparition d'êtres à la biochimie fondée sur le carbone. Et, fut un temps, quand je suis arrivé, quand j'ai pris possession de cette terre, il s'agissait d'un bloc de roche calcinée et de métal fondu, dénué d'atmosphère, criblé d'impacts : l'antique capitale du Condominium robotique, rasée par les Satrapes.

« Je mis des millions d'années à restaurer un humble terreau propice à l'émergence de chaînes alimentaires primitives, et, même aujourd'hui, et pour longtemps, les crabes pataudes que nous avons aperçus tout à l'heure forment l'espèce dominante, de loin la plus intelligente et la plus prometteuse. Peut-être un jour deviendront-ils ma première génération d'enfants. Et entre-temps, imaginez le nombre de lieux tels que celui-ci que j'aurai ramenés à la vie… Pas les planètes impériales, bien sûr. Je ne désire pas exterminer les créatures qui les colonisent. Celles-là, je les améliorerai, j'en ferai des lieux d'abondance et de paix, le terreau d'une culture nouvelle, inouïe dans l'histoire galactique, où les frontières entre espèces seront dépassées par l'habitude d'une solidarité concrète, quotidienne, fondée sur une commune espérance.

« J'ai du temps devant moi, et une puissance illimitée. Cela, je le réussirai. Mais à côté, en d'autres lieux aujourd'hui désolés, je laisserai s'éveiller mille espèces à la conscience, je les guiderai, et ils enrichiront, par vagues denses, cet Œcoumène que je bâtis dans le sang des batailles.

— Pourquoi faites-vous cela ? demanda Polémas.

— Il s'agit de ma mission. L'Observateur aura besoin de toutes ces civilisations, un jour, dans longtemps. Le foisonnement de vie…

— … relève d'un mécanisme aveugle, sans but, le coupa Polémas. Ou prétendez-vous qu'il a été voulu par une divinité supérieure, peut-être votre Observateur ? »

Le ton agacé du faune exprimait le fond de désespoir dans lequel il se sentait piégé, mais aussi, bien qu'il ne se l'avouât pas à lui-même, du désir secret d'une réponse positive, simplificatrice.

« Non, je ne le prétends pas. Mais il peut être mis au service d'une fin noble, qui dépasse les hasards et les contingences.

— Une fin noble me suffirait, dit Astrée, et Alexis opina du chef.

— Pas moi, rétorqua Polémas. Le sacrifice d'une vie, d'une espèce entière, dans les méandres de l'histoire et de l'espace, tous ces morts, toutes ces souffrances…

— Nul, souffla le Prophète avec un sourire, n'est plus malaisé à convaincre que celui qui désirerait croire, mais dont l'espoir a été blessé. Je voudrais moi aussi que la vie vaille par elle-même, que la flamme de chaque conscience ne s'éteigne pas.

Mais, finalement, le monde ne connaît d'autre loi que la contingence, cruelle, et que l'entropie terminale. L'existence de formes organisées ne relève que d'un miracle éphémère, du fragile flamboiement d'une bougie dans le vent, qui bientôt ne laisse d'elle qu'une fumée hésitante, une vaine trace. Il en va pour vous comme pour moi, pour votre modeste planète située aux confins d'un bras spiralé comme pour la Voie lactée entière. Tous, l'obscurité nous avale, tôt ou tard. Cela ne réduit en rien la valeur de nos efforts pour que, pendant un moment, quelque chose soit : la vie, la paix, la justice entre les êtres conscients, la possibilité pour chacun, aussi modeste soit-il, de s'épanouir en cohérence avec les autres.

« Aussi, je ne vous délivrerai pas, Polémas, de votre amertume existentielle. Mais vous pouvez néanmoins m'accorder, entre créatures de bonne volonté, le mérite d'essayer d'adoucir, du moins pour un temps, la cruauté du cosmos. »

Le faune acquiesça. Le Prophète continua sur sa lancée, s'adressant à présent aux trois voyageurs : « Concernant mon autre objectif, j'ai échoué en grande partie, et cela, l'Observateur doit le savoir. Car à sa demande, je voyageai, bien avant de commencer cette croisade, jusqu'ici, très exactement.

« La capitale du Condominium était déjà tombée aux mains des Satrapes, ceux du moins qui avaient survécu à cette guerre atroce, et eux-mêmes s'étaient éparpillés aux quatre vents, avides de dévorer, d'asservir et de conquérir, incapables cependant de s'entendre pour étendre plus loin leur domaine que ce qu'ils pouvaient contrôler par leur puissance individuelle.

« Ici, sur cette planète, se tenait un être, Artaban, sans doute le plus redoutable de cette engeance, et le seul à pouvoir réclamer le titre de nouveau seigneur du bulbe central. Je le défiai, et, pendant cent cinq mille ans, l'espace retentit du fracas de notre long combat à mort. Ainsi, je vainquis, et inaugurai mon retour dans la Voie lactée par le sang de mon propre frère. À présent, la voie était libre.

« Comme on me l'avait demandé, je me suis approché du trou noir, et j'ai regardé à l'intérieur de cet abîme, jusqu'aux tréfonds de l'espace où nul n'avait jamais osé aller.

— Impossible, lâcha Astrée.

— Et pourtant. Mon exploit scelle mon droit à me proclamer prophète.

— Je ne vous crois pas, rétorqua-t-elle.

— Pourquoi est-ce impossible ? demanda le faune.

— Parce que, répondit Astrée sans quitter des yeux leur interlocuteur, une telle affirmation défie les lois de la physique, au contraire de tout ce que nous avons pu voir ou éprouver depuis le début de notre voyage. »

Devant l'impassibilité du dieu, Astrée soupira, et se lança dans une explication au bénéfice de son compagnon : « Un trou noir est formé par la concentration d'une certaine quantité de matière dans une sphère. Si le rayon de celle-ci est inférieur à une certaine valeur, la vitesse de libération, celle à laquelle il est nécessaire d'accélérer pour s'affranchir de l'attraction de l'astre, dépasse celle de la lumière, soit le déplacement d'une particule de pure énergie, un photon. Or une telle vélocité constitue donc un palier absolu de vitesse.

« Nous-mêmes, malgré notre traversée éclair de la galaxie, nous n'avons jamais vraiment dépassé cette limite, nous avons rusé avec, grâce au phénomène d'intrication quantique. Pour faire simple, vous n'êtes pas, d'un point de vue physique, le même Polémas, ni moi la même Astrée, qui ont commencé ce voyage. Un nombre indéfini de Polémas a disparu, à chaque bond à travers l'espace, et a été recréé. Vous avez l'impression d'une continuité de votre personne, mais il ne s'agit que d'une illusion, et d'ailleurs, sans doute des copies de nous-mêmes ne se sont-elles pas immolées, et errent encore quelque part, derrière nous.

« Vous comprenez, ni la matière, ni l'énergie, ni l'information ne peuvent circuler plus vite que la lumière. À la grande rigueur, des structures.

« En tout cas, quand une étoile se transforme en trou noir, l'ensemble de sa matière est écrasé à l'intérieur de la sphère dont je parlais tout à l'heure, et alors elle forme un puits gravitationnel d'où rien ne peut s'extraire. À l'approche, d'ailleurs, de la frontière entre l'espace normal et l'astre comprimé par sa propre gravité, les forces de marée qui s'exercent sur l'espace et le temps sont telles qu'il est impossible d'en ressortir indemne.

— Votre explication est correcte dans le cas d'astres normaux, répondit le Prophète, mais incomplète en ce qui nous concerne ici. Le trou noir central n'est pas issu d'une étoile unique. Il a été constitué, au début de l'univers, par la présence dans une zone d'espace donnée d'une grande quantité de matière, de sorte qu'une sphère dont la vitesse de libération est supérieure à celle de la lumière s'est formée, et avec elle, bien entendu, le disque d'accrétion que vous voyez au-dessus de l'horizon.

« Mais, en soi, la densité de cette région n'est pas excessivement supérieure à l'intérieur de l'horizon du trou noir qu'ici. Les effets de marée sont donc limités. La singularité, ou si vous préférez, le centre mathématique de l'objet céleste en question (et d'ailleurs de la galaxie entière), ce point où les équations de la physique ne peuvent s'appliquer, car leurs variables tendent vers l'infini, et qui constitue le véritable puits dont on ne réchappe pas, se trouve encore loin à l'intérieur. Non, s'approcher du trou noir central ne présente pas d'impossibilité majeure pour un être tel que moi.

— Soit, mais vous n'auriez pas pu en revenir. Il s'agit d'un voyage en sens unique, rétorqua-t-elle.

— Et cela est arrivé. Vous parliez d'intrication quantique. Là résidait la clé. Lorsque, porté par le flux du disque d'accrétion, flottant, frêle esquif, au bord de l'espace et du temps, au plus près qui se puisse imaginer de la bordure du trou noir, là où aucune créature dotée d'intelligence ne s'était jamais rendue, du moins le croyais-je, je me métamorphosai en une chose impalpable : fonction d'onde, probabilité, appelez cela comme vous le souhaitez. Je renonçai à mon corps physique, comme vous, quand vous avez entrepris ce voyage. Je devins l'équivalent macroscopique d'une particule, décrit par les équations de la physique quantique. Je suspendis l'effondrement de l'indétermination, un temps suffisant pour que deux versions de moi-même coexistent à une distance non relativiste, d'un côté et de l'autre de la limite.

« Nous étions deux, mais dotés d'une unique conscience, d'une seule mémoire.

« Nous vîmes.

« Oh, que puis-je vous dire sur ce que nos yeux contemplèrent ? Quels mots utiliser dans vos langues étriquées ?

« Toutes les sorcelleries qui changent les sens en illusions, toutes les analogies de la poésie n'y suffiraient pas, car ni le concept, ni la divine assonance, ni le rythme ne permettent une évocation de ce perpétuel miracle, de ce cercle dont la circonférence est partout et le centre nulle part.

« Et, pendant un instant d'éternité, je chantai au diapason de ce spectacle, de cette beauté, de cette grandeur, et j'y rencontrai, j'y fusionnai avec les consciences qui habitent ce véritable éden.

— Vous dites, murmura Astrée, interloquée, que le trou noir central est habité ?

— Leur vie n'a rien de comparable à la nôtre, et à leurs côtés, la vérité apparaît : je ressemble bien plus à l'un d'entre vous qu'à eux, et, par comparaison avec ces êtres, que je baptisai les Confinés, chacun de vous est mon frère.

« Leur substance n'est ni matière, ni énergie, mais une troisième et glorieuse possibilité que la nature nous cachera à tout jamais. Elle est similaire à la fontaine de pure création fluctuante qui gît dans les profondeurs de l'espace, et d'où surgissent parfois des particules fantômes, évanescentes, des potentialités d'êtres, comme une vision de côté d'autres univers, d'autres possibles à la fois parmi nous et à jamais inatteignables.

« Et encore, là s'arrête la ressemblance, car ils perdurent dans l'existence, depuis l'époque reculée de la création du cosmos, depuis les quelques instants ayant succédé au cataclysmique passage de la singularité primordiale à l'expression d'une extériorité dotée d'une extension géométrique, avant le déploiement de l'unicité primordiale en trois dimensions spatiales et une dimension temporelle.

« Aussi connaissent-ils une manière d'espace, mais aucunement le temps, comme nous autres, créatures inférieures. Leur survenue au monde ne découle pas d'un long processus, celui qui nous a donné naissance, à nous tous, et qui commence, au cœur d'étoiles de première génération, longtemps après le début, par la fusion de l'hydrogène en hélium, et de là en atomes lourds, dont le carbone, le fer, et tous les autres, que les premières supernovae envoyèrent ensemencer l'espace.

« Aussi leur existence est-elle pure de toute contingence, de tout manque, de la certitude du néant corrélative à l'existence du temps comme direction univoque, des implacables équations de la thermodynamique, qui psalmodient à jamais, en tous lieux, l'inéluctable passage de l'ordre au désordre, du chaud au froid, du mouvement au silence immobile qui finira par engloutir toutes choses. Ils n'héritent d'aucune biologie, ne s'extirpent pas d'écosystèmes planétaires, ni du roide silicium, ni d'aucun matériau exotique dont se composent les derniers-nés des différents cycles de la vie.

« Au commencement des temps, ils décidèrent de replier la géométrie du cosmos autour d'eux, de se créer des bulles inviolables, et autour de ces noyaux centraux la matière s'organisa. Comprenez-vous ? Aucun trou noir central ne procède d'un quelconque effondrement. Ce sont au contraire les galaxies qui sont nées de cette très ancienne décision. Nous ne constituons, en réalité, qu'un sous-produit involontaire de leur civilisation. Elle s'étend, sous forme d'îles fertiles au milieu du néant, à travers l'ensemble de l'univers, comme autant de havres de paix et de beauté, de calme, dans un monde en perpétuel chaos. Ils éprouvent de la compassion pour nous, un réel souci, même si la modalité de notre existence soumise aux aléas leur échappe en grande partie.

« J'aime cette planète, par la proximité qu'elle entretient avec eux. Regardez. »

Du pied, il déplaça un galet. Enfouie en dessous, couverte de boue primitive, ils découvrirent une pièce de monnaie, minuscule. Alexis se mit à genoux et la déterra, puis la nettoya dans une flaque d'eau de mer. L'argent terni révéla un visage, d'un côté, d'une sorte qu'aucun d'eux n'avait jamais rencontrée, tandis que sur l'autre face, un animal doté d'ailes tenait entre ses serres un éclair et serrait dans son bec un gland. Quatre signes graphiques l'entouraient, mais aucun d'entre eux ne leur parut familier, même au robot. Le premier serpentait, le troisième ressemblait à un ovale. D'une pichenette, le robot l'envoya au Prophète, qui la lança à la mer.

« Un reste du Condominium ? demanda Alexis.

— Non, répondit l'autre. À vrai dire, je ne sais pas ce qu'est cet objet, mais je sais qu'ici, tout constitue un signe. Aussi, je n'y vois pas que la trace d'une ancienne civilisation, préservée par miracle des bombardements de mes frères, mais un indice en lien avec vous et votre présence en ces lieux, de manière inexplicable. Car, ici, le temps est brouillé, le passé et l'avenir se mélangent en permanence, et ce qui adviendra est toujours déjà advenu.

« Et j'ai hérité, en partie, de ce pouvoir. Et pour cette raison, quand je vous ai dit tout à l'heure avoir conquis le droit de me considérer comme l'unique véritable prophète de la Voie lactée, je n'exagérais pas. Car en plongeant ainsi dans l'abîme, en déchirant une part de moi pour l'envoyer là-bas, à jamais, j'ai fait miennes non seulement une connaissance du passé, mais une vision de l'avenir. Je sais tous les événements, toutes les circonstances, éternelles en mon esprit, inévitables et pures. Les embranchements délicats de la causalité ne peuvent me surprendre, pas plus que mes propres décisions. J'ai embrassé le cosmos dans sa totalité, j'ai vu la singularité initiale et la fin de toutes choses. Je sais la raison de ce qui advient, et l'ordre de son apparition. Et ces lieux, marqués par la confusion temporelle, par l'hétérogénéité et la déchirure dans le continuum, j'en fais le centre de mon royaume. D'ici, je changerai le monde, du moins pour un temps.

« D'autres peuples, d'autres conquérants passeront un jour. Mais jamais ils ne prendront d'assaut ce lieu, là-haut, ajouta-t-il en désignant le disque d'accrétion. Il protège les Confinés, à tout jamais. Ils ne redoutent rien, pas même la mort thermique de l'univers, car, vous l'avez bien dit, Astrée, le voyage est à sens unique.

— Ils ont trouvé la solution au problème, alors, murmura Polémas.

— Oui, et ils ne nous aideront pas. Ils n'interviendront pas en notre faveur, ni maintenant ni jamais. Ils ne l'ont pas affirmé comme une pétition de principe, ou une volonté. Ils le savent, car l'avenir et le passé leur sont indifférents, aussi ont-ils une vision claire, instantanée, synchrone, sur l'ensemble de leur histoire – voyez comme le terme relève d'un usage impropre pour décrire de tels êtres !

— Pourquoi, demanda le faune, ne veulent-ils pas nous aider ?

— Lorsque l'Observateur m'a missionné, là résidait mon objectif : leur demander d'intervenir pour le salut des créatures que leurs actes avaient fait émerger du rien. Sans eux, le fond homogène issu de la singularité primitive ne se serait pas précipité en grumeaux de matière, comme il l'a fait. L'univers aurait maintenu sa forme primitive, lisse et partout similaire, aurait évolué en un nuage peu dense d'hydrogène mêlé à la matière et à l'énergie noires.

« Leur action a provoqué l'apparition des galaxies,

et, pour finir, au bout de plusieurs générations d'étoiles, la nôtre. Je devais faire valoir cet argument, les supplier de ne pas nous abandonner à notre sort.

« Allez dire cela à mon ami : j'ai échoué à les convaincre. Oh, ils m'ont écouté, avec l'infinie patience qui les caractérise. Ils m'ont pris avec eux, m'ont montré la nature de leur monde, de leur existence, en une expérience que je ne peux d'ailleurs plus me figurer, dans mon esprit limité d'aujourd'hui. Savez-vous que, d'une certaine manière, l'espace qu'ils habitent communique, en un réseau infini, avec chaque autre trou noir de l'univers ? Qu'ils forment non pas un archipel dont chaque île serait inaccessible, mais bien un deuxième monde, une fraction de l'infini qui constitue elle-même un infini ?

« Jamais je ne me libérerai des regrets de n'avoir pu les ramener avec moi, et jamais je ne cesserai de jalouser mon frère jumeau, détaché de moi par la grâce de l'incertitude quantique, et qui demeurera à tout jamais de l'autre côté, sain et sauf, imperméable au changement, comme une idée vivante. Et je sais que lui, de son côté, pleurera toujours cet être identique à lui qu'il a dû abandonner, car, encore une fois, rien ne quitte l'horizon du trou noir.

« Voilà, maintenant vous savez le plus profond mystère qui se puisse rencontrer en ce monde : votre propre origine. En échange de ce savoir, allez voir mon ami.

« Dites-lui que nous sommes seuls face au péril, et

que j'en suis navré, et que je n'ose retourner en sa demeure pour le lui annoncer moi-même.

— Quel péril ? demanda Astrée, d'une voix blanche, déconcertée par les immenses proportions du récit dont il les gratifiait.

— Cela, je lui laisse le soin de vous le montrer. »

12

D'un geste, le Prophète projeta les trois voyageurs loin du centre galactique. La planète primitive et son ciel d'apocalypse disparurent. Le monde se distordit, se simplifia en composants élémentaires, décomposa son élégance en un abîme simple, unilatéral, une fluctuation unique de rien, une absurde répétition.

Mille, dix mille, un million de fois, ils ne surent, ils se dématérialisèrent et réapparurent en brèves rafales, et leur existence tangenta la limite où le temps, de flux continu, se muait en grumeaux discrets, hétérogènes, déchirés, reconstitués, abolis encore, laissant derrière eux une traînée de versions provisoires d'eux-mêmes, cailloux abandonnés en bien des étapes d'un long chemin. Ils traversèrent ainsi tant de cycles d'annihilation et de renaissance qu'ils se perdirent eux-mêmes, que l'unité de leur moi s'effilocha, et qu'ils se virent changés, dilatés, à tel point qu'il ne leur demeura nul sentiment de cohérence.

Un instant, une éternité.

Ils flottaient dans le rien au-delà des bords du

monde. Si loin que les décalages liés à l'expansion de l'univers semblaient vouloir fausser les articulations de leur âme, par l'action d'une distance vertigineuse, d'un exil si complet qu'il se muait en un arrachement intime et sourd. Comme si les règles de la physique, en ces lieux étranges, commençaient à dériver, dissipant l'illusion rassurante, nommée constante cosmologique, que les lois de la nature s'appliquaient à l'identique partout.

Leur voyage touchait à sa fin, promeneurs empruntant, dans un port, quelque impasse dont l'autre bout semble pourtant ouvert au regard, et s'arrêtant, étonnés, devant une mer de néant.

Confronté à une altérité radicale, non pas d'un élément du monde, mais de celui-ci tout entier, Polémas se sentit vrillé d'un sentiment nouveau, inconnu jusqu'ici de lui.

Non pas la terreur face à l'inconnu, la perte de sens ou la fuite, mais l'impression de ne plus compter, d'avoir été aspiré par l'immensité et l'incompréhensible. Et cette crise de dépersonnalisation, dont il lisait les affres, en miroir, dans les yeux de ses camarades, le poussait à une forme de passivité, d'abandon. Il eut froid, bien plus que durant tout son voyage à travers l'espace. Chaque particule formant son corps réduisait l'ampleur de ses oscillations, s'approchait de l'inatteignable immobilité du zéro absolu. Comparé à cet environnement, le vide interstellaire lui sembla un souvenir de chaleur et de densité. Il aurait pu, privé de ressort et de volonté, réduit à un fétu de paille dans le vent, vidé de sa substance, se laisser mourir ou dériver à jamais. Il revenait à présent à l'univers de décider pour lui, d'imprimer en lui sa marque, car il ne demeurait, de Polémas, qu'un regard, une scrutation glacée.

Sous leurs pieds, point d'étoiles, mais une cinquantaine de nébuleuses formaient système, dans un mouvement figé par l'immensité des distances.

La Voie lactée et Andromède, actrices principales au centre de la scène, apparaissaient telles que nul mortel ne les avait jamais, à leur connaissance, observées : de l'extérieur.

Les deux structures spiralées fonçaient l'une vers l'autre, dans un processus de fusion qui mettrait des dizaines de millions d'années à s'achever, et entraînaient dans leur sillage leurs cortèges de galaxies naines, halo satellitaire aux dimensions titanesques.

Ils contemplaient, de dehors, le groupe local de galaxies, îlot maintenu cohérent par un jeu d'attraction réciproque. Vu d'ici, à une dizaine de millions d'années-lumière de distance, il leur apparaissait comme le fantôme d'un foyer dont ils ne retrouveraient sans doute pas la route.

Par-dessus leurs têtes se déployaient en fresque d'autres objets célestes, d'autres ensembles nervurés, dont les couches superposées se succédaient en un écheveau infini. Au premier plan, le filament du Sculpteur et le nuage des Chiens de Chasse, objets massifs, écrasants, raccrochés par mille liens à d'éloignées dentelles stellaires. Ils se fondaient ainsi, plus loin, dans une structure scintillante, l'Amas de la Vierge, lui-même un composant du superamas, qui regroupait des milliards de galaxies.

Un geignement monta dans la gorge de Polémas, mais y resta bloqué. Ce spectacle ne s'adressait pas aux yeux de créatures telles que lui, nées de la fange, ni même aux êtres qu'il avait crus divins, mais qui avaient en fait eux aussi émergé du tumulte d'une microscopique région, bulbe, nuage stellaire, nébuleuse ou bras spiralé, invisible d'ici, et qui agissaient dans un terrain de jeux, l'amas local, une tête d'épingle, en comparaison de tout ceci.

Ils ne purent que demeurer immobiles et sidérés. Leurs esprits s'engourdirent, écrasés par ce spectacle. Aucune révélation mystique ne vint les foudroyer ni emplir leur esprit de profondes et vaines méditations.

Ils flottèrent, écumes d'énergie arrachées à leur lieu naturel, bulles d'information perdues dans l'entropie, projetées au-delà de la grève du monde.

Un mouvement délicat, le déplacement d'un inqualifiable néant, les rejoignit et les enveloppa. Ils crurent une clarté, d'abord, mais nul photon n'effleura leurs sens, nulle matière, au sens ordinaire, ne vint les soutenir. Il s'agissait d'autre chose.

L'Observateur.

Le Phare.

Une seule et même entité.

Un ensemble colocalisé, intangible au regard de leur compréhension de l'univers.

Un regard, une volonté, quelque chose d'autre fluctuant entre les îles minuscules où émerge, par brefs crépitements, la vie.

Rien.

Une saveur dans le noir, pourtant capable de changer en jour les ténèbres.

Il ne parlait pas. L'idée même de communication n'avait pas de sens pour lui. Elle impliquait la séparation des consciences, la notion d'un moi différent du monde.

Il n'expliqua pas.

Il fit en sorte que cela semble implicite dans l'esprit de ses interlocuteurs.

Il les incorpora dans sa propre conscience des choses.

Il les absorba dans le lieu organisé qui s'avérait être l'approximation la plus exacte de son mode d'existence à leur disposition. Ni une chose ni une pensée. Une structure, une vibration de matière sombre, qui se manifestait ici, mais qui s'enracinait dans les soubassements du groupe de galaxies dont il avait la charge.

Un tel être ne pouvait être rien d'autre qu'une intelligence faite de matière non baryonique, pensa Astrée à l'adresse de ses camarades.

L'Observateur confirma, même si cette explicitation ouvrait davantage sur un non-savoir que sur une certitude.

Non baryonique.

À l'exclusion de tout ce qui se pouvait observer. Pas l'hydrogène flamboyant dans les étoiles, ou flottant, paresseux, entre celles-ci, qui constituait l'écrasante majorité de la masse visible de l'univers.

Non baryonique.

Pas non plus l'un des autres éléments entrant dans la table périodique, formant les planètes ou l'écorce refroidie des naines brunes, le matériau fluide au cœur des étoiles à neutrons.

Non baryonique.

Pas les fermions, qui émergeaient de l'attraction réciproque de quarks, protons et neutrons, ensuite combinés en atomes.

Ni les leptons, électrons, neutrons, neutralinos, ni même les baroques quasi-particules qui formaient la chair mystique des Satrapes.

Non baryonique.

Pour autant, d'une autre sorte que les bosons, quanta de l'énergie sous ses diverses formes, photons, gluons, gravitons, et ainsi de suite.

Astrée opina. Elle avait retrouvé sa contenance. Nul ne savait rien de la matière noire, mais la science cosmologique la prévoyait. En postuler l'existence constituait une nécessité pour rendre compte de l'intensité de la force d'attraction des galaxies, que la somme des objets détectables n'expliquait pas. Les calculs prédisaient qu'un quart du contenu de l'univers relevait de cet étrange matériau, qui, selon les théories, devait s'étendre en vastes lentilles autour des groupes locaux de galaxies, loin dans l'espace. Par construction, de telles hypothèses ne pouvaient se vérifier empiriquement, puisque ce substrat n'interagissait pas avec sa consœur ordinaire, sauf par la gravité, ou si l'on rencontrait l'Observateur.

La fin de leur voyage, donc. Aux limites de l'espace, ils rencontraient celles de la physique. La pointe d'un couteau, avant le basculement dans l'impossible.

Le Phare constituait non pas un polyèdre, mais une figure géométrique sans nom, repliée sur elle-même et presque située hors de la réalité des trois voyageurs.

Il faisait pourtant bien partie du monde. Une de ses bases regardait vers le groupe de galaxies dont il assurait la surveillance et l'autre vers l'univers. Il ressemblait donc à un tambour, à la condition d'accepter l'idée que certaines dimensions de l'objet ne relevaient pas de l'espace.

Il était habité par un peuple, nombreux dans les galeries enroulées et les salles non spatiales de leur demeure : les servants de l'Observateur, ceux qui campaient au bord du monde.

Ils avaient été semblables aux trois visiteurs, mais, en les accueillant, leur maître les avait changés en aspects de lui-même. Aussi, pas plus que lui, ils ne parlaient. Avec de tels êtres, aucun dialogue ne se pouvait concevoir, aucun échange, mais seulement une fusion complète, instantanée, de toutes les informations, de toutes les données. Car, pour l'Observateur, et pour la société de ses compagnons, tant qu'ils demeuraient avec lui, la séquentialité du temps constituait une étrangeté : ils appréhendaient ensemble, de manière unique, tant le passé que le futur.

De l'Observateur, le faune conserverait, plus tard, un souvenir flou. Un tel être, davantage événement cosmique que personne, ne pouvait être rencontré que sous le signe d'une absolue passivité, d'un anéantissement de la subjectivité.

Polémas n'exista plus – moins encore qu'un spectateur dont les émotions se voient dictées par la pièce de théâtre à laquelle il assiste, ou même que le nourrisson à peine né, qui vit encore dans la continuité du corps de sa mère. Il ne demeura de lui qu'une nuance dans un regard porté par quelqu'un d'autre sur le monde. Et pourtant, cette expérience impossible recelait en elle-même une récompense, de nature esthétique et paradoxale. Car, tout en se réduisant à une pure sensibilité, il se sentait transcendé dans l'objet scruté : le monde, la totalité, tout à la fois son ensemble et chaque détail, même le plus infime, sans oublier toutes les relations entre les différents éléments.

Et cette expérience holistique ne se limitait pas au temps présent, car, dans le même mouvement, elle contenait aussi le passé et l'avenir. Aussi, cet accès intégral et parfait à toute l'histoire, le faune y penserait, avec des concepts inadéquats, comme une révélation dont il ne put jamais se souvenir par la suite que sous une forme narrative, avec un début, un milieu et une fin, car ses catégories mentales ne lui permettaient rien d'autre.

Plus tard, quand il y réfléchirait, il vivrait comme une blessure, une perte irremplaçable, son incapacité à se représenter ce qu'il avait vécu comme un système parfait.

Mais il n'y pourrait rien : à jamais, le reste de son existence, il devrait se contenter de la chétive forme de récit que permet le langage.

L'Observateur et ses compagnons exprimèrent une joie sans fard d'avoir enfin des nouvelles de leur ami, le Satrape devenu Prophète. De savoir qu'il avait survécu à sa longue quête, qu'il réussissait à apporter une forme de paix et de justice dans une partie limitée d'une des soixante galaxies sous leur supervision.

Ils se désolèrent, mais sans s'en étonner, de la réaction des Confinés, et révélèrent que bien des fois, de telles missions avaient été entreprises. Ils ne désiraient en rien troubler les habitants des trous noirs centraux (chaque galaxie en comptait un, plus ou moins actif) ni remettre en cause leur choix, pris dans les premiers instants du cosmos. D'une certaine manière, ils comprenaient cette décision. Mais la nécessité impérieuse les avait poussés à frapper, pour ainsi dire, à chaque porte, jusqu'ici toujours avec le même résultat.

Ils venaient de nombreux horizons. Le Phare comptait bien des personnages, de toutes natures, de toutes races, issus de bien des planètes de la Voie lactée comme des autres galaxies du groupe local. Leur substrat originel avait été biologique, mécanique ou d'autres sortes encore.

Tous, tant qu'ils demeuraient ici, se voyaient changés en vie non baryonique, et participaient de l'Observateur, qu'on pouvait également considérer à son tour comme la somme de ces êtres. Sous cette forme, ils manipulaient la gravité à des échelles titanesques, et, réunis en armée, ils auraient constitué une force d'invasion invincible. Mais, quand ils se séparaient des autres et quittaient les lieux, ils redevenaient des créatures de matière, bien que dotés de capacités extraordinaires. En particulier, la familiarité avec l'Observateur leur conférait une intuition du futur proche, très inférieure néanmoins aux pouvoirs de divination que le Prophète avait acquis après avoir contemplé le trou noir central.

Ils ne résidaient pas ici en permanence. Le Phare représentait plutôt un centre de coordination, le point de départ pour des expéditions armées, le plus souvent secrètes, en direction de la lenticule de matière noire, d'une circonférence d'une dizaine de millions d'années-lumière, dans laquelle s'inscrivait l'amas local. Ils se considéraient comme les protecteurs de ces lieux, un host de guerre redoutable, mais doté d'une mission exclusivement défensive.

Car une menace planait, depuis l'aube des temps, depuis même l'époque, proche de la naissance de l'univers lui-même, qui précédait l'exil intérieur des Confinés.

Ces derniers n'avaient pas fui l'espace ordinaire par pusillanimité. Leur nature demeurait mal comprise, même pour l'Observateur et ses séides, mais, à l'évidence, leur puissance les rendait plus semblables aux constantes de la physique qu'à n'importe quoi dans l'univers. Après tout, leur décision de s'isoler derrière l'horizon de trous noirs avait, à une époque reculée, précipité le passage d'un état primordial, caractérisé par une distribution homogène de la matière, à une situation marquée par des différences minimes de densité. Seule une telle intervention expliquait, par l'effet de la polarisation, que la plupart des particules se soient regroupées, par le jeu de l'attraction universelle, en structures hiérarchisées, galaxies, groupes, amas, superamas, qui formaient la face visible d'une architecture fondée sur la répartition elle aussi inégale de la matière sombre.

Un tel état de fait n'allait pas de soi. Le monde n'était pas destiné à s'organiser ainsi, à l'image de grumeaux dans une pâte. Il aurait pu demeurer un environnement partout égal, un médium lisse, une grande mer dotée d'une gravité partout identique, et assurant l'immobilité de l'ensemble. Elle aurait alors formé une constante, un fond cosmologique partout similaire. Sauf qu'il n'y aurait eu personne pour la détecter.

Pourquoi quelque chose plutôt que rien ? Parce que les Confinés l'avaient voulu. L'existence de toutes les consciences de l'univers relevait de leur décision.

Et pourquoi ce choix plutôt qu'un autre ? Parce que les Confinés, à l'aube du temps, avaient eu peur. Une peur existentielle. La certitude que, malgré leur immense puissance, ils périraient s'ils demeuraient ainsi.

Aussi avaient-ils refaçonné le monde pour pouvoir s'en extraire, pour fuir une puissance plus grande qu'eux-mêmes, alors même qu'ils avaient été capables de provoquer l'apparition des galaxies.

La source de cette terreur se trouvait ici, autour des graines de lumière et de chaleur où la vie prospérait, sous la forme d'une armée silencieuse. Ils formaient des assiégeants patients, déterminés, attendant, depuis cette époque reculée et pour encore longtemps.

Un jour, dans des milliards d'années, un clin d'œil à l'échelle de l'univers, ils viendraient reprendre ce qui leur revenait de droit et dont ils avaient été dépossédés : la matière et l'information.

Ainsi se préparait, inéluctable, la guerre future, qui avait toujours été en germe et qui adviendrait de toute éternité.

L'Observateur ne connaissait pas la linéarité du temps. Le passé et l'avenir existaient, à tout jamais solidaires, pour lui. Cela ne voulait pas dire que les événements suivaient, à ses yeux, une voie toute tracée. L'incertitude qui, pour les êtres formés de matière ordinaire, ne concernait que le futur, lui l'éprouvait dans les deux directions, dont l'écheveau formait système. La victoire ou la défaite ne se jouaient pas en un instant lointain, quand bien même des milliards d'années les séparaient encore de l'invasion que commettrait l'Ennemi, mais à chaque moment d'une chronologie, qui fluctuait sans cesse, sauf dans une étroite bande d'événements récents, comme des objets proches demeurent bien nets à celui qui les regarde, tandis que le lointain se trouve enseveli sous les brumes, dérobé à toute certitude.

Donc, des décisions prises dans le futur modifiaient le passé, et réciproquement, car les deux formaient un continuum. La riposte à une décision pouvait avoir lieu à des époques reculées et n'exercer son effet que dans très longtemps. Il en découlait des manœuvres d'une telle complexité que l'Observateur seul comprenait l'entièreté du plan de bataille.

Dans les vingt premiers milliards d'années de l'univers, la guerre demeurait secrète, faite de coups de mains et d'escarmouches, de raids et d'accrochages dans la nuit.

Parfois, au loin, une galaxie devenait impropre à la vie, ravagée par quelque accident cosmique. Soudain, son trou noir central adoptait un comportement aberrant, attirait à lui une immense quantité de matière en un disque d'accrétion hyper compact. Ce dernier déchiquetait la matière environnante, arrachait les étoiles à leur orbite par dizaines de milliers, les transformait en magma, projeté vers l'espace lointain dans un déluge d'émissions d'énergie, qui stérilisaient la plus grande partie de la zone de manière définitive. Les astronomes issus de races biologiques avaient bien identifié le phénomène, sous le nom de quasars.

Ils ignoraient qu'il s'agissait d'une brusque attaque de l'Ennemi : elle consistait à gaver de matière stellaire le trou noir au centre de la galaxie, et ainsi le changer en un monstre hypermassif.

Aucune civilisation n'apparaissait plus dans ces lieux ravagés, voire, pire, la production d'étoiles nouvelles ralentissait.

Les rouages essentiels de la vie, fondés sur une fragile série de cycles dont Astrée et ses amis connaissaient les premières étapes, d'abord le carbone, puis le silicium, puis les matériaux exotiques, enfin, la matière non baryonique, tout cela cessait à tout jamais.

La matière et l'énergie expulsées se dispersaient alors dans le vide, refroidissaient peu à peu, augmentaient d'une légère fraction l'entropie de l'univers.

Là résidait l'unique objectif de l'Ennemi : récupérer ce qu'il considérait comme son droit de naissance, et dont il avait été privé par l'action préventive des Confinés. Il se mourait d'inanition dans les immensités glacées à l'extérieur des zones denses, riches en matière, pépinières fécondes. Là foisonnaient les êtres issus du cycle du carbone, capables de concentrer, à leur propre avantage, avec de plus en plus de sophistication, l'information. Là grouillait la vie.

L'intervention des Confinés avait ainsi transformé un matériau homogène et riche en un désert aride, où la ressource la plus fondamentale, la capacité d'organisation, se voyait confisquée à l'intérieur de lieux très restreints et âprement défendus.

L'Observateur cultivait une réelle empathie pour le camp d'en face. Pour gagner, il fallait affamer une forme d'existence si fondamentale qu'elle avait émergé quelques minuscules fractions de seconde après la naissance du cosmos lui-même, et qui ne réclamait que son droit à réparer le monde, à retrouver la situation d'origine.

Ainsi, pour qu'un groupe survive, l'autre devait disparaître, et réciproquement. Il n'existerait jamais aucun accommodement raisonnable entre les deux belligérants.

La guerre suivait ainsi, pendant la plus grande part de l'histoire du monde, des voies discrètes, lentes, pour autant mortelles. L'un cherchait à dissoudre les grumeaux de matière dans le néant. L'autre à s'assurer que des formes de plus en plus concentrées et denses de stockage de l'information se développaient.

L'épuisement des civilisations, l'augmentation tendancielle de la probabilité de disparition de celles-ci, soit leur *sinistralité*, telle était l'arme favorite de leur adversaire.

Le sabotage d'écosystèmes, ou de dynamiques historiques.

La stérilisation de systèmes stellaires.

Une lutte de l'ombre, secrète, sournoise où jamais les émissaires de l'Observateur ne confrontaient de face leurs opposants.

Pourtant, l'action de ceux-ci était réelle. La différence entre le niveau attendu de disparition d'espèces et celui constaté prouvait une influence extérieure, néfaste, effet de subtiles modifications commises dans un passé lointain.

En face, la mission des agents de l'Observateur s'avérait délicate. Intervenir, mais sans gripper le fonctionnement naturel des écosystèmes galactiques. Laisser la vie croître et nourrir les rangs futurs de leurs alliés non baryoniques, ceux qui, en rangs denses, participeraient à la guerre future.

Permettre une concentration toujours plus forte de l'information, sans réduire l'éventail des possibles, la diversité qui donnait sa valeur à l'existence.

Ainsi, les agissements du Prophète constituaient un cas aux limites extrêmes du licite, issus d'une décision d'urgence, visant à éviter le risque d'une stérilisation du bulbe central et de ses alentours. La déstabilisation des trous noirs super-massifs au centre des galaxies, demeure éternelle des Confinés, représentait à la fois une manœuvre terrifiante de la part de l'adversaire, mais également un trait d'ironie cosmique.

La plupart du temps, les opérations de l'Ennemi relevaient de l'infiltration et la manipulation, et visaient le cœur de créatures dotées de conscience. Il suffisait d'accentuer un peu, mais constamment, durant des millénaires, les tendances autodestructrices que toute race intelligente portait en elle, comme un attribut par essence lié à sa capacité de déterminer ses choix de manière libre. Aucun besoin, dans bien des cas, de se démasquer et de risquer une réplique de l'Observateur.

Il existait mille manières de détruire la vie : le temps potentialisait toutes les horreurs que l'imagination pouvait se figurer, et ne laissait derrière lui que des ruines stériles.

Ils leur montrèrent des exemples. Ils n'eurent pas à les tirer de leur mémoire, à se ressouvenir du passé. Ils ouvrirent, pour les trois voyageurs, un accès direct à une réalité en cours, quelque part dans un temps achevé, présent ou à venir.

Ainsi, Astrée, Polémas et Alexis, épouvantés, virent le kaléidoscope infini des extinctions.

Les plus simples, les plus fréquentes, relevaient de l'ordre naturel. Les écosystèmes vivants se développaient sur des planètes géologiquement actives.

Parfois, des volcans géants s'activaient, du fait d'une perturbation du champ magnétique ou d'une évolution de la composition magmatique du noyau. Des bouches infernales s'ouvraient entre deux plaques continentales, déversaient des tombereaux de lave incandescente, répandaient d'épais volumes de poussières riches en métaux toxiques, plomb, arsenic, fer, soufre. Alors le jour se voilait pendant des millénaires, provoquant un intense refroidissement de la surface, changeant le climat. Des lieux hospitaliers se métamorphosaient en sphères de glace lisse.

Cette stratégie ne réussissait qu'à certaines périodes très spécifiques, quand les biotopes locaux présentaient un niveau de complexité et de fragilité suffisant, tandis qu'aucune civilisation trop avancée n'avait émergé.

Mais la vie savait se montrer résistante, ruser avec l'extinction totale, se rétracter, un temps, sous des formes primitives, accrochées au fond d'océans privés de soleil, sous des roches à peine refroidies, dans des flaques de liquides acides, toxiques, saturés de radiations. Qu'une poignée de bactéries jusqu'au-boutistes survivent, et la planète en question refleurirait quelques millions d'années plus tard, à peine.

Des approches plus radicales existaient : chute d'un astéroïde provoquée par une variation des forces de gravité locales, perturbation des couches extérieures de l'étoile centrale, création, par des émissions de lave de très longue durée, d'effets de serre auto-entretenus.

Efficace, mais visible de loin par l'Observateur et ses soldats. Il ne fallait pas en abuser.

La plupart du temps, leur adversaire préférait donc s'attaquer au maillon le plus faible, à ce moment délicat à la jointure entre l'apparition d'une espèce intelligente et l'atteinte par celle-ci d'un niveau de développement suffisant pour coloniser les alentours de plusieurs étoiles. Là, les possibilités devenaient légions.

Des peuples primitifs, tout juste sortis de la nature, dotés d'un armement sommaire, à peine bon pour la chasse au gros gibier, s'en prenaient à la sous-espèce la plus proche, au motif de quelque concurrence pour des ressources naturelles.

Des expéditions se montaient, avec pour seul objectif le pillage, le meurtre, parfois l'esclavage, souvent la copulation forcée et la réduction de la diversité génétique.

Puis un des compétiteurs s'assurait de la maîtrise d'une avancée technique majeure, domestiquait le feu, s'en servait pour modifier les données de la lutte, provoquait la disparition définitive des autres.

Des millénaires avaient, entre-temps, été consommés dans de brutaux combats.

Des désaccords mineurs éclataient, pour des raisons difficiles à comprendre. Un peuple s'en prenait à un autre. Des territoires se voyaient vidés de leur population par mille subterfuges, famines, maladies ou massacres. Des convois transportaient des millions d'individus en des lieux terribles, d'obscurité et de désespoir, et les faisait mourir, jeunes comme vieux, puis disparaître, et une maigre fumée s'élevait, et les constituants fondamentaux de ces corps se dispersaient à jamais.

Puis les autres répondaient par la même terreur, infligeaient la souffrance sous cette forme ou une autre, et, derechef, l'entropie se répandait. Rarement, de telles exterminations achevaient les civilisations de manière radicale. La plupart du temps, de nombreux individus en réchappaient. Mais la marche en avant se voyait ralentie, engluée dans la réparation des destructions, des abominations, des traumatismes collectifs.

D'autres fois, des maladies naturelles ou artificielles se répandaient comme des traînées de poudre, consumaient une espèce entière et leurs animaux domestiques, dont les fluides vitaux se déversaient par des plaies sur la peau, par tous les orifices, par les yeux, la bouche et le nez, ou ce qui en tenait lieu. Les gouvernants de ces tristes peuplades s'agitaient durant quelque temps, un clignement d'yeux, décrétaient des mesures d'isolement, des quarantaines. Des médecins impuissants se disputaient quant à la nature du mal, puis mouraient à leur tour. Des soldats en combinaison ramassaient les cadavres et les incinéraient. Un peu de carbone montait au ciel, précieux dépôt d'information organisée transformé en fumée.

Des villes entières disparaissaient sous des frappes nucléaires, des champignons blanchâtres s'élevaient jusqu'à la haute atmosphère, propageaient des bouffées de rayonnements mortels. L'air se changeait d'un coup en une sphère en expansion de gaz brûlant, qui consumait toute matière organique sur son passage. Non pas une explosion ou deux, mais cent, mille, dix mille.

Des guerres déclenchées pour des raisons incompréhensibles, des points d'honneur ou des désaccords conceptuels, et qui, une fois chaque individu mort, continuaient par le truchement de programmes de représailles automatisés, jusqu'à ce que la surface entière se transforme en une croûte calcinée, que le niveau de radiations rende toute vie impossible à l'air libre.

Cette approche-là demandait déjà la maîtrise de l'atome, une technologie peu sophistiquée mais destructrice, et offrait la perspective d'un retour à la case départ, d'un nouveau cycle du carbone. Cent cinquante millions d'années perdues, au bas mot.

La méthode la plus sûre, tout de même, demeurait l'auto-empoisonnement par des technologies non maîtrisées : destruction des sols par une agriculture intensive, réduction drastique de maillons critiques de la chaîne alimentaire, effondrement de populations de plancton ou de pollinisateurs, réduction de la biodiversité, déversement incontrôlé de substances nocives dans les sols, dans les océans ou dans l'air, dérèglement du climat, déstabilisation de l'alimentation et perturbation des mécanismes de reproduction de l'espèce ; les possibilités foisonnaient, les interventions requises pour les réaliser, minimes, se révélaient difficiles à distinguer d'accidents naturels et inévitables dans le cours normal du développement des civilisations.

Et enfin, bien sûr, une fois les peuples affranchis de leur dépendance à un écosystème unique, une fois le cycle du carbone dépassé, transfiguré dans celui, plus résilient, du silicium, voire de l'excitonium ou d'autres matériaux exotiques de même acabit, revenaient la guerre, le pillage, le massacre, le génocide, à des échelles immenses, étendues sur des dizaines d'années-lumière d'espace, mettant en jeu des énergies colossales.

Détruire demeurait le but recherché, mais, en général, l'Ennemi se contentait de retarder assez le développement des civilisations, leur passage d'une étape à une autre.

Car, au fil de l'histoire, des divergences statistiques légères devenaient des écarts massifs.

Et du temps, il en disposait, à hauteur de milliards d'années.

Que quelques écosystèmes de trop soient anéantis, qu'un faible excès de disparitions de peuples durant leur enfance, qu'une ou deux guerres galactiques imprévues éclatent, et à la fin, lors de l'invasion finale, les forces de l'Observateur ne suffiraient pas.

Quant à la guerre ouverte, elle viendrait.

Elle constituait, par sa nature même, un nœud d'incertitude permanent, qui ne pouvait se résoudre par la magie de quelque effondrement d'une fonction d'onde.

Car, par nature, elle constituait un événement itératif.

Elle adviendrait partout au même moment. Toutes les galaxies, dans tous les superamas, seraient concernées. L'événement ferait davantage penser à une marée montante qu'à un assaut.

Et les trois voyageurs, arrachés à leur temps et à leur espace, la contemplèrent. Non pas comme s'ils y étaient, mais parce qu'ils y furent, dans un lointain futur, avec l'host de guerre prêt à défendre le groupe local, transformé en forteresse.

Le Phare avait, à ce moment-là, crû de manière massive, jusqu'à entourer, d'une bulle protectrice de matière noire, l'ensemble des galaxies locales.

Le monde, entre-temps, avait changé.

La Voie lactée et Andromède avaient fini de fusionner, sur la base d'une décision très ancienne, prise dix milliards d'années plus tôt. L'Observateur avait souhaité disposer, au centre de son domaine, d'une pépinière à civilisations dotée d'une masse critique. Le volume d'information et de production de vie croissait en effet en fonction de la concentration de matière suivant une équation exponentielle et non linéaire.

Ainsi, une nébuleuse de forme indéfinie, énorme et très dense, s'était formée au beau milieu du groupe local, et avait absorbé une partie des galaxies satellites, tandis que les autres s'étaient rapprochées. Une société unique, globale, dense et riche en données, avait ainsi pu émerger. À son tour, elle avait donné naissance à l'Observateur, tandis que la guerre menaçait d'éclater. Il avait donc pour mission de préparer la bataille en tout temps, par un étrange effet de renversement qui défiait la logique linéaire des créatures mortelles.

Il représentait, de fait, le dernier avatar de la

tendance à la concentration de l'information comme mode d'organisation de la matière, la solution ultime pour stocker de l'énergie et lutter contre l'entropie. Il ne tirait pas son origine d'une race spécifique, mais intégrait toutes celles qui avaient survécu au point de pouvoir se changer en fluctuations organisées de particules non baryoniques, dans un état si avancé de connaissance du monde que les différences initiales avaient été gommées. En somme, il émergeait comme une civilisation de civilisations, une synthèse parfaite de tous les écosystèmes vivants à même de résister au temps.

Aussi, à bien des égards, constituait-il l'aboutissement de la vie, une déité panthéiste, absolue et protectrice, une manière d'éveil à la conscience de soi de l'ensemble des composants du groupe local. Il intégrait et transcendait toutes les créatures vivantes dont il avait surgi. Il rendait hommage à ses plus lointains et humbles ancêtres, délicats brins d'acide désoxyribonucléique, nucléotides primitifs, premiers unicellulaires flottant dans des flaques d'eau tiède, un peu partout au hasard de planètes éparses. Leurs vies éphémères et leurs morts brutales, sans cesse répétées, constituaient la source initiale de l'ultime merveille : un amas galactique tout entier conscient et empathique, une civilisation délicate et immense, prête à engager une lutte à mort pour sa survie.

Depuis le moment de sa naissance vers le passé, sa présence s'amoindrissait, de sorte qu'il disparaissait entièrement à environ trois cent quatre-vingt mille ans de la création de l'univers, à la fin de l'ère où dominaient les photons. À partir de ce point, sa réalité augmentait : sa forme contemporaine au voyage d'Astrée, du faune et d'Alexis constituait un niveau intermédiaire, primitif, de son déploiement.

L'Observateur avait pour arme principale sa capacité à tisser la matière noire pour maintenir, face aux assauts, la cohérence de son domaine, en rapprochant les différentes galaxies de la zone les unes des autres, et en luttant contre les effets inverses de la dilatation de l'espace et du temps. Ils en avaient été témoins. Ils avaient, à un moment de leur voyage, emprunté un des fils tendus à travers le cosmos, lui-même peuplé d'un foisonnement de vie : le Tubule.

Mais, dans sa globalité, au-delà de la zone resserrée de l'amas local, l'univers avait perdu en température et en densité, et les superamas s'étaient distendus, par l'action de l'Ennemi.

Car ce dernier n'était rien d'autre que l'expansion de l'univers : un spasme, une volonté, une vibration au sein du milieu dans lequel baignait toute matière, depuis le début des temps. Un flux au sein de l'énergie sombre répandue à travers le cosmos, dont elle représentait les trois quarts du contenu, sauf là où la matière la tenait à distance.

Il n'en avait pas toujours été ainsi. Au début des temps, l'ensemble des composants du cosmos étaient demeurés mélangés de manière homogène, dans un espace bien plus restreint en taille.

L'Ennemi avait alors décidé de faire évoluer les caractéristiques de l'énergie noire pour accélérer l'expansion, réduisant mécaniquement la densité de matière baryonique ou non baryonique, en quantité finie, s'assurant ainsi de disposer d'assez de place pour son fulgurant développement.

Cette stratégie, menée à son terme, devait forcément conduire à la mort thermique de l'univers.

Telle était la menace qui avait poussé les Confinés à se retrancher dans leurs forteresses, privant par contrecoup leur adversaire de l'accès à la matière et à l'information. En créant des grumeaux plus denses de matière capable de s'organiser par le truchement de la vie, ils avaient lancé un mécanisme cosmique : l'Observateur – ou tous ses équivalents, car la plupart des groupes galactiques en comptaient un – disposait à la fin des temps d'une capacité à produire de la matière non baryonique supplémentaire, et donc à ralentir, voire à inverser l'inflation cosmologique.

L'Ennemi renforçait, depuis trois cent mille ans après le début de toutes choses, la propension de l'énergie sombre à contrer les effets de la gravitation. En accélérant l'expansion, il éloignait les objets cosmiques les uns des autres, renforçait l'entropie, faisait tendre toutes choses vers un état proche, quoique bien plus froid, du milieu primordial. Mais, entre-temps, en récupérant assez de matière organisée, il aurait la capacité à forger, au sein de son substrat, des structures glacées, modules d'organisation de l'énergie sombre, presque immobiles, à peine vivantes, mais capables de survivre à la mort de toutes choses, à l'évaporation des derniers trous noirs, à la décomposition terminale des ultimes photons.

Et, en définitive, il régnerait, à tout jamais, en maître absolu, sur ce champ indéfini. Qu'importait la lenteur de chaque opération : il avait le temps pour lui.

L'Observateur poursuivait un objectif inverse. Créer assez de matière non baryonique pour retourner le funeste destin, et provoquer une contraction cosmique. Le monde, bien entendu, serait finalement détruit.

Mais, dans ses derniers instants, il connaîtrait une floraison d'énergie et d'information, un foisonnement de vie et de complexité, dans un état de densité élevée.

Puis, une fois réduit à l'état de singularité, un glorieux recommencement sous la forme d'une nouvelle recréation : le cycle redémarrerait.

Et ainsi, la dernière roue dentelée du mécanisme serait mise en route : celle qui articulait la vie la plus modeste, par une série d'intermédiaires de plus en plus vastes, jusqu'à cet acte démiurgique de recréation de toutes choses.

En terrassant l'adversaire, il devenait possible d'ajuster les paramètres fondamentaux de la physique. Une occasion inouïe se présentait d'optimiser le réel lui-même, et d'accroître sa capacité, lors de la prochaine itération, à développer la vie encore davantage. L'Ennemi ne manquerait pas de réapparaître, car son existence dépendait des constantes les plus profondes du cosmos. Mais il y aurait alors l'espoir de le cantonner, d'une menace existentielle, à une simple perturbation.

Deux principes s'affrontaient, deux destins pour toutes choses. Aucune conciliation ne se pouvait imaginer. Un point de bascule aurait lieu.

Pourquoi l'Ennemi attaquerait-il en ce moment spécifique, à peine au bout de vingt milliards d'années après le commencement des temps ?

L'Observateur supposait qu'au-delà d'un certain point, le vivant non baryonique, à force de se développer, se renforçait et s'intégrait au sein des superamas, puis entre eux, à un tel point que l'inversion de l'expansion de l'univers devenait certaine. Leur adversaire devait frapper une fois pour toutes.

Et, dans le futur lointain, le moment décisif arriva.

L'Ennemi montait à l'assaut du groupe local, armé de sa capacité à écarter les uns des autres les composants les plus fins de la matière.

Et, face à lui, des phalanges, constituées de toutes ces civilisations devenues matures, maintenaient, vaille que vaille, la cohérence de leur forteresse par le renforcement de la force de gravité.

La bataille dura un million d'années. Un spasme bref à l'échelle du temps, un simple moment dans l'immensité.

Et, partout dans l'univers, le même combat défensif se déroulait. Certains, parmi les groupements de galaxies les plus fragiles, l'ombre les emportait, dès le début, sans espoir d'en réchapper.

Ailleurs, et cela constituait la clé de la survie du monde, le regroupement de peuples sous un même étendard tenait bon. L'Ennemi jetait dans la bataille ses rares ressources en matière, moissonnait pour ce faire le vide entre les superamas, et s'il perdait, c'en serait fini de lui. Aussi le nombre des poches de résistance déterminait-il le destin du tout. Si des zones denses tenaient le choc en quantité suffisante, si leur assaillant s'épuisait en vain, alors l'enclenchement du cycle cosmique qui couronnait celui de la vie devenait possible.

Sinon, même les survivants à cette bataille se voyaient assurés de s'étioler dans le refroidissement généralisé de l'univers.

L'Observateur n'espérait nul secours. Ses pairs issus d'autres régions se trouvaient à trop grande distance, que la dilatation spatio-temporelle accroissait sans cesse, tandis que leur adversaire se fortifiait.

Les Confinés avaient, pour leur part, exprimé, en tous lieux du temps et de l'espace, leur volonté de ne pas se mêler de cette lutte, abandonnant leurs enfants, à jamais protégés derrière l'horizon des trous noirs centraux.

Le sort de la guerre, nul ne pouvait en être assuré à l'avance. La victoire dépendait de deux facteurs, qui chacun s'enracinait dans le passé le plus lointain.

Le premier, ils l'avaient déjà évoqué, impliquait de maximiser le nombre d'espèces survivantes, capables de rejoindre la lutte. Depuis des temps immémoriaux, l'Observateur menait donc sa résistance souterraine, constante, pour protéger la vie et tenter de sauver ce qui pouvait l'être.

Le deuxième relevait de l'emploi rusé de l'itération temporelle comme arme.

Sur la ligne de front, étirée à travers des gigaparsecs d'espace, une civilisation tenait sa position dans l'attente de l'assaut.

De près, elle formait une sphère, à mi-chemin entre matière et énergie, rayonnant d'un feu intérieur, parcourue, en sa surface, de maintes iridescences, spectacle onirique sans cesse réinventé au rythme de son intériorité, agitée en permanence d'un infini foisonnement de pensées.

On pouvait la considérer comme une volonté unique, comme un être singulier, mais elle contenait un écosystème d'une complexité fabuleuse, une retranscription totale de toutes les composantes individuelles qui avaient été, dans un lointain passé, intégrées en une totalité. Elle rassemblait des milliards de personnalités immortelles, intangibles, dotées de leur propre vision du monde et de leur raison individuelle. Elle était, comme toutes ses sœurs, un membre d'une pan-civilisation immense, une collectivité de collectivités régie par des règles d'harmonieuse cohabitation. Et chacune communiait dans la forme la plus haute de courage, dans l'acceptation du sacrifice et dans l'espérance d'un futur meilleur.

La puissance de cet ensemble dépassait de bien des degrés tout ce qu'Astrée ou Alexis auraient pu imaginer avant de vivre cet étrange avenir : il pouvait, à loisir, courber l'espace-temps, modifier les propriétés de la matière, jouer à sa guise de la gravité.

Pourtant, elle se considérait comme faible, insuffisante, indigne de l'accueil qui lui avait été fait. Ses sœurs, cette myriade de civilisations abouties, se pressèrent autour d'elle, la consolèrent dans l'intraduisible communication des êtres non baryoniques.

En comparaison de ses pairs, elle devait gagner en énergie, parvenir à la maturité plus tôt qu'elle n'avait réussi à le faire, renforcer son pouvoir sur les subtilités de la matière, de l'énergie et du temps, croître en puissance, s'entraîner.

Cela impliquait un sacrifice total. Elle accepta le verdict et partit pour un long voyage, mais non à travers l'espace. Rassemblant l'ensemble de ses forces, consommant une énergie colossale, brûlant sa substance, elle se projeta vers le passé le plus lointain. Et, lorsqu'elle eut achevé sa métamorphose temporelle, il ne resta pas grand-chose d'elle. Une étincelle, une conscience unique, une graine capable de germer en une action ponctuelle.

Elle s'en était revenue au lieu de sa naissance, loin, très loin de l'ultime bataille, dans un coin éloigné du bras spiralé de la Voie lactée, en orbite autour d'une planète minuscule, une sphère bleutée, flanquée d'un unique satellite de vaste dimension. La troisième en partant de l'astre du jour.

Là, au milieu d'immenses savanes, un bipède à peine intelligent taillait ses premiers outils.

La sphère intelligente acheva sa propre mise à mort, et projeta ainsi ce qui restait d'elle à la surface de la planète, et cet ultime émissaire, ce survivant d'une gloire future, réduit à presque rien, un fantôme, une ombre, entreprit sa tâche, qui durerait des éons : se mêler à ses propres ancêtres, développer une paradoxale influence, contrer les agissements de l'Ennemi et faire émerger une version plus forte de l'entité qui s'était sacrifiée pour l'amener là.

L'histoire recommençait en une vertigineuse itération.

La peuplade primitive progressait mieux que si elle avait été laissée à elle-même, mais cet écart léger, au début, devenait un gouffre au terme d'un cycle de développement étalé sur des millions d'années. Et ainsi, dans cette nouvelle boucle historique, l'agriculture se répandit plus vite, accéléra la croissance de la population, les cités populeuses et prospères libérèrent des labeurs un nombre supérieur de prêtres, d'artistes et de savants. Dès la plus haute antiquité, elles brillèrent de hauts faits culturels plutôt que guerriers. Chaque étape technique, chaque âge du développement, arriva un peu plus tôt. Les grandes découvertes vinrent mille ans en avance. L'industrie, mille deux cents. Les sources d'énergie alternatives à la combustion apparurent simultanément à la machine à vapeur, ralentirent la destruction des écosystèmes.

En parallèle, dans le passé, l'Ennemi intensifia ses efforts pour empêcher cette modification. Une guerre de l'ombre, impitoyable, courut en silence le long des siècles. Parfois, dans la nuit, des ingénieurs, des inventeurs, des génies qui auraient pu apporter d'immenses bénéfices à leur peuple, mouraient, terrassés par un mal foudroyant ou victimes de malchance. Mais l'émissaire du futur, partout, à chaque moment, poursuivait sa lutte, dénouait les complots, portait sur les fonts baptismaux une version nouvelle, plus forte, à même de mieux résister à l'invasion, de l'entité presque divine qui l'avait fait naître.

Ce cycle, la plupart des composantes finales de l'armée de l'Observateur s'y soumettaient, une fois, mille fois, autant que nécessaire, et la puissance de ce dernier croissait sans cesse, tandis que son adversaire multipliait les offensives passées, érodait cet effort de préparation, sapait le destin de bien des races.

Le sort des armes demeurait ainsi suspendu au rythme de cet étrange chassé-croisé entre le passé et l'avenir, incertain, jusqu'à ce que le combat passe d'une virtualité au fracas dans lequel, pour finir, se résout toute guerre.

Et alors, enfin, on connaîtrait le sort du monde.

Épilogue

« Comprenez-vous, maintenant, mon rôle et le vôtre, et celui de chaque être conscient qui naît, vit et meurt ? » leur demanda l'Observateur.

Les trois acquiescèrent, encore flottants, déroutés par l'expérience cosmique qu'il venait de leur faire vivre. Puis Alexis, seul, s'avança : « Je ne souhaite rien de plus que servir parmi vos agents, de combattre cet Ennemi partout, au péril de ma vie ; le puis-je ?

— Vous pourriez, répondit la déité, repartir vers la Voie lactée, travailler à réduire les affrontements entre les métacivilisations robotiques, et mettre à profit votre connaissance de leur situation, de leurs aspirations et de leurs peurs. Depuis quelque temps, le développement du conflit stérile entre Guelfes et Gibelins m'inquiète, même si, pour l'instant, son effet sur l'avenir reste limité. Cela vous convient-il, Alexis ? »

Ce dernier sourit, non sans un regard furtif aux deux autres, comme une recherche d'approbation de la part de ses compagnons. Il n'avait jamais, dans le secret de son cœur, cultivé un autre désir. Il l'avait exprimé avant même de les rejoindre dans leur quête. Mettre sa vie en jeu, risquer la mort, au nom d'une cause plus grande que lui-même : ne pouvait-il rêver meilleur dénouement à leur voyage ?

Polémas l'envia.

Puis, Astrée, à son tour, intervint, avec un air gêné : « Moi aussi, je rêverais de m'illustrer à votre service. Mais peut-être autrement ?

— Vous n'avez jamais été une guerrière. Mais vous pourriez devenir ma messagère, poursuivre votre voyage à travers l'espace, plus loin qu'aucun de mes ambassadeurs n'est jamais allé, au-delà des odyssées les plus lointaines accomplies par des êtres conscients, issus du groupe local de galaxies.

— Rejoindre, demanda-t-elle, rayonnante, le centre de l'Amas de la Vierge, par exemple ?

— Si vous parvenez à voyager à soixante-cinq millions d'années-lumière de distance. Votre mission serait d'entrer en contact avec mes équivalents locaux et d'identifier avec eux les voies et moyens d'une riposte coordonnée aux actions de l'Ennemi. »

L'Observateur laissa passer quelques instants, peut-être pour donner à Astrée le temps de comprendre l'étendue de ses responsabilités, peut-être parce qu'ici, rien ne pressait jamais.

Avec délicatesse, il se rapprocha du faune : « Vous, je le sens bien, vous ne souhaitez pas rejoindre mes rangs. En guise de présent, je puis, en un instant, vous envoyer en tout lieu que vous souhaiteriez.

— La Terre, s'il vous plaît. Je voudrais rentrer chez moi.

— C'est entendu. »

Polémas hésita. Si l'être non baryonique vivait tant dans le présent que dans le passé et le futur, il devait savoir ce qu'il adviendrait des siens, et comment lui-même pouvait se rendre utile. Il réfléchit à poser cette question – après tout, d'elle découlait toute cette aventure – mais, se rendit-il compte, entre-temps, il avait changé.

La prédiction d'Astrée s'était avérée juste : le savoir ne menait pas toujours à un surcroît d'action. La compréhension adéquate du monde, de son sens, de sa finalité l'entraînait plutôt à considérer que rien, de ses efforts individuels, ne ferait de différence pour les siens. L'alternative qui s'offrait à lui consistait donc à s'engager pour une cause plus vaste, comme l'avait fait Alexis à l'instant, ou à dépasser l'aporie d'une autre manière.

Astrée, pour sa part, avait trouvé dans l'exploration de nouveaux mondes étranges, dans la découverte de nouvelles vies, d'autres civilisations, au mépris du danger, une raison de vivre inattendue, mais en parfaite cohérence avec sa nature. Elle partait plus loin que tout autre voyageur, faisait ainsi de son existence un inimitable exploit, le matériau d'une fabuleuse épopée, un dépassement esthétique de soi.

Il était temps de se dire adieu.

Alexis les salua avec une émotion plus importante que sa capacité à l'exprimer, et, à sa grande gêne, subit l'accolade de ses deux compagnons. La fillette se mit à pleurer, sans cesser de sourire, et souhaita bon vent au robot : « Peut-être nous reverrons-nous au terme de mon voyage, sous une autre forme.

— Cela, répondit Alexis, ne fait aucun doute, dans un monde cyclique où règne l'éternel retour. Bonne chance à vous deux. »

Puis, restés seuls, le faune et son amie se regardèrent, longtemps, sans trop savoir quoi dire. Elle murmura : « Le paradoxe de notre voyage réside là : vous seul, de nous trois, n'y trouvez pas une fin satisfaisante, alors que pourtant, au départ, nous avons fait tout cela pour vous.

— Mes exigences, répondit-il, relevaient d'un fantasme. Tout change, tout meurt. Même les dieux du cosmos, même cet Observateur. Le sens de la vie ne réside pas dans la durée, mais dans l'intensité. Et, cela, vous me l'avez appris, peut-être à vos dépens. »

Elle le prit dans ses bras, colla son visage contre sa fourrure de faune, comme si elle voulait le tenir si fort, si longtemps que la sensation s'imprégnerait à jamais en elle.

Et puis, ils s'éloignèrent.

Le pouvoir de l'Observateur garantissait à Polémas un retour bien plus rapide que l'aller. Il salua une dernière fois ses amis, déjà anciens ou nouveaux, réfréna un dernier regret, ravala peut-être une larme. Il aurait pu préférer la compagnie de ceux-ci à la cohérence dans ses propres choix. Pour la dernière fois, il ressentit ce sentiment étrange d'être détruit, puis refait à neuf, semblable et différent à la fois.

Il se réveilla, le sol contre son dos, sensation retrouvée, dont il apprécia chaque nuance. Il attendit un peu avant de se relever. Une fatigue, psychique plutôt que physiologique, lui enjoignait l'immobilité : son moi physique avait dormi, mais non son âme, et leurs âges ne coïncideraient jamais plus. C'était donc vrai, tout ceci n'avait duré qu'une nuit, et voilà qu'il redécouvrait son corps véritable, ses sensations, ses capacités limitées, certes, mais… c'étaient les siennes, et il les retrouvait avec délectation.

Ses membres exigèrent de Polémas une pandiculation, et celui-ci s'offrit cette satisfaction animale, et tout de même absolue.

Puis il se décida à ouvrir les yeux.

Là-haut, l'aube de la Terre, son soleil jaune et son ciel. Sa noirceur laissait déjà place à ce nuancier allant du rouge au bleu. Il le savait maintenant, cela marquait le caractère vivant de cet écosystème, à la surface d'une planète des plus banales, et néanmoins la sienne.

L'air vif du matin dans ses poumons lui sembla un délice, tandis qu'autour de lui les arbres continuaient leur danse calme sous la brise incessante, et que les oiseaux, heureux de saluer le jour, pépiaient.

La perfection immobile du parc, il en goûta chaque détail : le chemin tracé net au milieu de l'herbe tendre, l'escarpolette sage, au lent balancement, les parterres de fleurs et les bosquets bien entretenus. Le lieu constituait un pôle d'immobilité au milieu d'un devenir chaotique et changeant. L'idée, juste avant son départ, l'avait effrayé. Après un périple plus dense que mille vies plus tard, il en voyait la pertinence.

Il avança vers la maison, jeta un coup d'œil à l'intérieur.

Astrée l'attendait devant le petit déjeuner, assise à table, le serviteur posté juste derrière elle.

La vraie Astrée, pas l'étoile filante d'énergie pure qui l'avait mené jusqu'aux confins de l'univers : l'enfant aux couettes sages et aux sandalettes blanches.

Elle fit semblant de ne pas remarquer son arrivée, et lui s'installa sur une chaise trop petite. Il ne dit rien, mais son cœur battit plus fort de la joie de la retrouver, inchangée, après tout ce périple. S'il n'avait perçu sa mauvaise humeur, il l'aurait prise dans ses bras immenses, l'aurait lancée en l'air, l'aurait couverte de baisers.

Astrée, de retour !

Tout ceci avait-il été réel, ou un rêve ? Il se remémora l'abstruse théorie de l'imbrication quantique, l'idée selon laquelle quelque chose de lui avait voyagé, mais ni son corps, ni, en fait, son esprit. Pouvait-il vraiment avoir laissé au passage un nombre indéfini de copies de lui-même faites d'un insubstantiel matériau stellaire, à chacun des mystérieux « sauts » d'un point à l'autre de l'espace ?

À la lumière jaune, ordinaire, du jour, il douta, dans un vertige ; n'était-il pas plus raisonnable de croire à un songe immense et spectaculaire ?

Elle prit son temps, vida un verre de lait, puis un autre, chipota avec sa tartine, l'observa longtemps, par en dessous, la mine boudeuse, puis prit la parole : « Je vous déteste. Vous avez voyagé je ne sais où, et mon double n'a même pas pris la peine de rentrer à la maison ! »

Un curieux soulagement le traversa à la confirmation d'une réalité de sa folle aventure, et que le sentiment intime d'avoir changé ne relevait pas d'une illusion.

Il ignora sa mauvaise humeur et ne put s'empêcher de lui adresser un sourire immense, empli de crocs, rayonnant de bonheur : « Eh bien, déclara-t-il, je suis très heureux de vous retrouver. »

Elle, de son côté, eut un mouvement de recul, et le serviteur, pris de peur, s'approcha d'un pas étonnamment rapide pour une vieille machine compassée.

D'un geste, le faune le rassura, et continua : « Astrée, vous aviez mille fois raison. Il n'y a pas grand-chose que je puisse faire au service de mon peuple, et c'est ainsi.

— Mais vous, vous avez changé, rétorqua-t-elle, avec une note de jalousie dans la voix.

— Nous avons vu de tels spectacles… »

Il lui raconta. Elle parut fascinée par l'épisode avec Galatée, et par la rencontre avec le Prophète. Les visions de l'Observateur, la fin des temps, le sens de toutes choses, en revanche, cela la laissa assez indifférente : « J'étais déjà au courant », conclut-elle, bravache, avec une mauvaise foi cosmique, caractéristique de l'enfance.

En réalité, elle se sentait piquée au vif d'avoir manqué tous ces spectacles, dont les leçons avaient bénéficié à une autre version d'elle-même. Elle se lança dans une justification a posteriori : « Les théories sur la fin de toutes choses sont légion, mais deux principales tiennent la route : celle qui annonce que le monde finira dans la glace, et celle qui prétend qu'il s'achèvera dans le feu. Voyez, rien de nouveau à tout cela. »

Et, pour faire bonne mesure, elle lui tira la langue. Puis, elle continua, sur un ton faussement négligent : « De toute manière, je suis bien ici. Autant continuer à devenir un enfant. Et vous, Polémas, qu'allez-vous faire ? »

Il ne répondit pas tout de suite. En son for intérieur, il avait déjà pris sa décision, mais il avait besoin d'un peu de temps pour se l'expliciter. Retourner dans son village n'avait aucun sens. Un tel acte serait même, il l'avait déterminé assez vite durant le voyage, dès lors qu'ils quittaient le Système solaire, contre-productif. Il avait changé, par la contemplation de tant d'horreurs et de tant de merveilles. Son désir d'action, cette force en lui qui l'avait porté jusqu'au sommet de cette montagne, et par-delà les tréfonds du ciel, s'était évanouie.

Il le voyait, à présent : la sagesse consistait à laisser les choses suivre leur cours, à vivre pleinement sa propre existence, de la manière adéquate à sa nature.

Et il avait besoin, plus que tout, de calme, d'un temps indéfini pour méditer tout cela, tirer au clair les implications.

Ce lieu hors du devenir lui convenait, aussi étrange qu'il avait pu lui paraître la veille encore, avec son dôme qui figeait un écosystème miniature, hors des atteintes du temps, la maison de poupée, le serviteur mécanique, discret mais compassé, et l'étrange petite sorcière.

Et puis son odyssée l'avait attaché à Astrée. Il s'était séparé d'elle une fois déjà, et ne se sentait pas la force de recommencer.

« Avec votre aimable autorisation, je voudrais rester, au moins pour quelque temps. »

Elle cacha sa joie, et fit mine d'accepter l'information sans réagir. Pour donner le change, plus tard dans la journée, elle alla même jusqu'à demander à haute voix où l'on pourrait bien ranger cet encombrant faune, avec ses griffes qui risquaient de rayer le parquet et d'abîmer les tulipes. Avec courtoisie, et ce fut d'ailleurs la seule fois qu'on l'entendit jamais parler, le serviteur lui rétorqua qu'il suffisait d'installer un hamac non loin de la maison, et qu'il serait loisible à Polémas de prendre ses repas dehors, s'il jugeait les chaises trop inconfortables.

Ils demeurèrent ainsi, tous deux. Il lui servit de compagnon de jeu, se perdit dans la quotidienneté répétée, dans la similitude exacte des jours, qui transcrivaient dans le flux mobile du temps une image de l'éternité immobile.

Il faisait très bien le monstre des bois, rôle qu'on ne pouvait qualifier de composition.

Ensemble, ils combattirent les pirates, sur les bords de la mare, les envahisseurs de l'espace, sous le belvédère, et les robots des ténèbres, dans les salles des machines, auxquelles on accédait par un escalier dérobé depuis la buanderie de la maisonnette.

Ils passèrent un temps considérable à construire un nouveau dispositif, fondé sur l'utilisation de l'excitonium, qui permettait de recourber la gravité et la lumière autour de la montagne, pour la rendre invisible aux autochtones.

Pour les traces ou les légendes que leur demeure avait déjà suscitées dans l'imaginaire collectif de ce monde, dont Astrée prétendait qu'il pouvait même se transmettre, par quelque mystère, d'une phase à une autre du cycle du carbone, ils n'y pouvaient rien. En revanche, lui expliqua-t-elle, le lieu deviendrait peut-être, plutôt qu'une réalité empirique, une métaphore, une manière de penser, un mont analogue.

Elle l'initia à la marelle et à des jeux de société, certains passionnants, mais auxquels elle jouait, selon les jours, comme une enfant ou comme une très ancienne guerrière stellaire rompue aux manœuvres stratégiques, avec des résultats, en toute logique, inégaux.

Lui, de son côté, lui apprit à faire du feu, à grimper aux arbres et à s'y tapir, à se déplacer sans effrayer les oiseaux et à danser pour attirer la pluie, toutes sortes de compétences assez inutiles.

Un jour, avec des roseaux, ils se firent des sarbacanes, et envoyèrent à travers le salon tant de boules de papier mâché que le serviteur, lassé, confisqua leurs armes sans un mot.

Le temps passa, et, en fait, Polémas ne partit jamais.

Parfois, il repensait à son peuple, auprès duquel il n'était jamais revenu. Tant d'années avaient dû s'écouler que tous ceux susceptibles de l'avoir connu, ou d'avoir entendu parler de lui, avaient disparu.

Une sagesse du renoncement, voilà à quoi il parvenait, après tout ce temps, la force qu'il fallait au lion pour devenir enfant, et qui, non sans tendresse à l'égard de ceux qu'il abandonnait au fil du temps, savait que son action ne changerait rien, et qu'il valait mieux s'abstenir de leur faire éprouver la dure leçon du savoir.

Il découvrit ainsi, tandis que les visages des siens s'estompaient dans sa mémoire, la double vertu de l'ignorance. D'une part, protéger les autres de ce qu'il avait découvert, de la profondeur insondable du monde, les laisser poursuivre leur existence simple, avec des joies et des peines appropriées. Et, d'autre part, se protéger aussi soi-même de tout cela par une régression dans l'éternel présent des jeux folâtres et de vie rien que pour soi.

De l'autre côté du dôme, le monde changea du tout au tout, tandis que Polémas perdait le compte des années, puis des millénaires, mais, au bout d'un certain temps, il ne s'en soucia plus. Toute la surface du globe se métamorphosa, les continents dérivèrent, des océans remplacèrent la jungle qui les entourait. La montagne demeura, insensible au temps et aux éléments, point fixe dans cet éternel remue-ménage.

Un jour, les deux amis s'amusaient avec de la peinture. Ils avaient disposé deux chevalets côte à côte, et s'entraînaient à représenter l'arbre juste devant eux. Elle avait ajouté des volcans, un vaisseau spatial et une ceinture d'astéroïdes, de sorte que distinguer son sujet s'avérait malaisé. Lui se montrait bien meilleur à cet exercice, malgré ses griffes et la taille inadaptée des pinceaux, car il se contentait, ou du moins le pensait-il, de ce qu'offrait le réel.

Penché sur sa toile, Polémas ne remarqua pas tout de suite les intrus. Astrée se racla la gorge pour attirer son attention et fit un geste discret dans leur direction. Il jeta un coup d'œil de côté, en essayant de ne pas se faire remarquer, ce qui était peine perdue, vu que sa corpulence de bête dépassait le chevalet de toutes parts.

Droit devant eux, trois étrangers se tenaient debout et les regardaient, un peu gauches, comme s'ils avaient désiré qu'on leur fasse le portrait.

Un peu gauches, ou peut-être, à la réflexion, glacés d'effroi devant sa propre apparence. Il se cacha de nouveau derrière son tableau pour ne pas les effrayer davantage.

Ils n'avaient pas l'air trop primitifs, avec leur équipement d'alpinistes : des bonnets qui cachaient le haut de leur crâne, leurs lunettes, des masques à oxygène qu'ils n'osaient enlever pour l'instant et qui voilaient leurs traits, des combinaisons d'escalade et des bottes ferrées. Chacun portait un lourd paquetage sur le dos, et tenait à la main un piolet.

Le faune se souvint n'avoir pas été si bien équipé quand il avait lui-même entrepris l'ascension, une éternité plus tôt. Et il se sentit traversé d'un vertige devant l'abîme du temps, qui avait dû passer sans qu'il s'en aperçoive : aucun de ces êtres ne ressemblait à quoi que ce soit de connu.

Il rendit, de biais, son regard à la fillette, et, d'un signe de tête, elle lui signifia qu'elle prenait les choses en main.

Elle hésita un instant, s'éclaircit la voix pour surmonter sa timidité enfantine, chercha la bonne formule.

Puis elle leur demanda : « Vous venez pour l'après-midi ? »

Du même auteur :

Latium I, Denoël, coll. « Lunes d'encre », 2016
Latium II, Denoël, coll. « Lunes d'encre », 2016

PAPIER CERTIFIÉ

Le Livre de Poche s'engage pour
l'environnement en réduisant
l'empreinte carbone de ses livres.
Celle de cet exemplaire est de :
200 g éq. CO_2
Rendez-vous sur
www.livredepoche-durable.fr

Composition réalisée par Soft Office

Achevé d'imprimer en août 2023 en France par
MAURY IMPRIMEUR – 45330 Malesherbes
Dépôt légal 1re publication : septembre 2023
N° d'impression : 272173
LIBRAIRIE GÉNÉRALE FRANÇAISE
21, rue du Montparnasse – 75298 Paris Cedex 06

42/6598/3